KB059126

“아아아아아아아앗!”

“고고하게 빛나는 백은의 마음!
플라티나 하트 SR!”
“매혹스럽게 반짝거리는 황금의 마음!
골드 하트 SR이에요!”

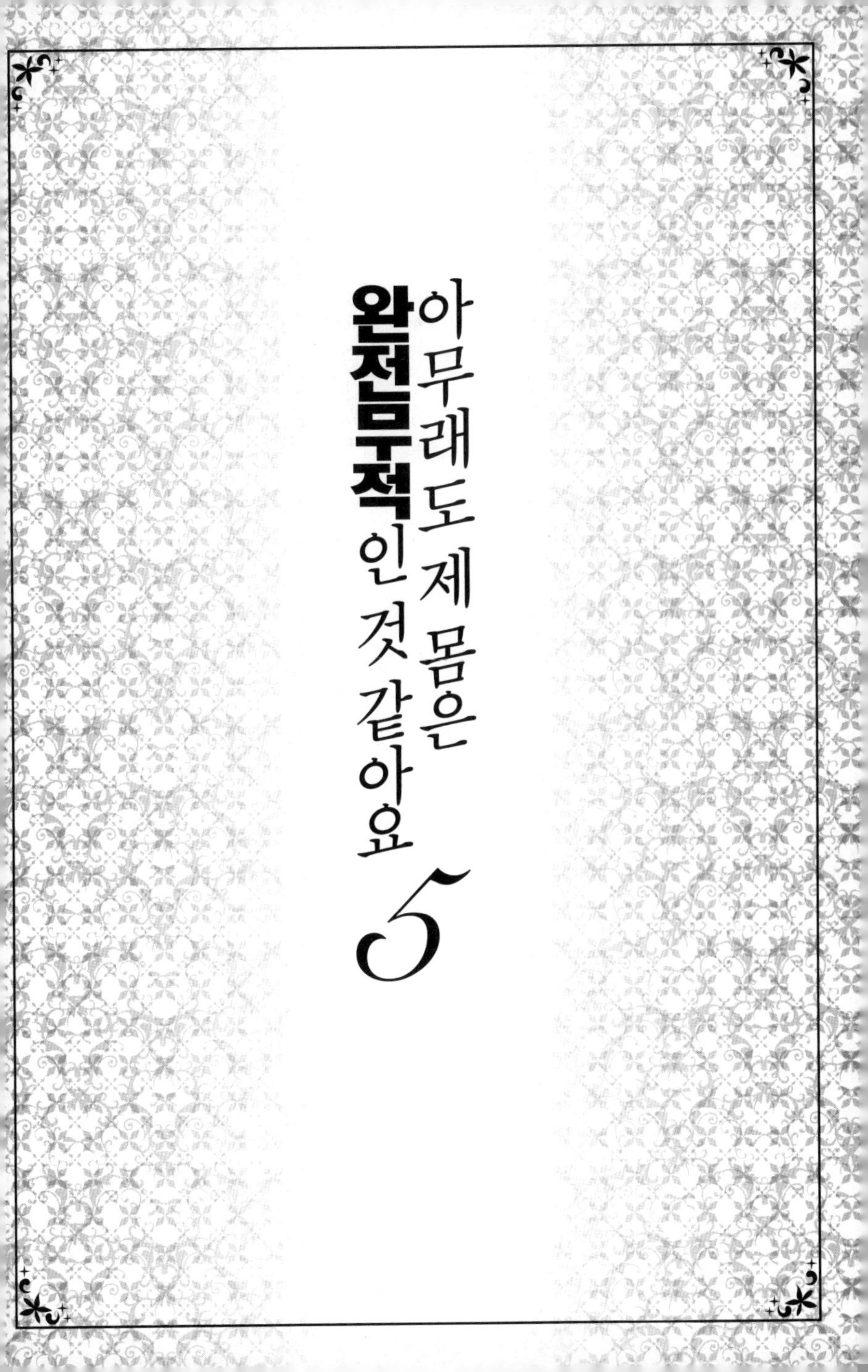
아무래도 제 몸은
완전무적인 것 같아요
5

Contents

제1장 학원편 자기환시 마경

01 4년 차입니다

학원 생활도 4년 차를 맞이했습니다.

안녕하세요. 메아리 레가리아, 현재 13살입니다.

"나도 드디어 최상급생이구나~."

늘 지내는 구교사 담화실이 아닌 다른 방에서 나는 차를 즐기며 감개무량한 심정으로 천장을 올려다봤다.

다른 학생들이 우리가 쓰던 방을 어느새 클래스 마스터들이 업무차 모이는 집무실로 인식했기 때문이다. 응, 뭐, 어쩐지 그렇게 될 것 같다고 느꼈기에 새삼스레 놀랄 일은 아니었다.

어지간한 이유가 없는 한 보통은 3학년이 클래스 마스터를 맡게 되어 있다. 그래서 왕자님과 내 친구들은 그 임무를 후배들에게 맡기고서 마지막 학원 생활을 만끽할 수 있게 되었다.

그러나 작년부터 클래스 마스터의 역할이 비약적으로 늘어나고 말았다. 보람찬 직책이긴 하지만, 그 책무가 막중해져서 클래스 마스터들이 상담차 이 새로운 방을 종종 찾아오곤 한다.

그리고 바뀐 것이 하나 더 있다.

그것은 모두가 맞춰 입고 있는 자칭 교복이다.

세 클래스 마스터들이 일 년 동안 똑같은 교복을 착용해서인지 '그 교복' = '클래스 마스터'라는 인식이 박혀버린 모양이다. 그래서 사람들이 나와 사피나를 클래스 마스터 보좌역으로 인식하고 있었음을 새삼스레 알게 되었다.

이제는 클래스 마스터가 아닌데도 교복 때문에 상담하러 찾아오는 학생이나 선생님이 속출했다.

귀찮아져서 '이제 이 교복을 클래스 마스터 전용 교복으로 삼고서 직책과 함께 물려주기로 하자'고 말했더니 곧바로 채용되었다.

그래서 올해부터 그 교복이 정식으로 클래스 마스터의 복장이 되었다.

(어느새 다들 '그 교복을 입어보는 게 꿈이었어요!' 같은 소리를 하던데, 언제부터 그렇게 동경하게 된 걸까~.)

나는 새로운 클래스 마스터들이 취임하던 광경을 떠올렸다. 아직도 내가 왜 그 자리에 참석했는지는 모르겠지만.

(뭐, 그보다도 하마터면 그 교복을 제작한 내가 학원 역사의 한 페이지를 장식할 뻔했는데, 왕자님의 공적 중 일부라고 우겨댔더니 그냥 받아들이더라고. 참 다행이야.)

현재 나는 1학년 때 제작했던 블레이저형 교복을 다시 입고 있다. 3년이나 자칭 교복을 입고 다녔는데, 이제 와 사복 차림으로 학원을 등교하는 게 어쩐지 마뜩잖았기 때문이다.

교복을 새로이 제작할까도 고려했지만, 또 이상한 상징이 되어버리기라도 하면 성가시니까.

참고로 마기루카와 사피나, 왕자님과 자하도 이유는 가지각색이지만 나처럼 마뜩잖은 기분이 들었는지 다들 똑같이 블레이저형 교복을 입고 있다.

(남성용 교복도 제작하긴 했는데, 설마 이것도 정식으로 학원 교복으로 지정되는 건 아니겠지? 뭐, 한때 교복화 계획을 고려한 적이 있긴 했지. 그때는 설마 학원 역사에 실릴 만한 일인 줄도 모르고 참 어리석었어. 제발 그것만은 자제해주세요.)

"……그러고 보니 메어리 님은 어떤 주제로 연구 리포트를 쓸지 정했나요?"

내가 생각에 잠겨 있으니 맞은편에 앉아 있던 마기루카가 나를 현실로 되돌리고자 말을 걸어왔다.

"……아아~, 그게 말이야~……."

현재 직면한 문제 앞에서 나는 한숨을 내쉬며 컵을 조용히 탁자에 내려뒀다.

"우리 아레이오스 학생은 4학년이 되면 수업이 줄어드는 대신에 저마다 연구 리포트를 제출해야만 해요. 주제는 자유이긴 하지만 리포트를 제출하지 않으면 졸업도 위태로워져요."

"알기 쉽게 설명해줘서 고마워. 하지만 말이야~, 뜬금없이 주제를 정했느냐고 물어봐도 곤란한데……."

나는 천장을 올려다보며 '지금껏 내가 무언가에 몰두한 적이 있었나? 연구 테마로 삼을 만한 무언가가 있었나?' 하고 생각해봤다.

(으~음……. 지금껏 내가 노력해온 건 능력 제어뿐이잖아?)

나는 아직도 성취해내지 못한 문제를 떠올렸다.

(잠깐만! 이거 혹시 연구 리포트를 작성한다는 핑계로 내 힘을

제어하는 방법도 찾아볼 수 있지 않을까? 아, 좋다, 좋아! 그야말로 일석이조잖아.)

"메어리 님, 뭔가 떠오른 건가요?"

내가 좋은 아이디어가 떠올라 므흐흐, 하고 웃고 있으니 마기루카가 고개를 갸웃거리며 물었다.

나는 황급히 헤벌쭉 벌어진 입을 손으로 가렸다. 그러고는 일단 마기루카에게서 시선을 돌린 채 헛기침을 하며 마음을 진정시켰다.

"그, 그래. 연구 테마치고는 평범할지도 모르겠지만 떠오르긴 했어."

"오호~, 그런가요? 참고가 될지도 모르니 물어봐도 될까요?"

"테마는 내 능……력이 아니라 사용자의 힘을 제어하는 방법이야!"

나는 주먹을 불끈 쥐고서 자신만만하게 주제를 밝혔다. 뭐, 무심코 위험한 단어가 튀어나올 뻔해서 황급히 궤도를 수정하긴 했지만…….

(대놓고 말하자면 '손에 없다면, 만들어서 가져라, 두견 두견새.')

나는 유명한 하이쿠를 흉내 내며 흥분을 고조시켰다. 아아, 이 번뜩임이 실로 무섭다.

"……분명 레리렉스 왕국에 왕족이 관리하는 그런 아이템이 있긴 했죠."

내 말을 듣고 마기루카가 마족의 왕국 레리렉스에 있었던 그 구속 아이템을 떠올렸나 보다.

끝내 내 기대에 못 미치긴 했지만, 가능성은 있었다. 이대로 끝내기에는 아깝다.

"그래, 그래, 바로 그거! 나는 기필코 해내고 말겠어어어어."

"역시 메어리 님이군요. 마족 중에서도 극히 일부만이 가능한 위업을 학생 시절 때 달성하려고 시도하다니."

"후엥?"

"완벽하지는 않더라도 그 기능 중 일부분이라도 재현해낸다면 어쩌면 이 왕국에서는 '첫' 성과가 아닐까요?"

내가 자신만만하게 내뱉은 말을 듣고서 마기루카가 눈동자를 반짝이며 흥분했다. 그러나 나는 달아올랐던 마음이 싹 식어버렸다.

"……아아~, 응, 방금 건 무시, 방금 건 무시해줘."

나는 바로 오른손을 저으며 아까 그 발언을 철회하기로 했다.

(큰일 날 뻔했다아아아! 학원 역사는커녕 왕국 역사에 이름을 새길 뻔했잖아! 크으으으, 좋은 방안인 줄 알았는데에에!)

"엇? 그만둘 건가요? 메어리 님이라면 해내지 않을까 싶었는데."

내가 태도를 확 바꾸자 마기루카가 냉정을 되찾으면서도 아쉬워하는 투로 말했다.

"하하핫, 과대평가야, 마기루카. 그보다도 더 현실적인 주제를 어서 생각해봐야겠어. 하하핫."

(아아아아, 내 입으로 현실적이지 않다고 말하려니 마음이, 마음이 아파아아아아!)

마기루카에게 웃어 보이면서도 나는 속으로 몸부림을 쳤다.

"……내, 내 테마는 뭐 그렇다 치고. 마기루카는 어때? 어떻게 할지 정했어?"

나는 화제를 돌리고자 마기루카에게 물었다.

"……으~음, 몇 가지 후보가 있긴 해요. 너무 많아서 뭐로 정할지 고민 중이에요."

내가 질문하자 마기루카가 검지를 턱에 댄 채 고민하며 대답했다.

"오호~, 예를 들자면?"

"지금 가장 연구해보고 싶은 건 그 '왕쥐'에요. 어떻게 그런 힘을 갖게 되었는지 여러모로 연구해보고 싶었지만 거부하고서 도망쳐버려서."

마기루카가 눈동자를 또 반짝이려다가 이내 하아~, 하고 한숨을 내뱉었다. 나는 그녀에게 해줄 말이 떠오르지 않았다.

(으~음, 뭐지? 무슨 영문인지 '왕쥐야, 무조건 도망쳐~'라는 생각이 자꾸만 떠오르네.)

"……관찰과 연구의 일환으로 살~짝 해부할지도 모른다고 말했을 뿐인데……."

마기루카가 진심으로 의아해하며 그 말을 중얼거렸다. 나는 등줄기로 식은땀을 줄줄 흘리며 살짝 쓴웃음을 지었다.

"……와, 왕쥐 말이구나~. 그런 일도 있었지. 레이포스 님이 공주님이 되기도 했고, 참 신기한 체험이었어. 앗, 그 말을 듣고 보니 이 학원에 7대 불가사의 같은 건 없나?"

나는 화제를 돌리고자 별 의도 없이 머릿속에 떠오른 말을 내뱉었다.

“어? 7대 불가사의…… 말인가요?”

마기루카가 내 말을 듣고서 어리둥절한 얼굴을 보였다. 화제를 돌리는 데 성공하긴 했지만, 그녀의 반응으로 보아하니 이 세계에서는 학원 7대 불가사의가 생소한 개념인 듯하다.

“학원에 벌어졌던 일곱 가지의 신기한 일을 말하는 거군요. 불가사의……, 근데 왜 일곱 가지죠?”

“어? 으~음~……, 이, 이유가 뭘까…….”

무심코 내뱉은 화제에 마기루카가 소박한 의문을 던졌다. 이번에는 내가 어리둥절한 얼굴로 고민하기 시작했다.

“뭐, 그저 그런 불가사의가 딱 7개가 있었을 뿐 다른 뜻은 없을 거야. 학원에서 옛날부터 전해져온, 아직 해명되지 않은 불가사의한 현상을 가리키는 의미라고 여겨줬으면 좋겠어.”

상대를 납득시킬 만한 이유가 떠오르질 않아서 숫자 부분은 어물쩍 얼버무리기로 했다.

“그 말투로 보아하니 메어리 님은 그 일곱 가지가 뭔지 알고 있는 건가요?”

(끄으으으응! 제 무덤을 팠구나아아아!)

마기루카가 통렬하게 지적하자 나는 눈동자를 이리저리 돌렸다.

이 세계에는 학원 7대 불가사의라는 개념이 존재하지 않는다. 전생 때의 지식을 토대로 말해본들 마기루카는 이해하지 못하겠지. 최악의 경우에는 또 노이로제에 걸려 머리가 이상해졌다고 여길지도 모른다. 그건 이제 지긋지긋하다.

“어어~, 아아~, 우우~, 저기~, 그게 말이야~…… 까먹었어!”

나는 전가의 보도인 ‘기억나지 않습니다’로 이 상황을 타개해보기로 했다.

“……과연. 그래서 한 번 조사를 벌여서 테마로 삼을 만한지 알아보려고 한 거로군요.”

“응? 어, 응…….”

마기루카가 내 궁색한 변명을 이상하게 해석해줘서 나는 그에 편승했다. 뒤에서 그 광경을 지켜보고 있는 튜테의 시선이 따갑게 느껴지는 듯했지만 뭐, 내 눈에는 보이지 않으니 무시하자.

“그럼 가볼까요?”

“어? 어디로?”

일단 위기에서 벗어나서 안도하고 있으니 마기루카가 자리에서 일어났다. 나도 덩달아서 일어났다.

“조사할 거면 도서관에 가야죠. 메어리 님이 언급한 학원 7대 불가사의는 들어본 적이 없지만, 단순히 제 지식이 부족한 걸지도 모르니까요.”

“으~음, 글쎄. 그런 건 입에서 입으로 전해지는 것 같은데, 앗.”

나는 전생 때의 지식을 뒤져서 마기루카에게 선뜻 대답했다. 그러나 그녀에게는 아무런 근거도 없는 발언이었음을 깨닫고서 또다시 제 무덤을 팠다며 화들짝 놀랐다.

"그런가요? 그렇다면 선생님이나…… 할아버님께 여쭤보는 편이 나으려나요?"

"어, 아니, 그런 걸 굳이 학원장님한테 물어볼 것까지야……. 그나저나, 왜 그래? 은근히 적극적이네?"

마기루카는 내가 무심코 내뱉은 발언을 철석같이 믿고서 이야기를 진행하고 있다. 그러나 나는 안도하기보다는 그 적극적인 태도에 고개를 갸웃거렸다.

"그, 그건, 저기……, 크, 클래스 마스터로 활동할 때 메어리 님한테 여러모로 도움을 받은지라 저기……, 이번에는 메어리 님한테 힘이 되어주고 싶어서……."

마기루카가 얼굴을 붉힌 채 시선을 돌리면서 말끝을 흐렸다.

"……친구여!"

나는 부끄러워하는 마기루카를 다짜고짜 끌어안았다.

(생각해 보니 마기루카는 학원 생활을 바쁘게 보내왔지. 이제야 여유가 생겼는데 그 시간을 날 위해 쓰려고 하다니……. 미안하기도 하고, 기쁘기도 하네. 아아, 역시 친구는 좋구나~.)

"잠, 잠잠잠, 잠깐만요. 메어리 님!"

내 포옹이 마음에 들지 않았는지 마기루카가 바동거리며 뿌리치려고 했다. 마음만 먹으면 그녀를 완전히 붙잡아둘 수 있긴 하지만, 강제하는 건 옳지 않으니 선선히 풀어줬다.

"에헤헤, 고마워. 마기루카."

"……자, 어서, 잘 알 것 같은 선생님을 찾으러 가도록 하죠."

여전히 얼굴을 붉히고 있는 마기루카가 고개를 홱 돌린 채 문쪽으로 걸어갔다. 나는 흐뭇하게 여기며 그 뒤를 따라갔다.

"학원에서 벌어졌던 아직 해명되지 않은 불가사의한 일에 관한 소문, 옛날부터 전해지는 소문이라면 더더욱 좋다……. 그런 겁니까?"

학원 7대 불가사의라는 단어가 통용되지 않음을 깨달은 나는 달리 붙일만한 명칭이 없는지 여러모로 궁리해봤다. 그러나 결국 프리드 선생님이 되묻는 사태를 피하지는 못했다.

"마, 맞아요. 성가신 질문이라 죄송합니다."

"아뇨, 연구 리포트 주제 때문이니 상관없습니다."

내 억지 질문에 웃으며 대답해주는 인기 선생님.

왜 프리드 선생님에게 물었느냐. 이유는 간단하다. 앞서 선생님이 말했다시피 테마를 찾고 있다는 핑계를 대면 설명을 해야 하는 수고를 덜 수 있기 때문이다.

(생각해보니 다른 선생님께 질문했다면 이상한 애라고 오해를 사지 않았을까?)

"근데 메어리 씨는 다른 학생과 관점이 다르군요. 묘한 것에 흥미를 느끼고."

(……이거 칭찬하는 건가? 어쩐지 이상한 아이로 취급하는 것처럼 들리는데 기분 탓이겠지?)

프리드 선생님이 악의가 전혀 느껴지지 않는 얼굴로 부드럽게 웃으며 선선히 말했다. 나는 그 말에 의문을 품으며 이야기를 진행했다.

"……그래서 프리드 선생님, 뭔가 짐작 가는 바가 없나요?"

내가 상심했음을 알아차린 마기루카가 대신 물어보았다.

"으~음, 글쎄요. 학원에 곤혹스러운 일이라면야 얼마든지 있긴 하지만……."

프리드 선생님이 왠지 피곤해하는 얼굴로 대답했다.

자기 딴에는 멋진 블랙 조크라고 여기고 있는지는 모르겠지만, 나와 마기루카는 어떻게 대답할지 몰라서 그저 웃기만 했다.

(아레이오스 학생들이 여러모로 수수한 소동들을 벌이고 있으니까.)

"앗, 맞아. 오래된 얘기이긴 한데, 한 번 조사했다가 결국에는 해결하지 못한 사건이라면 있어요."

"저기, 사건은 좀……. 온건한 내용으로 부탁드려요."

그런 사건들과 자주 맞닥뜨리는 처지라서 그런지 프리드 선생님이 흉흉한 단어를 내뱉었다. 나는 정중하게 거절했다.

"이거 실례. '자기환시 마경(魔鏡)'에 관한 얘기를 하려고 했는데, 다, 다른 거 말입니까……."

"뭐, 뭔가요? 그건. 자세히 알려주실 수 없을까요?"

프리드 선생님이 더 말하자 마기루카가 덥석 물었다. 아니, 낚였다.

(아~, 이제 마기루카는 아무도 말릴 수 없겠네. 하하하, 이상

한 사건에 휘말리는 것만은 제발, 신님.)

흥미진진하다는 듯 눈동자를 반짝이는 마기루카를 곁눈으로 보면서 나는 한숨을 깊이 내뱉었다.

프리드 선생님의 이야기를 정리하자면 이렇다.

10년 전쯤에 학생들 사이에서 그럴싸하게 나돌던 사건이 있었다고 한다.

그것이 바로 '자기환시 마경'이라고 한다.

그 마경이 학원 내 어딘가에서 느닷없이 나타나는데, 그 거울을 들여다보면 그것에 비친 상이 밖으로 튀어나와 진짜와 바꿔치기한다는 이야기란다.

(오옷, 왠지 7대 불가사의……스럽기는 한데. 현대 일본이었다면 오컬트적인 분위기가 느껴졌겠지만, 이쪽 세계에서 오래 살아서인지 자꾸만 '분명 그건 매직 아이템이겠지'라는 생각이 떠올라. 너무 슬프다.)

"……그런 얘기는 금시초문인데요."

"소문으로만 나돌았기 때문에 시간과 함께 풍화되었겠죠."

혼자 속으로 씁쓸함을 느끼고 있는 나를 무시하고서 마기루카와 프리드 선생님이 냉정하게 의논을 전개해나갔다.

"하지만 지어낸 얘기치고는 현실미가 있는 것 같네요."

"예. 사견으로는 고위 매직 아이템이 방치된 게 아닌가 싶어서 찾아보긴 했지만…… 결국 찾아내지 못했습니다."

철저히 배제된 채 두 사람의 이야기를 듣다가 나는 예전에 벌어졌던 서클릿 사건을 떠올렸다.

역시나, 라고 해야 하나? 프리드 선생님도 매직 아이템 때문에 벌어진 범행이라고 짐작한 모양이다. 더욱이 누군가가 방치했을지도 모른다는 이야기가 공연히 설득력 있게 느껴지는 이유는 이 학원의 분위기 때문이겠지.

(다들 자유롭게 온갖 일들을 저지르고 있으니까, 이 학원…….)

"뭐, 소문의 진위는 제쳐두도록 하고. 어떻습니까, 메어리 씨? 참고가 되었습니까?"

"예? 아, 예. 아주요."

프리드 선생님이 갑자기 물어봐서 나는 황급히 대답했다. 프리드 선생님이 내 대답을 듣고는 이 이야기를 그만 마치자며 떠났다.

"……그, 그래서 어쩔 건가요? 메어리 님."

"어쩔 거냐고 물어본들……."

프리드 선생님을 보내자마자 마기루카가 물었다. 굉장히 흥미진진하다는 듯 눈동자를 반짝이고 있는데…….

(아아~, 무척 궁금한가 봐. 엄청나게 조사하고 싶은가 봐.)

이제 와 없었던 일로 하자고 한들 아마도 마기루카는 혼자서 조사를 벌이겠지. 그녀와 오랫동안 알고 지내왔기에 쉽게 상상이 간다.

만약에 마경에 관한 소문이 사실이라면 그건 그것대로 흉흉하다. 걱정돼서 그녀를 혼자 내버려 둘 수가 없다…….

"으~음, 일단 테마로 삼고서 조사해볼까 해~."

내가 결정을 내리자 마기루카가 아이처럼 활짝 웃었다. 응, 귀여워, 귀여워.

그리하여 나는 연구 테마를 찾다가 이상한 소문에 얽히게 되었다.

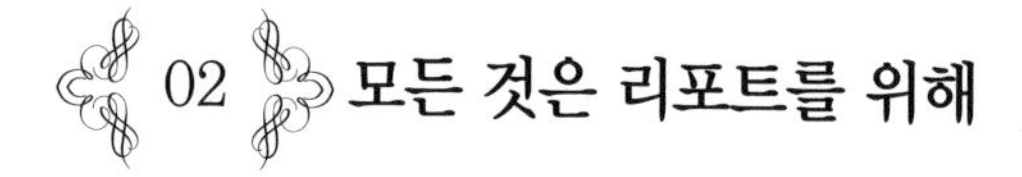

02 모든 것은 리포트를 위해

이튿날.

우리는 바로 소문의 진위를 확인하기 위해서 먼저 정보 수집부터 시작했다.

말은 거창하게 했지만, 전날 접촉했던 프리드 선생님에게서 받은 메모를 살펴보고, 아레이오스 학생들에게 마경에 관한 얘기를 들어본 적이 없는지 캐물으며 돌아다녔을 뿐이지만.

“소문 정도는 들어본 사람이 있긴 했지만, 목격담 같은 정확한 정보는 없었군요.”

마기루카가 결과에 실망하여 어깨를 축 늘어뜨린 채 의자에 앉았다.

“뭐, 신빙성이 모호한 점이 7대 불가사의의 참맛이라고 할 수 있지. 제법 그럴싸해졌는걸.”

“그런 건가요…….”

“어쨌든 지금 가장 유력한 정보는 프리드 선생님이 예전에 조사하면서 적었던 메모인 것 같네.”

나는 들뜬 마음으로 프리드 선생님이 줬던 종이 다발을 책상에 올려뒀다. 휘갈겨졌거나 끝을 맺지 않은 문장이 많은 것으로 보아 남에게 들은 이야기를 일단 적어둔 느낌이었다.

(이른바 자기만 알아보게끔 쓴 메모라고 할 수 있겠지. 장수

가 많지 않아서 금방 읽을 것 같지만 그만큼 정보가 적다는 뜻이겠지.)

"알아낸 건 달이 비치는 학원 어딘가에서 불현듯 등장하는 수수께끼의 마경이라는 사실. 그리고 그 거울에 비친 상이 밖으로 나와서 진짜를 거울 속에 가두려고 한다……. 이 정도인가요?"

마기루카가 다발에서 종이 한 장을 꺼내 눈으로 훑으면서 확인하듯 말했다.

"응응~. 역시 이런 건 심야가 아니면 분위기가 살지 않는 법이지~."

"저기, 아가씨. 잠깐 괜찮을까요?"

나도 마기루카처럼 종이를 꺼내 눈으로 훑고 있으니 뒤에서 튜테가 말을 걸어왔다.

"뭐야, 튜테. 뭔가 알아차린 게 있다면 뭐든 좋으니 팍팍 말해줘."

"예. 으음, 그 마경에 어떤 기능이 있는지 이토록 명확하게 알려져 있다는 건 피해를 본 분이 실제로 계셨다는 뜻일까요?"

"글쎄요? 시답잖은 소문이 그저 부풀려졌을 뿐인지도 모르죠. 만약에 피해를 본 사람이 실제로 있다면 그야말로 소문으로 그치지는 않았을 텐데요?"

"……후후훗, 아마도 모르게끔 진상을 묻어버린 바람에 소문만이 남았을지도 모르지……."

튜테가 묻자 마기루카가 대답했다. 그리고 나는 싱글벙글 웃으며 장난삼아 머릿속에서 떠오른 생각을 말해봤다.

“““…………….”””

“어, 아, 거짓말이야. 농담인데?”

내 농담을 그대로 믿어버렸는지 두 사람이 창백해진 얼굴로 입을 다물어버렸다. 나는 황급히 정정했다.

“어, 어쨌든 진상이야 어떻든 간에 그 마경을 찾아내면 되는 거야.”

나는 이야기를 억지로 진행했다. 아직 보지 못한 마경을 상상……, 상상…….

“근데 그 마경은 어떤 느낌일까? 손거울 크기? 전신 거울 크기?”

나는 마경의 모양새가 잘 상상되지 않아서 마기루카에게 물어봤다.

“소문을 집계해보니 전신 거울이라는 설이 많군요.”

“전신 거울이라~. 그딴 게 학원 어딘가에 덩그러니 놓여 있으면 당연히 눈에 띄겠지. 근데 왜 발견되지 않았을까?”

마기루카의 대답을 듣고서 내 의문은 더욱 깊어졌다.

“프리드 선생님의 메모에 적힌 여러 소문을 살펴봤는데 연대마다 목격했다는 장소가 달라져요. 출현하는 장소가 정해져 있지는 않은 것 같군요.”

“학원 안에서 출현하는 건 확실하긴 한데, 이 학원이 쓸데없이 워낙 넓어야 말이지~.”

내가 던진 소박한 의문에 마기루카가 곧바로 대답해준 바람에 나는 당황했다.

"하지만 이럴 때는 지도 위에 목격 위치를 적으면 법칙성이 저절로 보이는 법이지."

나는 마음을 다잡고는 의기양양하게 추리물에서 흔히 나오는 약속 같은 법칙을 시도해보기로 했다.

"과, 과연. 역시, 메어리 님."

"훗훗훗, 그 정도까지는 아냐."

"아가씨, 여기 지도요."

마기루카가 감탄하며 칭찬하자 나는 우쭐거렸다. 튜테가 준비해준 학원 지도를 펼쳐봤다.

"그럼 지도에 목격 위치를~."

나는 득의양양하게 지도에 위치를 표시하려 했지만, 학교 비품에 낙서해서는 안 될 것 같아서 손을 헤맸다.

"이걸로 대용하면 되지 않을까요?"

내가 망설이는 사이에 튜테가 동전 몇 개를 꺼내 건넸다.

(크으, 역시 만능 메이드는 참 요긴하다니까.)

"으음, 분명~……."

"……이쪽이랑 이쪽이네요."

"그리고 이곳과 이곳이고요."

내가 위치가 어딘지 확인하고 있으니 우수한 메이드와 우수한 친구가 둘이서 동전을 착착 놓아 나갔다.

(으, 응, 뭐, 개의치 말자. 나만 바보처럼 보일 리가, 하핫, 없을 테니까. 응, 기분 탓이야, 기분 탓.)

머릿속에 쓱 스친 불온한 단어를 털어내고서 나는 표시가 된 지도를 쳐다봤다. 뒤이어 마기루카와 튜테도 지도를 들여다봤다.

“““…………..”””

그리고 우리 셋은 아무 말 없이 그 지도를 수십 초나 바라봤다.

(아아아아앗, 표시를 하나만 더 하면 육망성이 그려지는 그런 가슴 뜨거운 전개를 기대했건만 아무것도 없잖아아아아!)

내 기대와는 달리 특별한 법칙성이 있는 것처럼 보이지 않았다.

그토록 자신만만하게 말했건만 아무것도 없다니 너무 창피하다. 그래서 나는 무슨 말을 해야 좋을지 전전긍긍했다.

“……으음, 시계탑이 중심인 것 같은데~.”

“그런가요? 시계탑이 학원 중심 부근에 있어서 그렇게 보이는 거 아닌가요?”

“그, 그래?”

나는 눈으로 본대로 말을 내뱉었지만, 마기루카의 의견을 듣고서 바로 철회하려고 했다.

“……하지만 극단적으로 떨어져 있지도 않아요. 뭔가 관계가 있는 걸까요?”

내 의견을 듣고서 무언가 알아차렸는지 튜테가 구원의 손길을 내밀어줬다. 마기루카와 둘이서 지도를 노려봤다. 또다시 침묵이 찾아왔다.

“…………..”

“아가씨께서 시계탑 이야기를 하셔서 그 부근을 한 번 떠올려봤어요. 예를 들어 이 지점……, 예전에는 오가는 사람이 적은 으슥한 장소였다고 들었던 것 같아요."

"…………."

"듣고 보니 이쪽은 옛날에 증축되기 전까지 사람의 통행이 뜸했다는 얘기를 들은 적이 있군요."

왠지 우수한 두 사람에게 뒤처질까 봐 뭐라도 말을 하려고 끙끙거렸지만, 결국에는 물고기처럼 입만 뻐끔거릴 뿐이었다.

"아, 혹시 시계탑에서 이어지는, 그리 멀지 않고 인적이 드문 장소……가 아닐까요? 메어리 님."

"응? 아, 응."

먼저 운을 떼놓고서 마기루카와 튜테만이 이해하고 있는 상황이 돼버린지라 나는 어떻게든 조사에 참여하고 있다는 분위기를 자아내고자 아는 척을 했다.

"역시 메어리 님. 표시를 해보자고 말을 꺼낸 시점에 이미 모든 걸 알아차리고 있었군요. 그런 줄도 모르고 부정적으로 말해서 부끄럽기 그지없네요."

"응? 아, 응……, 그게 아냐, 아냐. 그런 게 아니라니까."

무심코 고개를 끄덕이는 버릇이 생겨버려서 하마터면 마기루카의 오해에 편승할 뻔했다. 나는 황급히 부정했다.

마기루카가 다 안다는 표정으로 내 말을 듣긴 했는데 과연 제대로 이해했는지 걱정이다.

"그, 그럼 방침이 정해졌으니 바로 조사하러 나가야겠네. 인적이 드문 곳을 탐색하도록 하자."

오해가 더 커지기 전에 도망, 아니, 행동하고자 홀로 자리에서 일어섰다.

그리고 지금 우리는 시계탑을 거점으로 통행로를 조사하고 있는 중……인데.

"왠지 우리가 가는 곳곳마다 사람들이 많아지는 것 같지 않아?"

나는 의문을 느끼며 주변을 둘러봤다. 아까 봤던 학생들이 또 있는 것 같은데 그저 착각일까?

"학생들이 우리가 무슨 일을 벌이는지 궁금해서 모여드는 것 같기도 하네요."

마기루카도 마찬가지로 의문을 느꼈는지 주변을 둘러보고 있다.

"……학원에서 유명한 분들이 이런 데서 오가는 사람들을 관찰하고 있으니 무슨 일일까 궁금해서 모여든 게 아닐는지요?"

뒤에서 따라오고 있는 튜테가 공손하게 그 의문에 대답해줬다.

"……아이 참~, 마기루카가 유명해서 그런 거잖아~."

"아뇨, 아뇨, 메어리 님만큼은 아니죠."

본능적으로 유명인이라는 단어에서 벗어나려고 했으나 마기루카가 틈을 주지 않고 나를 얽어맸다.

"아니, 아니, 전 아레이오스 클래스 마스터로서 여러 공적을 쌓아 학원 역사에 그 이름을 새긴 마기루카에 비해 나 따윈……."

"아뇨, 아뇨, 제 공적은 이른바 학원 내에서 쌓은 공적. 외부인들이 백은의 성녀라고까지 부르는 분에 비해서는……."

말을 하면 할수록 나에게 불리해지는 전개가 펼쳐지자 입을 꾹 다물어버렸다.

"저기…… 갈수록 이목을 끌어서 더는 자연스럽게 통행로를 살펴보기가 어려워졌는데요……."

튜테가 지적하자 우리는 하는 수 없이 일단 물러나기로 했다.

그리고 수십 분 뒤.

흩어지는 게 좋겠다고 판단한 우리는 준비한 로브를 둘이서 머리까지 뒤집어쓴 채 통행로에 서 있었다. 그러자 수상한 사람들이 있다는 신고를 받은 프리드 선생님에게 연행되어 주의를 받았다.

프리드 선생님에게서 해방된 뒤 우리는 일단 방으로 돌아왔다.

"자, 어떻게 해야 우리라는 걸 들키지 않고 통행로를 조사할 수 있을까? 로브를 뒤집어썼더니 의심만 샀어. 주변 환경에 녹아들 수 있도록 변장을 하면 먹히지 않을까?"

"메어리 님, 본래 목적을 잊은 건가요?"

내가 주먹을 불끈 쥐고서 열변을 토하자 마기루카가 어이없다는 눈으로 냉정하게 딴죽을 걸었다.

"뭐야, 마기루카. 괜찮은 변장법이라도 떠오른 거야?"

"변장은 이제 그만 생각해요."

"변장하지 않고 어떻게 남들이 무시하게 할 수 있냐고! 가능해? 가능하다면 알려줘! 아니, 진짜로 알고 싶어. 난 공기처럼 무시

받고 싶다고오오오!"

"무, 무무무, 무슨 엉뚱한 소리를 하는 거예요. 지, 진정하세요."

나는 마기루카의 두 어깨를 쥐고서 얼굴이 가까이 대며 절실하게 물었다. 그러자 마기루카는 얼굴을 붉히고 언성을 높이며 나를 떼어내려고 했다.

"후후후후훗, 자, 어서 알려줘. 알려주지 않으면 더 엄청난 짓을 할 거야."

"자, 자자자자, 까, 까깐만."

나는 더욱 밀착하고자 마기루카에게 다가갔다.

"아가씨, 얘기가 완전히 딴 길로 샜어요. 제발 자중하세요."

흥분한 나를 달래려는 의도인지는 잘 모르겠지만, 튜테가 무슨 영문인지 뒤에서 두 손으로 눈을 가렸다.

"…………."

시야가 캄캄해지자 나는 정지…….

"아니, 내가 무슨 새냐아아아!"

튜테의 두 손에서 벗어나 무심코 딴죽을 걸고 있으니 마기루카가 그 틈에 나에게서 사사삭, 하고 벗어났다.

튜테가 "예?" 하고 고개를 갸웃거린 것으로 보아 아마도 내 딴죽은 불발로 끝난 모양이다.

조금 창피해진 나는 상황을 얼버무리고자 헛기침을 했다. 덕분에 내 어리석은 행동을 돌아볼 수 있는 시간이 생겨서 더더욱 창피해졌다.

"……으, 응, 뭐, 농담은 이쯤 해두고 본론으로 들어가볼까."

"저기, 아가씨. 두 분이 눈에 띄어서 조사를 할 수 없다면 저 혼자서 해볼까요? 그럼 자연스러운 흐름을 조사할 수 있지 않을까 싶은데요."

내가 조금 전 상황이 벌어지지 않았던 것처럼 덮어버리고 싶다는 아우라를 뿜어내고 있으니 튜테가 속내를 알아차렸는지 이야기를 진행해줬다.

"마, 맞아. 그게 좋을 것 같네. 마기루카, 그렇지?"

"후엣! 괘, 괜찮을 것 같은데요?"

내가 돌아보자 마기루카는 아직도 심호흡을 거듭하고 있었는지 이상한 소리를 내고서 허둥지둥 승낙했다.

"마기루카, 괜찮아?"

"괘, 괜찮아요."

나는 아직도 동요하고 있는 그녀가 걱정되어 가까이 다가갔다.

"그래, 그럼 다행이지만……."

나는 웃으면서 양쪽 손가락을 기묘하게 놀리며 마기루카에게 더욱 다가갔다.

"근데 말이야~. 정말로 공기처럼 무시 받을 수 있는 법 몰라?"

"모, 몰라요."

내가 수상쩍은 행동을 하자 마기루카가 나에게서 멀찍이 거리를 뒀다.

"으음~? 왠지 그 반응이 마음에 걸려. 사실 알고 있는 거지?"

"모릅니다!"

내가 손가락으로 몸을 간지럽히는 시늉을 하며 다가가자 마기루카가 슬금슬금 물러났다. 그녀가 의자나 책상을 방패 삼아 거리를 벌렸다.

(아아, 왠지 부끄러워하며 도망치는 마기루카가 귀엽게 보여. 더 괴롭혀주고 싶어라.)

"……어험. 그럼 아가씨, 다녀오겠습니다."

튜테가 뒤에서 헛기침하자 나는 냉정을 되찾았다. 장난은 이쯤 해두기로 하고서 이상하게 놀리던 손을 내렸다.

(위험해, 위험해. 또 이상한 것에 눈을 뜰 뻔했어.)

"아, 응, 부탁해. 튜테."

나는 마기루카를 쫓는 것을 그만두고서 튜테를 배웅했다.

튜테에게 조사를 맡긴 나는 남은 수업을 마치고서 급히 방으로 향했다. 마기루카가 먼저 와 있었다.

실내를 둘러보니 튜테도 조사를 마친 모양이다. 그런데 무슨 영문인지 구석을 보며 가만히 서 있었다.

"마기루카, 튜테는 왜 저러고 있어?"

"아~, 지금은 가만히 내버려 두는 편이 좋을 것 같은데요."

내가 묻자 마기루카가 튜테를 보며 쓴웃음을 지었다. 가만히 내버려 두라? 심상치가 않다. 튜테의 신변에 무슨 일이라도 생겼다면 잠자코 있을 수가 없다.

"아니, 근데 왠지 침울해하는 것 같기도 하고, 자문자답을 하는 것 같기도 하고."

"……조사하려고 오가는 사람들을 지켜봤더니 '재는 메어리 님의 메이드잖아. 무슨 일이라도 있나?' 하고 꽤 시선을 끌었나 봐요."

내가 물고 늘어지자 마기루카가 곤혹스러운 표정으로 튜테에게 벌어졌던 일을 설명해줬다.

튜테는 자기가 눈에 띄지 않을 거라고 여겼던 모양이지만 본인도 모르는 사이에 제법 유명해졌나 보다. 우리와 함께 나갔을 때처럼 사람들이 우르르 모여들지는 않은 모양이지만.

"튜테, 너무 침울해하지 마. 메이드가 이 학원에 있는 것 자체가 드문 일이라서 눈에 띄었을 거야."

나는 지금도 벽을 보며 서 있는 튜테에게 위로를 건넸다.

"마, 맞아요. 이 학원에서 메이드는 희소하니까요. 결코 '아가씨'의 메이드라서 사람들이 절 주목하거나 '경계'한 건 아니겠죠."

튜테가 확 밝아진 얼굴로 이쪽을 바라보더니 도저히 넘어갈 수 없는 발언을 했다.

"잠깐만, 뭔가 묵과할 수 없는 발언을 들은 것 같은데."

"그보다도 조사는 어떻게 됐나요?"

"그보다도, 라니……."

내가 추궁하려고 하자 마기루카가 말허리를 뚝 잘라먹고서 본론으로 들어갔다. 나는 마기루카에게 한마디 해주려다가 꾹 참았다.

"예. 시계탑을 중심으로 지켜봤는데, 사람들이 거의 오가지 않는 경로를 찾아냈습니다. 이쪽이에요."

구석에서 나온 튜테가 책상에 펼쳐져 있는 지도 속 한 곳을 가리켰다.

"그럼 그쪽을 중점적으로 수색하도록 하죠. 메어리 님, 이의 없죠?"

"응, 그래. 오늘은 때마침 보름이니 심야에 학원을 탐색하자!"

심야 학원이라는 단어가 나오자 나는 기대감을 억누르지 못하고 주먹을 높이 쳐들었다.

"즐거우신가 봐요, 아가씨……."

"그야, 학원에서 담력 시험을 하는 것 같잖아. 한번 해보고 싶었거든."

심야 학원이라는 단어를 듣고서 튜테의 얼굴이 창백해진 것을 알아차리지 못하고 나는 흥분하며 대답했다.

"'담력 시험'이 뭔지는 모르겠지만, 심야에 학원에 가는 건 달갑지 않네요."

우등생인 마기루카가 지극히 옳은 의견을 말했다.

"어쩔 수 없어. 이건 다 연구 리포트를 위해서니까!"

나는 그런 마기루카에게 '~을 위해서'라는 상투적인 변명으로 억지를 부렸다.

"근데 아가씨. 오늘 밤은 학원에서 묵으실 건가요? 역시 심야에 저택으로 돌아가는 건 위험할 것 같아서……. 주인님과 마님께서도 걱정하시지 않을까요?"

이번에는 튜테가 아주 옳은 의견을 말했다.

공작가와 후작가의 두 어린 아가씨가 심야에 학원에 남는 건 그렇긴 하겠지. 백 번 양보하여 학원 안은 위험하지 않을지도 모르지만, 다른 곳까지 그렇다고는 장담할 수가 없다. 이 세계는 현대 일본처럼 치안이 좋은 편이 아니다.

그동안 이런 소문을 확인하려고 했던 사람이 적었던 이유는 이 학원에 귀족이 많이 다니기 때문인지도 모른다.

"……할아버님께 부탁해볼까요?"

튜테의 말을 듣고서 어떻게 할지 고민하고 있으니 마기루카가 그런 말을 했다.

"학원장님께?"

"예. 할아버님께서 계시는 시계탑에는 묵을 수 있는 방이 있거든요. 할아버님께서도 종종 학원에서 밤을 보내시기도 하죠. 우리가 탑에 묵을 수 있도록, 그리고 되도록 보호자로서 함께 해달라고 부탁한다면 메어리 님의 부모님께서도 안심하시지 않을까요? 다만 할아버님께서 승낙해주셔야만 가능한 얘기겠지만."

학원장님에게도 여러 일정이 있을 것이다. 느닷없이 그런 부탁을 하면 곤란하겠지. 그러나 시도도 해보지 않고 물러서는 건 너무 이르다.

(하지만 지극히 사적인 부탁이라서 말이야~. 아무리 리포트 테마 때문이라고 해도 그렇게까지 해주려나…….)

"이 모든 건 연구 리포트를 위해서예요. 일단 부탁하기나 해보죠."

내가 복잡한 표정을 짓고 있으니 마기루카가 그 속내를 짐작했는지 윙크를 하면서 일어섰다. 그러고는 바로 행동에 나섰다.

"어쩐지 미안해. 나 때문에 고생시켜서."

"개의치 말아요. 전에도 말했다시피 도와주고 싶어서 멋대로 하는 것뿐이니까."

마기루카를 따라 방을 나오면서 나는 미안해했다. 그러자 그녀가 심금을 울리는 소리를 했다.

"……친구여!"

나는 무심코 뒤에서 마기루카를 끌어안으려고 했다. 그러나 예측하였는지 그녀가 홱 달아나버렸다.

(좀 쇼크네.)

"아, 아뇨, 결코 안기는 게 싫어서 그런 게 아니에요. 다만 남의 시선을 좀 의식해줬으면 해서……, 저기, 그게……."

내가 어지간히도 충격받은 표정을 짓고 있었나 보다. 마기루카가 그 얼굴을 보고서 황급히 변명했다. 마지막에는 얼굴을 붉힌 채 고개를 푹 숙이고서 우물거리긴 했지만…….

"사랑스러운 녀석 같으니."

"그러니까~! 남의 시선을 의식해달라고요!"

내가 남의 말을 듣지 않는 포옹마(魔)로 변해버리자 마기루카가 뿌리치면서 항의했다.

03 심야 학원입니다

“호오호오, 연구 리포트 때문에 야밤에 학원을 탐색하고 싶다니, 메어리 짱은 참 별나구먼.”

시계탑에 들어가 학원장님에게 설명했더니 프리드 선생님 때와 같은 대답이 돌아와서 약간 풀이 죽었다.

(내가 별난 짓을 벌이고 있는 건가? 난 정말 별난 사람인 걸까?)

“학원장님, 허락해주시겠어요?”

“흐음, 오늘은 탑에서 묵으려던 참이었으니 문제는 없겠지.”

뜻밖에도 쉽게 승낙을 받아냈다. 오늘은 마기루카, 튜테와 함께 셋이서 학원에서 묵기로 했다.

튜테는 바로 준비하러 그 방으로 돌아갔다. 그리고 부모님에게 이 사실을 전해달라고 나를 데리러 온 마차 마부에게 부탁했다. 마기루카 쪽도 학원장님이 손을 써줬다.

“그나저나 메어리 짱은 학원의 뭘 조사하려는 겐가?”

리포트 테마를 찾기 위해서 심야에 학원을 탐색하고 싶다고 막연하게 설명만 했을 뿐 자세한 내용은 아직 말하지 않았다. 그래서 학원장님이 조금 흥미를 느낀 듯했다.

그 설명만 듣고서 용케도 승낙을 해줬다. 틀림없이 이런 엉성함이 지금의 이 카오스한 학원을 쌓아 올린 거겠지.

“으음, 학원에서 소문치고는 그럴싸하게 나돌고 있는 ‘자기환시 마경'이라는 걸 조사해볼까 해서."

"오호~ 자기 환—콜록콜록?!"

내 말을 듣다가 무슨 영문인지 학원장님이 화들짝 놀라며 기침을 해댔다. 그렇게나 놀랄 만한 이야기였나?

"괜찮아요?"

"아아~, 음, 괜찮다. 문제없어. 그, 그랬구먼. 상당히 오래된 소문을 끄집어냈구먼."

"학원장님도 아시나요?"

"음, 뭐, 소문 정도는."

학원장님이 무슨 영문인지 시선을 홱 돌렸다.

(수상해……. 잘 모르겠지만 왠지 수상해…….)

내가 학원장을 수상쩍게 보고 있으니 그가 침묵을 깨듯 헛기침을 했다.

"아~, 그러고 보니 할 일이 있었지. 무슨 일이 생기거든 말해다오."

학원장님이 그렇게 말하고서 후다닥 나갔다.

(왠지 수상한 것 같지만 뭐, 됐나.)

거동이 수상쩍은 학원장님의 모습을 자주 봐왔기에 나는 따지지 않기로 했다.

그리고 드디어 학원에 밤이 찾아왔다.

"자, 탐색 개시!"

"정말로 가실 건가요? 아가씨."

흥분한 나와 달리 튜테는 부들부들 떨고 있었다. 아직도 이런 호러 계열에 약한 모양이다. 완벽 메이드에게도 약점이 있구나, 하고 생각하니 왠지 안도가 되었다.

달빛이 있어서 아예 안 보이는 수준은 아니었지만, 불을 전혀 밝히지 않은 교사(校舍) 사이에 난 통로는 상상 이상으로 고요하고 캄캄했다.

(에구, 상상이 이상한 쪽으로 부풀어버려 무서워졌어. 심야 학원이 상상 이상으로 무섭네.)

앨리스 선배 덕분에 내성이 생긴 줄 알았는데 오히려 상상력이 더 풍부해져서 무서운 이미지만 부풀어갔다.

어둠 속으로 빨려드는 듯한 캄캄한 통로를 바라보면서 나는 몸을 부들 떨었다. 흥분하여 달아올랐던 마음이 급격하게 식어가는 것이 느껴졌다.

"으음, 튜테가 말했던 통로는 이쪽이군요."

벌벌 떨고 있는 나와 튜테를 아랑곳하지 않고 마기루카가 성큼성큼 걸어 나갔다.

"……마기루카는 참 든든하네."

"뜬금없이 무, 무슨 소린가요."

앞장을 선 마기루카를 따라가면서 내가 솔직하게 말하자 그녀가 놀란 표정으로 돌아봤다.

"아니, 마기루카는 무서워하는 게 전혀 없구나 싶어서."

"그럴 리가 없잖아요. 저도 무서워하는 게 한둘쯤은 있다고요. 다만 후작가 사람으로서 늘 평정심을……."

마기루카가 갑자기 재잘거리던 입을 다물더니 우리 뒤를 응시하기 시작했다.

(안 돼, 그 반응은. 무서워서 차마 돌아볼 수가 없잖아.)

그러나 이대로 가만히 있을 수도 없는 노릇인지라 나는 머뭇거리며 뒤를 돌아봤다.

바삭바삭바삭…….

""나왔다아아아아아아앗!""

갑각충 몬스터가 그곳에 있었다. 내 눈에는 바퀴벌레처럼 보인다. 아직 유체(幼體)인지 크기가 그것과 대단히 흡사해서 더더욱 징그러웠다.

여러 몬스터를 봐왔지만, 역시나 저건 생리적으로 받아들일 수가 없었다.

예상치 못한 몬스터가 출현해서 나와 마기루카는 서로 부둥켜안으며 마치 유령이라도 본 것처럼 반응했다.

"아, 갑각충인가요? 이토록 넓으니 역시나 근절시키는 건 어려울 듯싶네요."

이번에는 튜테가 전혀 아랑곳하지 않았다.

"파, 파이, 파이, 어."

"마기루카 님, 여기서 화염 마법을 썼다가는 인근에 화재가 일어날지도 모릅니다."

"튜, 튜튜튜, 튜테. 어떡해, 어떡하냐고오오!"

유령이나 오컬트적인 현상이 아닌데도 심야 학원에서 공포에 떨고 있는 나와 마기루카. 얼이 나가버린 나는 실례인 줄 알면서도 어서 가서 내쫓아달라며 튜테에게 마구 손짓을 해댔다.

"예, 그럼 실례하겠습니다."

튜테가 주변을 두리번거리다가 적당한 나무 막대기를 줍더니 서서히 쳐들고서 그것에게 다가갔다.

"얍."

튜테가 망설이지 않고 나무 막대기로 내리쳤다. 그러나 그것이 재빠르게 피하고서 하필이면 이쪽으로 접근해왔다.

"꺄아아아아아아앗!"

그 광경을 본 마기루카가 울먹이며 절규하더니 달아나기 시작했다.

아까 전 그토록 냉정했던 그녀는 어디로 갔단 말인가.

도망치는 것을 쫓는 습성이라도 있는지 그것도 마기루카에게로 달려갔다. 나는 벽에 등을 딱 붙이고는 그것에게 감지되지 않도록 전력으로 기척을 숨겼다.

"튜, 튜테! 어떻게 좀 해줘요오오오오!"

어둠 속에서 도움을 요청하는 마기루카의 목소리만이 들려왔다.

"어, 하, 하지만 저 앞이 캄캄해서…… 무서워요."

그것을 무서워하지 않는 튜테가 어둠이 깔린 통로를 보면서 떨고 있었다.

(아아아아아, 저마다 질색하는 게 다르잖아아아아!)

나는 둘 다 질색하는지라 이런 말을 할 자격이 없긴 하지만. 이렇듯 우리는 심야 학원 탐색을 시작하자마자 소란을 피우고 말았다.

"우우우, 밤이 깊은 학원은 무섭네요."

"그, 그러네요."

얼핏 마기루카와 튜테의 대화가 잘 맞물리는 듯, 잘 맞물리지 않는 것처럼 느껴졌다.

그 뒤로 두 사람 모두 나에게 꼭 달라붙어서 떨어질 줄 몰랐다. 그야말로 양손에 꽃을 들었다고 할 수 있겠지만, 나 역시 여러모로 무서워져서 누군가에게 의지하고 싶었다.

(뭐, 이상한 상상을 하거나 기습만 당하지 않는다면 별일 없을 거야. 평정심, 평정심.)

"그런데 상당히 황폐한 느낌이네."

나는 들고 있던 랜턴으로 주변을 비췄다. 인적이 드물어서인지 청소도 되지 않은 듯했다.

나는 통로에 면한 곳에서 문을 발견하고는 안으로 들어갔다. 그리고 인적이 드문 이유를 조금이나마 알게 되었다.

그 방은 창고처럼 온갖 비품들이 난잡하게 놓여 있었다. 자세히 보니 부서진 것들도 눈에 띄었다. 처분을 미루고서 그대로 놔둔 듯했다. 먼지와 거미줄이 장난이 아니었다.

"과연. 이 일대가 불필요한 물건을 놔두는 창고처럼 쓰여서 학생도, 선생님도 드나들지 않게 된 거군요."

마기루카도 나와 똑같은 결론을 내린 모양이다.

"으~음, 이렇게 어질러진 곳에 그 거울이 있다고는 생각하고 싶지 않아. 신비감이 빵점이야."

나는 랜턴으로 비추며 방 안을 둘러봤다. 불행인지 다행인지 마경이 있을 것 같지는 않았다.

"저기, 아가씨. 저기 안쪽에 물건들이 유달리 쌓여 있는데 왠지 위화감이 느껴져요. 기분 탓일까요?"

메이드 튜테가 정리 정돈의 전문가다운 시점으로 내가 미처 알아차리지 못한 부분을 지적해줬다.

"내 눈에는 똑같이 보여서 별로 위화감이 들지는 않지만, 튜테가 그렇게 말한다면야 좀 치워볼까?"

나는 랜턴을 마기루카에게 맡기고서 그쪽으로 다가갔다.

"영차."

나는 먼지 쌓인 나무 상자를 홱 들어 올리고서 쌓여 있는 것들을 치워내려고 했다.

"저기, 아가씨. 그 상자, 무겁지 않으세요?"

"응? 전혀 무겁지……, 좀 도와주지 않을래? 튜테."

"예."

튜테가 느닷없이 물어서 순간 의도를 알아차리지 못했다. 무거운 물건을 태연히 들어 올리는 광경을 마기루카에게 보여줄 수는 없다.

마기루카가 주변을 정리하다가 불현듯 이쪽으로 고개를 돌렸다. 나는 황급히 튜테에게 도와달라고 했다.

(위험해, 위험해.)

그리하여 튜테가 지시하는 대로 거추장스러운 물건들을 치우는 작업을 시작했다. 10분도 채 되지 않아 그 속에서 커다란 천에 덮여 있는 무언가가 나타났다.

"저기, 저기 말이야? 이게 마경인가?"

"천에 완전히 덮여 있어서 잘 모르겠지만, 형태를 보아하니 그런 것 같군요."

왠지 뜬금없이 찾아낸 듯하다. 그런데 신비롭게 등장하지 않은 것이 석연치 않았다.

만약에 이게 그 마경이라면 평범한 창고에서 평범하게 발견되었다는 뜻이다. 신기한 요소는 눈을 씻고 찾아봐도 없다.

"천을, 거둬볼까?"

"어, 어쩌죠? 만약에 이게 진짜라면 거울에 모습이 비쳤다가는……."

내가 제안하자 마기루카가 신중해졌다.

"자, 잠깐만. 살짝 들춰서 잠깐 보기만 하면 아슬아슬하게 안전하지 않을까?"

나는 물고 늘어졌다.

"으~음, 그럼 괜찮을까요?"

마기루카가 약간 떨떠름한 얼굴로 승낙했다. 나는 거울에 모습이 비치지 않도록 조심하면서 천을 살~며시 들췄다.

이내 랜턴 빛을 반사하는 부분이 살짝 보여서 황급히 다시 천으로 덮었다.

"어땠어?"

"거울……이었어요."

"어? 이게 그 마경일까요?"

내가 묻자 마기루카가 미묘한 표정으로 대답했다. 튜테가 그 말에 놀라워했다.

(끄으으으응, 잘 못 본 게 아니었던가. 에엥~, 이게 그 마경이라고? 왠지 너무 평범하게 발견된 것 같다는 느낌이 들어. 좀 더 이렇게~, 달빛 속에서 샤라랑~, 하고 출현하지 않을까 기대했는데.)

나는 속으로 떼를 썼다.

"아뇨, 아직 단정하기에는 일러요. 그저 전신 거울이 우연히 이곳에 보관되어 있었을 뿐인지도 모르고요."

마기루카도 이런 등장이 마음에 들지 않았는지 타당한 가능성을 제시했다.

"그, 그럼……. 거, 거울을…… 들여다본다?"

내가 악마처럼 속삭이자 모두가 침을 꿀꺽 삼켰다.

"하, 하지만……."

"괜찮아. 나 혼자서만 거울을 볼 테니까."
(나라면 최악의 사태가 벌어지더라도 괜찮을 것 같으니.)
"그, 그런 걸 메어리 님 혼자 하도록 내버려 둘 수는 없어요."
내가 쥐고 있던 천을 당기려고 하자 마기루카가 황급히 내 손을 붙잡았다.
"함께 하죠."
"……마기루카."
"어떠냐? 뭔가 찾아냈느냐!"
""와아아아앗!""
둘이서 따뜻한 분위기를 자아내고 있으니 문 쪽에서 눈치도 없는 제삼자가 큰소리로 끼어들었다. 우리는 동시에 놀랐다.
"하, 할아버님. 놀래지 마세요!"
문 앞에 학원장님이 있었다.
"아아~, 깜짝 놀랐네."
"……아, 아가씨, 마기루카 님……."
안도하며 가슴을 쓸어내리고 있으니 튜테가 창백해진 얼굴로 내 손을 가리켰다. 왜 그러지? 하고 생각하면서 쥐고 있던 천을 들어 올렸다.
(어라? 천이 벗겨졌네?)
놀란 나머지 엉겁결에 쥐고 있던 천을 거둬버리고 말았다.
황급히 거울 쪽으로 시선을 돌리니 이쪽을 보고 있는 내가 있었다.

나와 마기루카의 모습이 거울에 비치고 있었다.

"아, 아차! 거울에 비치고 말았……다?"

나는 조건반사로 얼굴을 가리며 방어 태세를 취했다. 응, 의미 없네.

이윽고 아무 일도 벌어지지 않았음을 깨닫고서 방어 태세를 풀었다.

"으음~, 혹시 그냥 거울?"

"……그런 것 같군요."

한 방 먹은 나와 마기루카는 어안이 벙벙해져 가만히 서 있기만 했다.

"흐음, 아무래도 원하던 물건을 찾아내지 못한 것 같구먼. 뭐, 오늘 밤은 이만 돌아가도록 하지."

"……그래야겠네요. 왠지 피곤해."

학원장님의 말을 듣고서 힘이 빠진 나는 문 쪽으로 터벅터벅 걸어 나갔다. 두 사람도 지친 기색을 보이며 걷기 시작했다.

"뭐, 그전에 두 사람은 샤워부터 하고 오는 게 좋겠구먼. 먼지투성이야."

셋이서 밖으로 나오자 학원장님이 그렇게 말했다.

그때 우리는 비로소 먼지를 한가득 뒤집어쓰고 있음을 깨달았다.

"아아아아~아, 이렇게까지 분위기가 들끓었는데 헛수고였다니……, 안 돼~."

나는 샤워를 하다가 벽에 이마를 대고서 고개를 푹 숙였다.

"뭐, 이렇게 쉽게 발견될 거였다면 애당초 소문으로 그치지는 않았겠죠."

옆에서 마기루카의 목소리가 들려왔다. 왠지 그 소리가 동일한 위치에서 들려오는 듯했다. 어쩌면 나와 같은 자세를 취하고 있는지도 모르겠다.

튜테는 우리가 갈아입을 옷을 가지러 학원장님과 함께 시계탑으로 돌아갔다. 다른 볼일이 있다는 학원장님의 말을 듣고서 튜테가 혼자서 어둠을 뚫고 이곳으로 돌아와야만 한다는 사실을 깨달았다. 나는 걱정돼서 셋이서 돌아갔다가 셋이서 오면 되지 않겠느냐고 제안했지만, 그녀는 괜찮다며 돌아갔다.

(어둡고 무서운 걸 질색하는데 괜찮으려나~, 튜테.)

"꺄아아아앗!"

걱정하고 있던 차에 근처에서 튜테의 비명이 들려왔다. 나는 고민할 새도 없이 목소리가 들린 쪽으로 달려갔다.

샤워실에서 나갔더니 복도에서 엉덩방아를 찧은 채 문이 아닌 복도 쪽을 쳐다보고 있는 튜테가 보였다.

"왜 그래, 튜테! 괜찮아?"

나는 튜테에게 달려가 말을 걸었다.

"……저, 저쪽에…… 하, 하얀 실루엣이……."

내 목소리를 듣고서 튜테가 부들부들 떨며 복도 저 앞을 가리켰다.

"실루엣이요?"

마기루카도 달려와 튜테가 가리킨 쪽을 봤다. 나도 그쪽으로 시선을 돌렸지만 아무도 없었다.

"아무것도 없는데?"

바로 그때 튜테가 가리켰던 복도 모퉁이에서 누군가가 얼굴을 쓱 내밀었다.

""""으!""""

"무, 무슨 일이냐? 비명이 들렸는데."

학원장님이었다.

놀란 표정으로 다가오는 학원장님을 보고서 숨을 참으며 긴장하고 있던 나는 하아~, 하고 숨을 내뱉으며 긴장을 풀었다. 두 사람도 마찬가지였는지 한숨을 깊이 내뱉고 있다.

"노, 놀래지 마세요. 할아버님."

"응? 왜 그러냐?"

"튜테가 학원장님이 유령인 줄 알고 착각했대요."

나와 마기루카가 안도하며 학원장님에게 설명했다.

"……그, 그런가요? 머리가 길었던, 것 같은데……."

튜테가 작은 소리로 중얼거렸다.

"튜테?"

"흐음, 놀래서 미안하구먼. 뭐, 그건 그렇다 치고. 흠흠, 세 사람 모두 장래가 기대되는구먼♪"

"어?"

튜테의 발언이 마음에 걸려 물어보려고 했는데 학원장님의 말이 더 마음에 걸렸다. 나는 이쪽을 물끄러미 쳐다보고 있는 그의 시선을 쫓아가봤다.

"""""——으!"""""

나와 마기루카가 동시에 알몸으로 뛰쳐나왔음을 깨달았다. 튜테도 엉덩방아를 찧으면서 치맛자락이 성대하게 말려 올라가 민망한 모습을 하고 있었다.

"""""꺄아아아아아아악!"""""

고요한 학원에 우리의 비명이 울려 퍼졌다. 무심코 학원장님을 냅다 때릴 뻔했지만, 꾹 참고서 도망친 그 당시 자기 자신을 칭찬해주고 싶다.

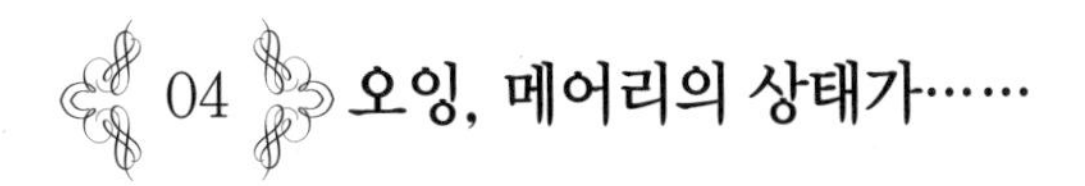

04 오잉, 메어리의 상태가……

소동으로 요란했던 밤이 지나가고 날이 밝았다. 마기루카는 일단 집으로 돌아갔다가 오후에 다시 학원으로 돌아왔다.

4학년이 되면 들어야 하는 수업이 줄어든다. 종일 수업이 없는 날도 있다.

(그러고 보니 오늘은 메어리 님이 수업이 없어서 쉰다고 했었지.)

마기루카는 조금 시시한 마음으로 얼마 안 되는 수업을 끝마치고서 집으로 돌아가지 않고 그대로 조사를 벌이기로 했다.

어제는 마경을 찾아내지 못해서 그 대신에 뭔가 좋은 정보가 없을까, 하고 생각했다. 뭐, 본인의 리포트 테마도 찾을 겸 겸사겸사하는 일이긴 하지만.

마기루카는 평상시처럼 구교사 담화실에 얼굴을 비추고서 도서관에 가려고 했다. 그런데 담화실 입구 근처에서 대화를 나누는 여학생들이 메어리를 언급해서 문득 발걸음을 멈췄다.

대화 내용으로 미루어보아 조금 전까지 메어리가 무슨 행동을 했던 모양이다.

오늘은 수업이 없을 텐데, 하고 의아하게 여긴 마기루카는 무심코 그 여학생들에게 물어보고 말았다.

"잠깐, 괜찮을까?"

"아, 마기루카 님. 안녕하세요."

"안녕."

그때 마기루카는 그 여학생들의 얼굴 생김새를 보고서 한 가지 접점이 떠올랐다.

"당신들은 분명 피복창작 연구회 분들……이죠?"

"예, 저희는 학과를 초월하여 다 함께 지혜를 모아 새로운 패션을 연구하고 있습니다. 마기루카 님을 비롯한 선배님들이 창설해 주신 제도 덕분에 창작의 폭이 넓어졌어요."

마기루카가 확인하고자 묻자 정답이었는지 연구회 사람 중 하나가 눈동자를 반짝이며 대답했다.

"실례지만 아까 메어리 님이 뭘 어쨌다고 하던데……."

"앗, 예. 아침 일찍 우리 연구회에 오셔서 또 새로운 패션을 가르쳐주셔서 조금 전에 넘겨드렸어요."

"급히 제작하긴 했지만, 꽤 참신했습니다. 역시 메어리 님이에요."

"저희도 그 옷을 토대로 더욱 새로운 옷을 만들어나가고 싶어요."

마기루카가 묻자 여학생들이 기뻐하며 대답했다.

그러고 보니 지금 자신이 입고 있는 이 옷도, 클래스 마스터가 입는 옷도 모두 메어리가 디자인했다는 소리를 듣고서 그녀들이 이따금 담화실을 찾아오곤 해서 얼굴이 절로 외워진 거라고 마기루카는 탄식했다.

메어리가 학원에 왔음을 알게 된 마기루카는 감사 인사를 하고서 그곳을 떠났다.

일단 당초 예정한 대로 담화실에 들어갔다. 예상과 달리 아무도 없어서 마기루카는 그대로 도서관에 가기로 했다.

"메어리 님…… 새로운 옷을 제작하는 걸 그다지 반기지 않았던 것 같은데, 오늘은 무슨 바람이 불었을까?"

설마 공기처럼 무시당하기 위한 의상은 아니겠지? 하고 마기루카는 조금 불안해하면서 창밖을 바라보니 때마침 웬 은발 소녀가 지나가는 모습이 보였다.

"메어리 님?"

메어리처럼 생긴 인물이 인적이 드문 곳을 뛰어가자 마기루카는 의문이 들어 그쪽으로 발걸음을 옮겼다.

마기루카는 교사 밖으로 나와 작은 숲으로 들어갔다. 이윽고 실루엣이 보였다. 상대는 마기루카가 온 것을 알아차리지 못하고 등을 돌리고 있었다. 자세히 보니 감추려고 한 것처럼 보이긴 하지만 저 은발은 틀림없는 메어리다. 마기루카는 그렇게 확신하고서 살며시 다가갔다.

"메어리 님."

"후냐아아아아아앗!"

마기루카가 뒤에서 말을 걸자 정말로 다가온 줄 몰랐는지 눈앞의 소녀가 희한한 소리를 내지르며 펄쩍 뛰었다.

"뭐, 뭐뭐뭐, 뭐야, 마기루카야? 깜짝이야~."

메어리가 황급히 이쪽으로 고개를 돌리자 마기루카는 고개를 갸웃거렸다.

그녀를 본 순간 왠지 위화감이 느껴졌기 때문이다.

그렇다. 메어리의 머리에 관모(冠毛) 같은 머리카락이 한 가닥 뿅, 하고 나 있었다.

'어? 저런 게 있었나?

마기루카는 기억을 더듬어봤지만, 뭐 어차피 잠자다가 헝클어졌거나 메어리 나름의 패션이겠거니 싶어서 생각을 접었다.

그보다도 메어리의 모습에서 위화감이 느껴졌다.

그녀가 망토로 머리 아래부터 몸을 가리고 있었다.

"이런 데서 뭘 하는 건가요?"

옷차림도 의문스럽지만, 그보다도 메어리가 이런 인적 없는 숲에서 뭘 하는지가 궁금했다.

"후에, 아~……. 으으응, 아무것도 물어보지 않는 게 좋을 거야. 당신은 날 못 본 것으로 하고 어서 여길 떠나도록 해."

메어리가 아주 진지한 표정으로 대답하자 마기루카는 내심 크게 놀랐다.

늘 의지하던 메어리가 이번에는 자신을 멀리하려고 하고 있다. 그렇게 해야 할 만큼 무언가 중요한 일이 있는 건가? 아니면 위험한 일? 현 단계에서는 그 속내를 짐작하기가 어렵지만, 그녀의 태도를 보아하니 농담을 하는 것처럼 보이지 않았다.

"그, 그렇게 말해도 전 물러설 수 없어요."

"……더 관여했다가는 당신도 어둠의 세계에 발을 들이게 될 거야."

어둠의 세계. 메어리의 입에서 그런 단어가 나오자 마기루카는

숨을 삼켰다.

마기루카는 메어리의 이야기가 너무 황당해서 머릿속이 잘 정리되지 않았다. 그러나 여기서 떠나면 안 된다고 마음이 호소하고 있었다.

"……사, 상관없어요. 전에도 말했지만 저는 당신의 힘이 되고 싶어요."

전에 말했을 때와 뉘앙스는 다르지만, 마기루카의 마음은 똑같다. 그 마음이 전해졌는지 메어리가 이쪽으로 고개를 돌렸다. 마기루카도 그녀를 쳐다봤다.

몇 초쯤 지나고 메어리가 뜻을 꺾었는지 한숨을 내쉬었다.

"하는 수 없네, 본의는 아니지만……. 앗, 숙여!"

메어리가 마기루카에게 다가가 쓴웃음을 지은 그 순간, 그녀가 다른 쪽을 보더니, 마기루카의 어깨를 쥐고서 몸을 숙이게 했다.

"뭐, 뭔가요?"

"쉿, 조용히. 큭, '기관(機關)'이 여기까지 올 줄이야. 부주의했어."

메어리가 벌레라도 씹은 듯한 표정으로 어떤 방향을 쳐다봤다. 마기루카도 그쪽으로 시선을 돌렸지만 아무도 보이지 않았다.

마기루카가 더 자세히 보기 위해 몸을 반쯤 일으켜 그쪽을 응시했다. 사람 실루엣 같은 것이 미묘하게 움직이자 황급히 몸을 숙였다.

메어리의 말이 사실이었음을 깨달은 마기루카는 아까 그녀의 입에서 흘러나온 단어가 마음에 걸렸다.

'기관.'

어둠의 세계와 기관. 마기루카는 그 단어만으로 무언가 위험한 것을 상상하고 말았다. 그러나 두 사람은 학생에 불과하다. 그런 기관에게 찍힐 만한 행동을 한 적이…….

마기루카는 문득 떠올랐다.

자세히는 모르지만, 에인호르스 성교국에 침입했던 어둠의 조직을 분명 '영멸기관'이라고 불렀었다. 그리고 그 기관이 암약했던 사건에 휘말린 적이 있었다.

설마 그 기관과 메어리 사이에 어떤 관계가 있는 건가? 마기루카는 생각했다.

"……메어리 님. 혹시 '그' 기관이 학원 내에?"

"응? 아, 응."

마기루카가 묻자 메어리는 순간 당혹스러워했다. 그러나 마기루카는 그녀가 솔직하게 대답할지 말지 망설였던 것이라고 해석했다.

"난 '그' 기관의 마수로부터 도망쳐 나와 싸우고 있어."

"어째서 메어리 님을 노리고 있는 건가요?"

"그건 내가 '힘'을 각성했기 때문이야. 기관은 그 힘을 두려워하고 있어."

"히, 힘 말인가요?"

"그래, 그 힘은 바로 '마법 소녀'야!"

"마법, 뭐라고요?"

주먹을 불끈 쥐고서 열변을 토해내는 메어리와는 대조적으로 마기루카는 어안이 벙벙해졌다.

"헉, 이 대목에서 동료가 늘어난다는 전개도 괜찮겠네……."

메어리가 마침 잘 되었다는 표정으로 무슨 말을 중얼거렸다. 그러나 마기루카는 그녀가 무슨 말을 하는지 이해가 되지 않아서 그대로 흘려버리고 말았다.

"마기루카는 여기 숨어 있어!"

"앗, 메어리 님!"

머릿속으로 정보를 정리하던 마기루카를 놔두고서 메어리가 숨어 있던 풀숲에서 뛰쳐나가 모습을 드러냈다.

"내 마음은 힘이 된다!"

메어리가 허공에 외치고는 장식이 화려한 손바닥 크기의 하트 모양 브로치를 꺼내더니 포즈를 취했다.

"엥?"

또다시 이해의 범주를 초월한 전개가 눈앞에서 펼쳐지자 마기루카는 넋을 놓고 바라보았다.

"프롬 마이 하트!"

메어리가 들고 있던 브로치를 높이 쳐들고는 작은 목소리로 빛의 마법을 발동시켰다. 섬광 때문에 한순간 주변이 보이지 않게 되었다.

그리고 시야가 다시 환해지자 메어리의 모습이 변해 있었다.

"고고하게 빛나는 백은의 마음! 플라티나 하트SR!"

"으——응?"

메어리가 한순간에 머리 모양을 사이드 테일로 바꿨다. 아니, 자세히 보니 머리가 땅바닥에 닿을 정도로 길고 지나치게 풍성했다. 아마도 그녀의 머리카락과 색깔이 비슷한 모발을 장식처럼 부착했으리라 하고 마기루카는 추측했다.

또한 메어리가 파밧, 하고 취한 포즈와 대사 역시 엉뚱하기 짝이 없었다. 도저히 마기루카의 뇌에 들어오지 않았다.

그중에서도 특히 의상이 가관이었다.

하얀 옷에 프릴이 주렁주렁 달린, 배꼽을 훤히 드러내는 미니스커트 의상과 쓸데없이 크고 기다란 리본. 아까 꺼냈던 브로치가 리본과 함께 가슴에 부착되어 있었다.

마기루카는 왠지 봐서는 안 될 것을 보고 말았다는 생각이 슬며시 들었다.

"메……메메메, 메어리, 님?!"

"아냐! 지금 난 어둠의 세계에서 남몰래 악과 싸우고 있는 빛의 사도, 플라티나 하트, SR이라고!"

말하는 동안에도 포즈를 여러 차례 바꾸며 당당하게 대답하는 메어리, 아니, 플라티나 하트SR.

바로 그때, 풀숲을 헤치고서 누군가가 등장했다.

"어, 골렘?"

누군가가 소환했는지 흙 골렘 여러 마리가 메어리와 마기루카를 향해 다가왔다. 인체를 간략화시킨 것처럼 생긴 그 골렘은 가면 같은 것을 쓰고 있었다. 메어리의 전생 시절 지식을 빌려서 말하자면 전신 타이츠에 가면을 착용한 듯한 느낌이었다. 뭐, 너무 간략화시켰는지 관절 같은 게 이상하게 꺾여 있어서 사람이라고 하기에는 많이 미묘했지만…….

“큭, 기관의 전투원! 하지만 이 정도쯤은 플라티나 하트SR의 상대가 안 되지! 으랏!”

마기루카가 필사적으로 현 상황을 파악하는 동안에 메어리가 혼자서 그 전투원에게 돌격했다.

그리고 ‘마법’ 소녀답지 않게 주먹 등 물리 공격으로 골렘을 분쇄해나가는 플라티나 하트SR.

마기루카는 그런 생각이 절로 들 정도로 현 상황을 관찰할 수 있게 되었다.

별로 고전하지 않고 이내 골렘들이 모조리 땅으로 돌아갔다.

“……끝났나요?”

노도와 같은 전개 속에서 마기루카는 자신이 이 상황을 시종 지켜보기만 했다는 사실을 깨달았다. 임기응변에 약한 자신이 분했다.

다음이야말로……. 마기루카는 그렇게 다짐하고서 메어리를 쳐다봤다. 그러나 그녀의 모습을 보고는 조금 뒷걸음질을 치고 말았다.

“기관도 물러난 모양이네. 하지만 싸움이 끝난 건 아냐. 녀석들은 또 나타날 거야.”

“그, 그렇다면 다른 분들한테 도움을.”

"그건 안 돼. 이건 마법 소녀인 내 사명이자 숙명이야……. 그러니까 외부인을 끌어들일 수는 없어."

"외부인……."

자신도 그 외부인에 해당하는 건가? 마기루카는 의기소침해졌다. 메어리는 그런 마기루카에게 다가가 두 손을 꼭 쥐고서 본인의 가슴으로 가져갔다.

"하지만 말이야. 당신은 그렇지 않아. 여기서 이렇게 만난 건 우연이 아냐. 우리 둘은 분명 운명의 실로 묶여 있을 거야. 마기루카, 당신의 마음속에 잠들어 있는 마음을 해방하면 분명 매지컬 하트가 당신 앞에 나타날 거야."

"매, 매지컬?"

마기루카는 자신의 손을 꼭 쥐고서 신나게 떠들어대는 메어리의 말을 절반도 이해하지 못했다.

"……그렇다면 본격적으로 소도구 같은 게 필요한데 말이야. 새로운 의상은 연구회 애들한테 부탁하기로 하고……."

"메, 메어리 님?"

"있잖아, 마기루카는 내일 수업이 없지?"

"어, 아, 예."

"그럼 왕도에서 쇼핑하자. 오후에 분수 앞에서 집합이야."

"엇, 하지만 내일은……."

"그럼 안녕, 마기루카. 이얍!"

메어리는 노도와 같이 떠들어대고서 마기루카에게서 떨어진 뒤에 펄쩍 뛰어서 키가 큰 나뭇가지 위에 올랐다. 그러고는 고요한 숲속으로 사라져갔다.

남겨진 마기루카는 한동안 메어리가 떠나간 방향을 멍하니 쳐다보며 서 있었다.

"……메어리 님은 내일 수업이 있다고 하지 않았나?"

그리고 아까 미처 하지 못한 말을 혼잣말처럼 중얼거렸다.

부스럭.

"히익!"

갑자기 누군가가 정적을 깨고 풀숲을 헤치고서 마기루카 앞에 나타났다. 방심하고 있던 마기루카는 비명을 작게 내지르며 몸을 움츠렸다.

"어라? 마기루카였나? 이런 데서 뭘 하는 게냐?"

마기루카 앞에 나타난 사람은 그녀의 할아버지이자 학원장인 포르트나였다.

"노, 놀래지 마세요. 할아버지."

깜짝 놀란 심장을 달래고자 마기루카는 한숨을 크게 내뱉었다. 학원장은 그런 그녀를 지켜보며 조용히 대답을 기다렸다.

"저도 딱히 무슨 용건이 있어서 이런 데 온 게 아니에요. 그저 메어리 님이 보여서 말을 걸었을 뿐이에요."

"메어리 짱이?"

"예, 여기서……."

그 순간 마기루카는 말을 끊었다. 아까 전 일을 다른 사람에게 말해도 될지 고민이 되었기 때문이다.

"아뇨, 아무것도 아닙니다. 오늘 수업이 없는 메어리 님이 학원에 와 있어서 놀랐습니다. 게다가 내일은 수업이 있는데도 왕도에서 쇼핑하자고 해서……. 왠지 이해가 안 되네요."

마기루카는 무난한 의문을 던지며 이 상황을 얼버무리려고 했다. 학원장은 그녀의 말을 듣더니 잠시 골똘히 생각했다.

"흐음……. 뭐, 선생한테 무슨 볼일이 생겨서 변경된 거겠지. 그보다도 네게 부탁할 게 있는데 괜찮겠느냐?"

"뭔가요?"

"내가 왕도에서 뒤를 봐주고 있는 마도구점을 알고 있느냐?"

화제가 갑자기 전환되자 마기루카는 그 의도를 알 수 없어서 고개를 갸웃거렸다. 그러나 이내 질문에 대답하고자 고개를 끄덕였다.

"내일 왕도에 가는 김에 편지를 한 통 전해다오."

"편지 말인가요……. 예, 뭐, 그 정도쯤이야."

할아버지의 부탁이라 흔쾌히 수락하긴 했지만, 왜 자신에게 그런 부탁을 했는지 마기루카는 조금 의문이 들었다.

"그래, 그래. 그럼 학원장실로 돌아가 편지를 넘겨주마."

학원장이 그렇게 말하고서 안도하기보다는 왠지 히죽 웃은 것처럼 느껴져 마기루카는 의아해했다. 그녀의 시선을 피하듯 학원장이 발걸음을 돌려 숲에서 나갔다. 마기루카도 그 뒤를 따라갔다.

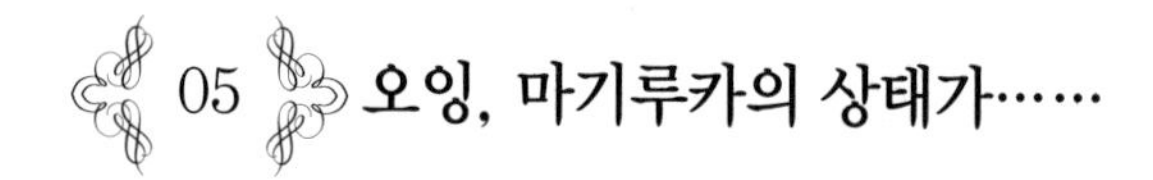

05 오잉, 마기루카의 상태가……

마경을 찾아내는 데 실패한 뒤 찾아온 이튿날은 수업이 없는 휴일이었다. 그리고 그 다음 날에는 학교에 갔다.

(4학년이 되면 여러모로 할 일이 있으니까~. 아, 그러고 보니 오늘 마기루카, 수업이 없다고 했던가?)

수업이 의외로 일찍 끝나서 무료해진 그녀는 그런 생각들을 하며 구교사 담화실로 향했다. 누군가 있지 않을까~, 하고 약간 기대하며 문 앞에 서서 노크했다.

"들어오세요."

뜻밖에도 안에서 마기루카의 목소리가 들렸다.

(어라? 마기루카는 오늘 휴일일 텐데?)

내가 고개를 갸웃거리고 있으니 튜테가 조용히 문을 열어줬다. 나는 생각을 접고서 안으로 들어갔다.

안에는 예상한 대로 마기루카가 서 있었다. 다른 사람은 없었다.

"마기루카, 오늘은 휴……."

"아아아아앙, 메어리 니이~임!"

나를 확인하자마자 마기루카가 달려와 놀랍게도 나를 끌어안았다. 더욱이 애교 섞인 목소리를 내면서.

"무, 무무무, 무슨 일이야, 마기루카?!"

"예? 뭐가 말인가요?"

마기루카가 부비부비를 하면서 나에게 물었다.

(어라~? 마기루카는 이런 스킨십을 싫어한다고 해야 하나, 부끄러워하는 줄 알았는데. 먼저 해오다니 이거 횡재한 건가?)

마기루카가 부끄러워하는 줄 알면서도 달라붙는 내가 할 소리는 아니긴 하지만, 그녀가 먼저 다가와 달라붙다니 희한한 일이다.

클래스 마스터 직무에서 해방돼서 조금은 자신에게 솔직해진 걸까? 그럼 나도 협력해줘야겠지.

"……아아아, 메어리 님의 고귀한 향기……. 하아하아."

(혀, 협력……해줘야……겠지?)

마기루카가 얼굴을 붉히며 내 몸에 달라붙어서는 스~하~스~하, 하고 냄새를 마구 맡으며 중얼거리자 내 생각이 흔들렸다.

"마, 마기루카, 오늘은 휴일이라고 하지 않았어?"

나는 스스슥 뒷걸음질을 치면서 화제를 돌렸다.

"휴일?"

내가 묻자 무슨 영문인지 마기루카가 의문형으로 대답했다. 입에 손을 대고서 고개를 갸웃거리는 모습이 귀엽다.

"그랬던가요? 메어리 님 생각으로 머릿속이 꽉 차서 잊어버렸네요."

그런 소리를 태연하게 하는 마기루카를 보니 왠지 분위기가 달라진 것 같았다. 뭐라고 해야 할까, 실례이긴 하지만 똑똑했던 평소 모습은 온데간데없이 사라지고 바보처럼 보였다.

그때 나는 마기루카의 머리 위에서 살랑이는 무언가를 발견했다.

(바보털이잖아?! 어라? 마기루카한테 바보털이 있었던가?)

기억을 더듬어봤지만, 전혀 떠오르지 않았다. 그러나 영영 없을 거라고 장담할 수는 없다. 우연이거나 혹은 마기루카가 의도적으로 만든 걸까?

(혹시 멋을 부린 건가? 아니, 잠을 자다가 헝클어졌을지도……. 마기루카의 성격을 생각해보면 후자는 아니겠지.)

"메어리 님과 대화하고 싶어서 이제나저제나 기다리고 있었어요. 자자, 어서 앉으세요♪"

내가 바보털에 관해 생각하고 있으니 마기루카가 아랑곳하지 않고 팔짱을 끼더니 걸어 나갔다.

"어, 아, 잠깐, 어라?"

태도가 너무 당당한 것이 전혀 마기루카답지 않아서 나는 당혹스러움을 감추지 못했다. 평소였다면 동의를 구한 뒤에 행동했을 것이다. 상당히 제멋대로라고 해야 할까, 예상치 못한 행동에 당황했다. 그러나 다른 한편으로는 조금 귀엽게 느껴졌다.

(후후훗, 패턴을 보아하니 이대로 거절한다면 마기루카가 의외로 토라질지도. 하하핫, 마기루카가 그럴 리가…….)

"잠깐만, 마기루카."

그 모습을 보고 싶다는 짓궂은 생각이 들어서 나는 행동으로 옮겼다. 발걸음을 멈추고서 팔짱을 풀자 마기루카가 어리둥절한 표정으로 나를 쳐다봤다.

그리고 울먹였다.

그야말로 울음을 펑펑 터뜨리기 일보 직전이었다.
내가 거절했다고 여겼는지 이 세상이 다 끝난 것처럼 절망하고 있다.
"메, 메어리 님이……, 날 거부, 하다, 하다니……."
"와아아아, 미안! 딱히 싫다는 건 아냐! 그냥, 으음, 저기, 있잖아? 뭐라고 해야 하나, 그게~, 잠깐 마가 끼었다고 해야 하나."
예상을 훌쩍 넘은 결과가 벌어지자 나는 당황하여 변명하려고 했지만, 괜찮은 변명거리가 떠오르지 않았다.
"……즉, 메어리 님은 제게 장난을 치려고 했던 거죠?"
"으음~, 응……. 미안."
"…………."
"……마기루카? 화났어?"
"에헤헤, 다행이에요. 메어리 님이 절 싫어하게 된 줄 알았어요."
마기루카가 평소에는 거의 보여준 적이 없는 부드러운 미소를 짓자 나는 그 모습에 무심코 홀려버렸다.
(귀여워……! 하지만 날 향한 마기루카의 마음이 왠지 묵직한 것 같은데 그저 기분 탓일까?)
"메어리 님한테 미움을 사면 저는 못 살아요. 하마터면 자해할 뻔했어요."
(무거워, 무거워, 무거워, 무거워!)

"하하핫, 또또~, 농담을~."

분위기가 무거워져서 나는 헛웃음을 지으며 누그러뜨리려고 했다. 이 이야기는 이제 끝내자는 뜻을 내비치고자 마기루카에게서 떨어져 자리에 앉았다.

이런 내 태도에 마기루카가 어떤 표정을 지었을지 무서워서 차마 확인하고 싶지 않았다.

(으~음, 왠~지 오늘 마기루카는 별나다고 해야 하나, 이상한 것 같아. 하지만 '오늘 이상하지 않아?' 하고 어떻게 물어봐. 너무 무례하잖아.)

내가 자리에 앉아 방 안을 둘러보며 생각하고 있으니 마기루카가 평소와 달리 맞은편이 아닌 옆자리에 앉았다.

"어?"

"?"

뜻밖의 행동에 놀란 나는 살짝 소리를 내며 마기루카 쪽을 쳐다봤다. 그녀는 그 행동이 지극히 당연하다는 표정을 지으며 나를 쳐다봤다.

(신경 쓰지 말자. 신경을 쓰면 패배한 기분이 들 것 같아.)

"으음, 아, 여, 연구 리포트는 어떻게 한담~. 다른 걸 검토해볼까."

그토록 소란을 피웠는데도 거울을 찾아내지 못했기에 나는 테마를 바꿔볼까, 하는 생각을 내비쳤다.

"마기루카, 뭐 괜찮은 게 없을까?"

바꿔보자는 생각을 했으면서도 마기루카에게 다른 테마를 요구하는, 남에게 빌붙기만 하는 나.

"글쎄요?"

"…………."

싱글벙글 웃으며 나를 물끄러미 쳐다보던 마기루카가 태연하게 대답하자 나는 입을 우물거렸다.

(그, 그렇겠지. 내 일이니 남한테 의지해서는 안 되겠지.)

남에게 빌붙기만 하는 자신을 반성하면서 테마를 무엇으로 바꿀지 고민해보기로 했다.

"으~음, 어쩔까~. 새로운 무언가를 발견해낸다든지, 그런 과한 테마는 사양하고 싶은데. 무난한 게 뭐 없으려나……."

고민했지만 생각이 잘 정리되지 않았다. 옆에 있는 마기루카가 아까부터 아무 말 없이 나를 뚫어져라 쳐다보고 있기 때문이다.

"……그, 그래. 다른 사람한테 물어봐서 참고해보는 건 어떨까. 마기루카, 어때?"

"괜찮을 것 같은데요?"

마기루카가 바로 대답해줬다. 그런데 머리로 생각하고서 내뱉은 말처럼 들리지 않았다. 평소였다면 조금 더 생각해보고서 대답해줬을 것 같다.

"아가씨, 다른 분들이 생판 남한테 연구 중인 테마를 알려줄 것 같지는 않은데요. 최악의 경우에는 도용당할 가능성도 있고요."

내가 마기루카의 태도에 의문을 느끼고 있으니 뒤에서 튜테가 속삭였다.

(과연 일리가 있네. 그래서 마기루카도 말을 꺼렸던……. 어라? 그럼 지난번에는 왜 마기루카가 내게 얘기해준 거지? 생판 남이 아니라서? 날 위해서? 그럼 지금은 왜?)

생각하면 할수록 머리 위에 물음표만 늘어갔다.

"그보다도 메어리 님, 이제 남은 수업이 없죠? 그럼 저와 쇼핑하러 가요!"

"쇼핑? 뜬금없네. 으~음, 근데~ 리포트도 해야 하고."

마기루카가 갑자기 학업이 아니라 놀자고 제안해서 놀랐다. 내가 떨떠름한 표정을 보이자 마기루카가 노골적으로 뿔이 난 표정을 지었다.

"마, 마기루카?"

"부우우~! 메어리 님은 아까부터 리포트, 리포트, 공부 타령만! 저와 이야기할 마음은 없나요?"

"아니, 학생은 공부가 본분이잖아? 우린 학원에 다니니 공부를 중시해야지."

스스로 생각해도 고지식한 소리구나 싶었다. 평소에 마기루카가 할 법한 말을 내가 하는 이 상황에 위화감이 들었다.

"아이 참~, 메어리 님은 저와 공부, 둘 중 어느 쪽이 더 중요한가요?"

(어이쿠, '어느 쪽이 더 중요해?'라는 질문을 받게 되는 때가 올 줄은 생각도 못 했네. 게다가 마기루카한테서.)

마기루카가 원망스러워하며 이쪽을 쳐다봤다. 나는 대답하기가 난처해서 식은땀을 흘렸다.

(이건 마기루카 나름의 조크인가? 그녀가 이런 선택지를 들이밀며 몰아세울 리가 없잖아. 설마 이 대목에서 공부라고 대답하면 우는 건 아니겠지?)

그건 그것대로 보고 싶……지 않다. 아까처럼 자해를 시도하거나 혹은 히스테리를 부리면 큰일 날 것 같으니까.

"아가씨, 혹시 마기루카 님은 시야를 넓혀 학원 내부뿐만 아니라 왕도도 탐색해보는 게 어떻겠냐고 말씀하신 게 아닐까요?"

"과연, 일리가 있네!"

튜테가 지적하자 나는 무심코 손뼉을 쳤다. 그렇다면 빙빙 돌려서 말하지 말고 직접 말하면 좋았을 것을. 그러나 나는 마기루카에게 나름의 사정이 있었으리라 멋대로 해석했다.

"공부!"

"메……, 메어리 님……."

"어, 아, 어라? 그, 그래도, 왕도에는 갈 거야. 자, 가자, 어서 가자고. 마기루카, 좋지?"

내가 자신 있게 대답하자 마기루카가 절망 어린 표정을 보였다. 나는 황급히 속내를 밝힌 뒤 그녀의 손을 잡고서 일으켰다.

그리하여 우리는 왕도로 가게 되었다.

설마 그런 사태가 왕도에서 기다리고 있을 줄은 꿈에도 생각지 못했지만…….

06 기관의 음모?

마기루카는 안절부절못하고 있었다.

왕도에서 메어리와 둘이서 쇼핑을 하게 되었지만, 튜테가 있으니 실질적으로 단둘은 아니다. 그렇게 생각했건만 메어리가 튜테를 데리고 오지 않았다.

메어리가 튜테를 대동하지 않은 건 예상치 못한 사태였다. 단둘은 아닐 거라는 생각 때문에 공연히 단둘이라는 상황을 의식하고 있던 마기루카는 놀라고 말았다.

여전히 메어리는 망토로 입고 있는 옷을 가리고 있었다. 그 역시 마음을 불안하게 하고, 신경 쓰이게 하는 요인 중 하나였다.

"벼, 별일이네요. 메어리 님이 튜테를 데리고 오지 않을 줄이야."

마기루카는 무슨 말을 해야 좋을지 몰라서 쩔쩔매다가 무심코 그 부분을 지적하고 말았다.

"윽……. 뭐, 튜테한테는 내 배후의 얼굴을 비밀로 하고 있거든……."

아픈 곳을 찌르자 메어리는 당혹스러운 표정을 짓고는 먼발치를 바라보며 대답했다.

그 표정이 왠지 외로워 보였다. 마기루카는 자신이 배려가 부족했다며 반성했다. 그와 동시에 튜테에게도 말하지 않은 비밀을 자신에게 털어놨다는 기쁨이 한데 뒤섞여 마음이 복잡해졌다.

"……큭, 그때 함께 비쳤다면 내게도오오오!"

"예?"

메어리가 표정을 싹 바꿔 애석하다는 얼굴로 엄지손톱을 씹으면서 중얼거렸다. 마기루카는 제대로 듣지 못하여 되물었다.

"아, 신경 쓰지 마. 그냥 혼잣말이야."

"예……. 아, 으음, 그나저나 메어리 님은 뭐가 필요해서 왕도에 함께 가자고 한 건가요?"

"그렇지. 내 소울을 떨리게 하는 게 필요해."

"소울? 떨리게 한다?"

"음~, 마법 소녀 같은~, 뭐라고 해야 하나~, 그거 말이야, 그거."

"아, 예……."

혼자서 신이 난 메어리를 바라보면서 마기루카는 그녀가 말한 그게 무엇인지 알 수가 없어서 그저 모호하게 대답했다.

"이, 일단 메어리 님이 아는 가게들을 돌아다녀볼까요?"

"윽, 그, 그건 위험해."

"네? 위, 위험하다고요?"

마기루카는 일단 움직이고 보자는 생각으로 그리 제안하고서 걸어 나가려고 했다. 그런데 메어리가 황급히 부정해서 마기루카는 의아해했다.

"엇, 아~아, 우~우, 어~어……. 에헴. 현재 난 배후의 얼굴로 활동하고 있어. 그래서 대놓고 돌아다닐 수가 없어."

"메어리 님……."

메어리가 울적한 얼굴로 대답하자 마기루카는 약간, 아니, 상당히 석연치 않은 표정으로 그녀를 쳐다봤다. 그러나 메어리에게 자신이 이해할 수 없는 무슨 의도가 있겠거니 싶어서 더는 추궁하지 않았다.

"그럼 내가 안내하도록 할까요? 메어리 님이 모르는 가게들이 여럿 있어요."

"그, 그게 좋겠네. 그럼 가자."

메어리가 안도한 얼굴로 찬성하자 마기루카는 그녀가 기뻐할 만한 가게를 열심히 생각했다.

몇 시간 뒤.

"잠깐, 마기루카. 언제까지 커튼 뒤에 숨어 있을 거니?"

메어리가 지적한 대로, 지금 마기루카는 본인이 아는 의류점 탈의실에 있는 커튼으로 자기 몸을 감추고 있는 상태였다.

현재 마기루카는 무슨 영문인지 메어리의 옷 갈아입히기 인형이 되어버린 상태였다.

"하, 하지만…… 이건 좀 화려하다고 해야 할까 창피해서……."

"괜찮아. 내가 고른 거니까 문제없어. 그만 포기하고 나오도록 해."

"우우우~."

메어리가 추궁하자 마기루카는 체념했는지 커튼에서 떨어졌다.

"오호오호, 생각했던 것보다 좋네."

"……그, 그런가요? 치마 길이가 조, 좀 짧은 거 아닌가요? 자꾸 신경이 쓰여 미치겠어요. 그리고 왠지 가슴을 작위적으로 강조한 듯한 느낌이……."

"아, 그 점은 괜찮아, 괜찮아. 그 부분을 의식하고서 골랐으니 문제없어."

"괜찮긴 뭐가 괜찮아요!"

"으~음, 프릴이 조금 치렁치렁하게 달려 있으면 좋겠네. 그리고 마기루카의 이미지에 딱 맞는 색깔은 노란색……, 아니, 빨간색도 괜찮을까."

"…………."

마기루카의 항의가 무색하게도 메어리는 부끄러워하는 그녀를 물끄러미 낱낱이 관찰하고는 생각에 잠겼다.

"애, 빨간색을 바탕으로 한 옷은 없을까?"

벌써 몇 번째인가. 메어리가 말하자 뒤에 대기하고 있던 점원이 찾아오겠다며 일단 떠났다. 마기루카는 그 광경을 반쯤 체념한 얼굴로 바라봤다. 짧은 치맛자락이 자꾸만 신경이 쓰여서 손으로 누르고 있었다. 자연스레 상반신이 앞으로 구부러지고 말았다.

"므흐흐, 이렇게 보니 꽤 요염하네, 마기루카. 섹시 역할을 담당해도 괜찮을지도."

"무, 무슨 소리를 하는 건가요! 그보다도 왜 제 옷만 고르고 있는 거죠? 메어리 님이 사려고 하는 물건은 어쩌고요?"

"응? 오늘은 일단 마기루카의 의상이랑 소도구를 찾으러 온

건데?"

마기루카가 귀까지 붉히며 항의하자 메어리는 쇼핑을 온 이유를 태연하게 밝혔다.

순간 기관과의 싸움과 관계가 있는 줄 알았지만, 현 상황과 잘 결부되지 않아서 마기루카는 깊이 생각하는 것을 포기하고 싶어졌다.

그보다도 현 상황에서 벗어나는 법을 궁리하는 편이 더 낫지 않을까 생각하기 시작했다. 그만큼 부끄러웠다.

"어, 으~음, 아, 맞아요. 소도구, 소도구도 찾고 있다고 메어리님이 말씀했죠. 그쪽도 찾으러 가지 않겠어요?"

"소도구……. 으~음, 괜찮은 매직 아이템 같은 게 있으려나?"

"예를 들어 어떤 걸 말하는 거죠?"

"……으~음, 변신 아이템…… 같은 거?"

"벼, 변신? 어, 으음……. 그, 그럼 때마침 할아버님이 챙겨주고 있는 마도구점에 볼일이 있으니 거기에 가지 않을래요?"

"오호~, 그 학원장이 챙겨주고 있는 가게 말이지. 뭔가 있을 것 같네. 한 번 가볼까."

"그래요? 그럼 안내하죠. 잠시 기다려주세요. 바로 갈아입을 테니."

마기루카는 메어리가 대체 무엇을 찾고 있는지 이해할 수 없었다. 그러나 이 인형 신세에서 벗어날 수 있겠다 싶어서 억지로 이야기를 진행했다.

"어? 그대로……."

"바로! 갈아입을 거예요!"

마기루카가 메어리의 말을 끊고는 커튼을 치고서 서둘러 옷을 갈아입었다. 그 뒤에는 메어리의 망토를 잡아끌 기세로, 실제로는 조심스럽게 살짝 쥐고서 가게를 나왔다.

잠시 뒤 두 사람은 그 마도구점에 도착했다. 메어리는 곧장 가게 안에 진열된 상품들은 둘러보기 시작했고, 마기루카는 심부름을 마치고자 점주를 불러달라고 했다.

"오래 기다리셨습니다. 후툴리카 후작 영애님."

얼마 지나지 않아 한 신사가 마기루카 앞에 나타났다. 그녀는 바로 심부름을 마치려고 편지를 내밀었다.

"할아버님의 편지를 전하러 왔습니다."

"이거, 이거, 이런 일로 왕림하시게 해서 죄송합니다."

"할아버님께서 바로 읽어달라고 하셨습니다."

"예? 당장 말입니까?"

화급을 다투는 내용인가 싶어서 점주는 깜짝 놀랐다. 마기루카에게서 조금 떨어져 편지를 개봉했다.

마기루카는 메어리 곁으로 돌아가고자 발걸음을 돌렸다. 그런데 그때 그가 경악하는 표정을 짓자 무심코 멈췄다.

"서, 설마, 이럴 수가……. 아니, 하지만 저 관모는……."

"왜 그래요?"

"헉, 앗, 아뇨, 아, 아아아, 아무 일도 아닙니다."

마기루카가 묻자 메어리를 보고 있던 점주가 당황해하며 대답했다. 왠지 석연치 않았지만, 추궁할 입장이 아닌지라 마기루카는 그대로 메어리 곁으로 돌아가려고 했다.

"아, 자, 잠시만 기다려주십시오. 후툴리카 후작 영애님."

"예?"

"아, 으음, 저기……. 앗, 맞다. 저기, 건네 드릴 마도구가 있으니 시간을 좀 내주실 수 있겠는지요?"

"편지와 관계가 있는 건가요?"

"예? 어~, 아~, 아, 예."

"그런가요? 그럼 문제없어요."

"그, 그럼 동행하신 분과 함께 방에서 기다려주십시오. 안내해드리지요."

"……메어리 님, 괜찮을까요?"

"응, 문제없어."

점주가 송구스러워하며 부탁하자 마기루카가 웃으며 대답했다. 메어리에게도 물었더니 그녀도 승낙했다. 점주는 안도한 표정으로 두 사람을 안쪽 방으로 안내했다.

"그럼 잠시만 기다려주십시오."

방으로 안내하고서 점주가 황급히 나갔다. 점주의 다급한 뒷모습을 보고서 마기루카는 그토록 사안이 긴급한가, 하는 의문이 들었다. 애당초 그렇게 중요한 일이라면 자신에게 맡기지는 않을 테니까.

생각해본들 답이 나오는 것도 아니고, 달리 할 일도 없었기에 마기루카는 소파에 앉아 점주가 돌아오기를 얌전히 기다리기로 했다.

그런데 메어리는 소파에 앉기는커녕 무언가를 경계하듯 문 쪽으로 살며시 다가갔다.

"…………알고 있어, 페어리 투. 문제없어."

그리고 갑자기 혼잣말을 중얼대기 시작한 메어리를 보면서 마기루카는 아무런 의문도 가지지 않았다.

왜냐면 메어리는 작년부터 스노우라는 이름을 붙여준 신수와 종종 저런 느낌으로 대화를 나누기 때문이다.

그래서 마기루카는 메어리의 이런 기행에 내성이 생겨서 무시하고 말았다.

"어, 그래. 아마도 기관이 얽혀 있을 거야. 내 쪽은 스스로 어떻게든 할게. 걱정하지 마."

메어리의 혼잣말이 이어졌다. 도중에 기관이라는 단어가 들려서 마기루카는 더는 흘려들을 수가 없게 되었다.

"메어리 님, 방금 그 말은 무슨 의미인가요? 기관이라니……, 설마?"

"……맞아. 기관 녀석들이 접근해오고 있어. 우린 이곳에 갇힌 신세야."

"네?! 이, 이럴 수가, 설마!"

메어리의 말을 듣고서 마기루카가 화들짝 놀라 일어섰다. 그런 그녀를 보면서 메어리가 문을 살짝 열어보려고 했으나 열리지 않는다는 몸짓을 내보였다.

"……저, 저 점주가."

할아버지가 비호하고 있는 가게가 기관과 연관이 있을지도 모른다는 말을 듣고서 충격을 받은 마기루카는 혼란에 빠졌다.

모르는 사이에 그 기관이 자신의 주변에까지 침투했다고 생각하니 두렵기까지 했다.

"……어쩌면 학원장님이 건네준 편지에 기관한테 불리한 내용이 적혀 있었을지도 몰라. 점주는 그 편지를 전하러 온 우리를 어떻게 처리할지 기관에 지시를 받고 있겠지."

"……여, 역시 메어리 님! 그나저나 어떻게 그렇게 잘 아는 건가요? 조사를 벌이는 모습은 못 본 것 같은데."

"후엥? 어, 으음~…………. 어어, 알고 있어, 페어리 투. 정보는 계속해서 입수하도록 하고."

마기루카의 소박한 질문에 놀라는가 싶더니만 메어리가 또다시 고개를 홱 돌리고는 혼잣말을 하기 시작했다.

그 대화를 듣고서 마기루카는 메어리에게는 아마도 스노우, 혹은 동급의 강력한 아군이 은밀히 돕고 있는 게 틀림없다고 해석했다.

"이, 일단 여기서 탈출하지 않으면 안 되겠네요."

"……맞아. 들키지 않도록 탈출하자. 골판지 상자가 있었으면 좋았을 텐데."

"골판지 상자가 뭔가요?"

"훗, 정석 스니킹 아이템이야. 아, 나무 상자도 가능하려나?"

"그, 그런가요……."

자기 입으로 기관이 얽혀 있다고 해놓고서 무슨 영문인지 메어리가 신바람을 내고 있다. 마기루카의 머리 위로 물음표가 띄워졌다.

메어리가 문을 살짝 열어서 복도를 살펴봤다.

"……어라? 안 열리는 거 아니었나요?"

"엇, 아아~, 응, 마법으로 열어버렸어."

"그, 그런가요? 그나저나 왠지 메어리 님, 은밀한 동작이 익숙한 것처럼 보이는데요?"

"윽, 아, 뭐, 도망쳐 다닐 일이 많아서 말이야."

메어리의 그 해명을 듣고서 마기루카는 약간 개운치 못한 느낌이 들었다. 그러나 그것은 제쳐두기로 했다. 그보다도 방금 도망쳐 다닐 일이 많다고 했는데 애당초 마법 소녀라는 힘으로 기관을 격퇴할 수 있지 않나? 도망쳐 다닌다는 그 말이 이상하게 들렸다.

그렇다면 대체 무엇으로부터 도망쳐 다닌다는 걸까?

단순히 생각해보면 격퇴할 수 없는 상대가 있다는 뜻이 아닐까?

그 메어리조차 격퇴할 수 없는 적이 기관에 있을 수도 있다. 그것은 꼭 불가능한 일만은 아니다. 그 말인즉슨 자신에게도 위협이 될 수 있다는 뜻이다.

등골이 오싹해진 마기루카는 고개를 저어 아직 보지도 않은 상대에 관한 생각을 털어냈다. 그리고 탈출하는 데 집중하기로 했다.

바로 근처에서 메어리가 무언가 부스럭거리고 있었다.

뭘 하는지 들여다봤더니 메어리가 어느새 커다란 나무 상자를 가져와 뚜껑을 떼어낸 뒤 내용물을 비우고 있었다.

"저기, 메어리 님. 그걸로 뭘 어쩌려고요?"

"물론 뒤집어써야지!"

메어리가 열린 부분을 아래로 향하게 한 뒤 그대로 안으로 들어가버렸다.

설마 그 상태로 이동할 생각은 아니겠지? 마기루카는 일말의 불안감을 감출 수 없었다.

"좋아, 완벽. 꽤 괜찮은걸."

"저기……, 메어리 님. 그냥 걸어 나가면 안 될까요?"

"싫어. 그건 시시한걸. 스니킹 게임은 이래야 제맛이잖아. 자, 마기루카도 어서 들어가."

마기루카는 '이래야 제맛'이라는 메어리의 말을 이해할 수 없었다. 괜찮을지 걱정하면서도 메어리가 지시하는 대로 몸을 웅크려 상자 속으로 흐느적흐느적 숨어들었다.

이렇게 복도를 느릿느릿 나아가는 나무 상자가 완성되었다.

옆에서 봤다면 모두가 어리둥절한 얼굴을 했겠지. 그러나 다행히도 현재 그 누구와도 맞닥뜨리지 않았다.

그러나 그 행운도 끝이 가까워졌다.

“저기, 저 나무 상자 말이야. 움직이지 않았어?”

그런 목소리가 들리자 마기루카의 심장이 쿵쾅 뛰었다.

동시에 그 목소리가 왠지 귀에 익숙한 것 같아서 마기루카는 어라? 하고 의아해했다.

“저기, 어떤 것 같아?”

“예? 지금 내 눈에는 당신밖에 보이질 않아서 잘 모르겠네요.”

또다시 아주 익숙한 목소리가 귀에 들렸다. 마기루카는 어라라? 하고 패닉에 빠져들었다.

그 와중에 메어리만 이동한 바람에 가만히 멈춰 있던 마기루카가 안쪽에서 상자와 툭 부딪치고 말았다.

“꺅!”

“거봐, 역시 움직였어. 게다가 목소리도 들렸고. 누가 들어가 있는 거 아냐?”

발소리가 이쪽으로 다가오자 마기루카는 당장 숨을 죽이고서 손으로 입까지 막았다. 자기 때문에 발각될지도 모른다는 죄책감이 솟아났다.

“어쩔 수 없네. 마기루카, 내가 상대하는 사이에 넌 도망치도록 해.”

“그, 그럴 수는 없어요.”

각오를 굳혔다고 해야 할까? 메어리가 히죽 웃으며 그렇게 말하더니 마기루카의 말을 듣지도 않고 상자를 홱 들어 올리고서 일어섰다.

“후하하핫, 역시 기관의 졸개답네. 내 은밀 기술을 간파해내다니 대단해.”

“메어리……님?”

시야가 순간 밝아졌다. 마기루카는 일어서서 ‘메어리’를 본 뒤에 대치하고 있는 상대가 누군지 확인했다.

그곳에는 ‘메어리’가 서 있었다.

“에에…………에엥??”

마기루카의 머리는 패닉을 뛰어넘어 꽁꽁 얼어버리고 말았다.

07 운명은 교차하는 겁니다

시간을 조금 되돌리도록 하자.

나는 평소답지 않게 밀착해오는 마기루카와 함께 학원을 떠나 왕도에 와 있었다.

왕도로 향하는 내내 그녀의 머리 위에서 살랑거리는 바보털이 신경 쓰였다. 부글부글 끓어오르는 '만지고 싶다, 쥐고 싶다'는 충동을 겨우 억눌렀다. 뭐, 그건 아무래도 상관없는 이야기이긴 하지만.

왕도에 도착하자, 마기루카는 리포트 테마와는 전혀 관계가 없을 것 같은 쇼핑을 하기 시작했다. 아니, 내가 알아차리지 못했을 뿐 어쩌면 어떤 의미가 있지 않을까 싶어서 여러모로 지켜봤지만, 아무리 생각해도 그저 쇼핑을 즐기고 있는 듯했다. 마기루카의 기대치 허들이 너무 높아서 내가 부응해줄 수가 없을 듯했다.

"이, 있잖아, 마기루카. 허들을 조금만 낮춰줄 수 없을까?"

"예? 허들이라니요?"

마기루카가 내 말뜻을 이해하지 못했는지 고개만 갸웃거렸다.

"이렇게 말인가요, 메어리 님?"

무슨 생각인지 모르겠지만 마기루카가 제자리에 쪼그려 앉더니 나를 올려다봤다. 허들이라는 단어의 의미를 몰라서 낮춰달라는 부탁이라도 들어주고자 자세를 낮춰준 거겠지.

(응, 귀여워, 귀여워. 마기루카가 이렇게 귀여운 짓을 하다니 참 귀한 장면이네~.)

귀여운 마기루카를 보고서 엉겁결에 마음이 흐뭇해진 몹쓸 나.

"……아가씨."

"헉! 아, 으으응, 마기루카. 아냐, 쪼그릴 필요 없어. 내가 아까 한 말은 잊어."

뒤에서 대기하고 있던 튜테가 지적하자 나는 마기루카가 길가에서 쪼그리고 있음을 깨닫고서 황급히 일으켰다.

"예~에, 잊어버릴게요~."

마기루카가 싱글벙글 웃으며 나에게 손을 내밀더니 일으켜달라고 눈치를 줬다. 그 말투가 몹시도 가볍게 느껴졌다. 평상시 현명한 이미지와 동떨어져 있다.

"으~음, 왕도에 오면 무언가 자극이 될 줄 알았는데 너무 막연해서 어디서 뭘 봐야 좋을지 잘 모르겠네. 역시나 마법과 관련된 쪽으로 범위를 좁혀볼까."

"그렇다면 할아버님께서 비호하고 있는 마도구점은 어떤가요? 큰 상점이라서 물건들이 다양해요."

"우와~, 한 번 가볼만한 가치가 있을 것 같네. 보러 가자."

역시 마기루카는 든든해, 하고 생각하며 쳐다봤더니 그녀가 싱글벙글 웃으며 이쪽으로 다가왔다. 왠지 고개를 숙이고 있는 듯했다.

"응? 마기루카, 왜 그래?"

"메어리 님, 나, 참 잘했죠?"
"응, 잘했어. 고마워."
내가 고마워했지만, 여전히 마기루카는 나에게 꼭 붙은 채 고개를 숙이고 있었다.
(……혹시 쓰다듬어 달라는 건가? 아니, 무슨 사피나도 아니고 말이야. 천하의 마기루카가 그럴 리가 없잖아~.)
"메어리 님, 나, 참 잘했죠?"
마기루카가 다시금 똑같은 질문을 했다. 아무래도 감사 인사 말고도 답례를 원하는 듯했다.
나는 반신반의하며 조심스럽게 손을 뻗어 그녀의 머리를 쓰다듬었다.
"우후후훗♪"
머리를 쓰다듬자마자 마기루카가 고양이처럼 몸을 비벼대며 기뻐했다. 그녀가 진짜 고양이였다면 분명 가르릉거렸겠지.
(사피나가 강아지라면 마기루카는 고양이 같네.)
나는 안내하는 마기루카를 따라 그 마도구점에 도착했다.
상점이 생각보다 컸다. 흥미를 끌만한 물건이 많을 것 같은 분위기라서 기대감이 부풀었다.
"어서 오십시오——으에에엑!"
우리가 들어가자 점원이 바로 나와 응대해줬다. 그런데 무슨 영문인지 크게 놀란 눈치였다.
나 같은 영애가 상점을 방문하는 게 드문 일인가 싶었지만, 그토록 놀랄 일인지 의문이 들었다.

"왜 그래요?"

"아, 아뇨, 아무것도 아닙니다. 실례했습니다, 레가리아 공작 영애님……과 후툴리카 후작 영애님."

그 사람이 고개를 깊숙이 숙이며 사과한 뒤 자신이 이 상점의 점주임을 밝혔다. 그가 자꾸 마기루카를 힐끔 쳐다봐서 신경이 쓰였다.

"……저, 관모. 서, 설마……."

점주의 입에서 불쑥 새어 나온 말도 신경이 쓰였지만, '관모'가 무슨 뜻인지 알 수가 없었기에 흘려듣기로 했다.

"잠깐 상품을 둘러봐도 괜찮을까요?"

평소였다면 마기루카가 점주에게 설명을 해줬을 테지만, 오늘 그녀는 나에게 찰싹 달라붙은 채 아무것도 하지 않았다.

(아니, 마기루카한테 의지하기만 했던 내가 잘못한 거야. 그녀가 곁에 있으면 무심코 의지한다고 해야 할까, 먼저 나서줘서 뭐든지 맡겨버리기 일쑤이니까. 똑바로 행동해야 해.)

"저, 저기……. 그럼 제가 상품을 가지고 올 테니 안쪽 방에서 느긋하게 기다려주시겠습니까? 아까 저지른 실수도 만회하고 싶으니."

내가 용건을 밝히자 점주가 송구스러워하며 제안했다.

(아까 일 때문에 미안해서 이렇게 잘해주는 건가? 뭐, 굳이 거절할 이유도 없으니 승낙하도록 할까.)

"……알겠습니다. 마기루카도 괜찮지?"

"분부 받잡겠습니다."

"아니, 그렇게 호들갑스럽게 말할 것까지야."

마기루카가 공손하게 대답하자 일단 딴죽을 걸어봤다.

"아앗, 메어리 님한테 혼나고 말았어요."

"아, 미안. 화를 낸 건 아냐. 그냥 농담 삼아 딴죽을 걸어본 거니 마음에 담아두지 마."

내가 딴죽을 걸자 마기루카가 쪼그려 앉더니 우우우, 하고 우는 시늉……, 아니, 정말로 울고 있어서 나는 황급히 사과했다.

(으~음, 오늘 마기루카는 왠지 기분파인 것 같네~. 대체 무슨 바람이 불어서 이러는 걸까?)

"아, 저기~……. 안내해드려도 되겠습니까?"

"아, 예, 부탁합니다."

우리를 곤혹스러운 얼굴로 바라보고 있던 점주가 조심스럽게 물었다. 나는 그를 따라가기로 했다.

아까 전까지 앉아서 울고 있었던 마기루카는 마치 아무 일도 없었다는 듯이 벌떡 일어서서는 싱글벙글 웃으며 나에게 달라붙었다.

(진짜……, 오늘 마기루카는 기분파네~.)

안내하는 점주를 뒤따르며 이리저리 둘러보다가 위화감이 드는 물건을 발견했다.

(응? 저게 뭐야? 나무 상자가 복도 구석에 놓여 있네. 위치가 뭔가 부자연스러워.)

나는 무시해도 좋을 만한 사소한 위화감이 신경 쓰여 나무 상자를 쳐다봤다.

그러자 그 나무 상자가 스슥, 하고 움직이는 게 아닌가.

(우, 움직였네? 혹시 방금 리얼 스니킹 게임을 목격한 건가? 진짜 잠입할 때 상자를 뒤집어쓰는구나. 근데 주변 환경에 전혀 녹아들지 않아서 위화감이 장난이 아닌데. 뭐야? 저 안에 있는 사람은 바보야?)

"……메어리 님?"

내가 깜짝 놀라 발걸음을 멈춰서인지 달라붙어 있던 마기루카가 의아해하며 물었다.

"저기, 저 나무 상자 말이야. 움직이지 않았어?"

나는 그 나무 상자를 가리키며 어서 봐보라며 재촉했다. 뒤에 있던 튜테가 잘 모르겠다는 듯 고개를 갸웃거렸다.

"저기, 어떤 것 같아?"

나는 우리의 든든한 아군인 마기루카에게도 물어봤다.

"예? 지금 내 눈에는 당신밖에 보이질 않아서 잘 모르겠네요."

전혀 든든하지 않네요.

"꺄악!"

내가 실망하여 어깨를 축 늘어뜨리고 있으니 상자가 있는 쪽에서 툭, 하는 소리와 함께 웬 여자애의 소리가 들렸다.

"거봐, 역시 움직였어. 게다가 목소리도 들렸고. 누가 들어가 있는 거 아냐?"

나는 확신하여 그 상자 쪽으로 다가갔다. 어째서 이런 데서 이런 방식으로 숨어 있는 건지, 그리고 그 바보……, 아니, 인물이 누구인지 궁금한 기분이었다.

그 호기심이 악몽의 시작임을 미처 알지 못한 채…….

"후하하핫, 역시 기관의 졸개답네. 내 은밀 기술을 간파해내다니 대단해."

내가 상자 앞에 이르자 체념했는지 안에 있던 사람이 모습을 드러냈다.

나는 그 당찬 행동에 놀랐다. 그리고 바보……, 아니, 이상한 방식으로 이동하던 원흉의 얼굴을 보고서 얼어붙었다.

(엇? 나잖아???)

마치 거울을 보고 있는 듯한 기분이었다. 나는 눈앞에 벌어진 일이 이해되지 않았다.

"적이 겁을 먹고 있어. 바로 지금이야, 마기루카. 너만이라도 달아나!"

"어?"

"예~에♪"

눈앞에 있는 은발 소녀가 말하자 그녀의 발치에 앉아 있던 마기루카가 놀란 소리를 냈고, 나에게 달라붙어 있던 마기루카는 애교스럽게 대답했다. 그러나 둘 다 도망칠 기색은 느껴지지 않았다.

바로 그때 내 머리가 비로소 다시 기동하기 시작했다.

"내가 있잖아아!"

재기동하여 처음으로 내뱉은 말은 진부한 소리였다. 너무 놀란 나머지 무례인 줄 알면서도 손가락질까지 했다.

"응, 맞아. 난 마경에서 태어난 또 다른 너야."

"뭐?!"

내가 느낀 놀라움을 싹 날려버릴 충격적인 사실을 태연하게 불쑥 폭로하는 나. 분위기도 읽을 줄 모르는 나 때문에 나는 흥분이 싸늘하게 식어갔다.

(아니, 아니, 아니, 뭐라고 해야 하지? 이럴 때는 그 사실을 조금 더 뒤로 미루고서 분위기를 고조시키는 게 정석이잖아? 그걸 잡담하듯 선선히 폭로해서 어쩌자는 거냐고, 나야.)

"그대는 나, 나는 그대. 그런 상황 알지? 바로 그거야, 그거."

그런 내 심정 따윈 아랑곳하지 않고 이상한 포즈를 취하며 아주 으스대는 표정으로 말하기 시작한 또 다른 나. 그 포즈가 흡혈귀국의 어느 아가씨와 꼭 닮은 것 같은데 그저 기분 탓일까?

"……엉뚱한 언동으로 분위기를 망치는 저 느낌. 더욱이 작위적이지 않고 자연스럽게 저지르는 저 느낌은 그야말로 아가씨……."

"……튜테는 이따금 내 하트를 가차 없이 후벼파네."

뒤에 있는 메이드가 신랄하게 중얼거리자 나는 실망하여 대답했다.

"그보다도 아가씨. 저쪽 아가씨께서 아가씨께 말씀하신 말을 들어보니 그 마경 때문에 아가씨께서 아가씨가 되어 아가씨께서……."

"좋았어, 튜테. 한 번 심호흡해볼까."

평상시처럼 차분하게 뼈아픈 딴죽을 걸어와서 미처 알아차리지 못했다. 튜테 역시 가볍게 혼란에 빠진 듯했다.

"자, 들이마시고~…… 내뱉고~."

내 신호에 맞춰 튜테가 심호흡하고 있으니 눈앞의 나도 다이나믹하게 심호흡을 하는 게 아닌가.

"넌 왜 하는 거야~!"

"훗, 새삼스레 뭘 숨기랴. 이래 봬도 나도 심장이 꽤 쿵쾅거린다고."

"그게 으스댈 일이냐아아아아!"

머리를 한 번 싹 쓸어 넘기고서 의기양양하게 말하는 또 다른 나.

"마경……이라. 역시 그때 그 마경은 진짜였던 거네. 근데 우리가 있었을 때는 아무 일도 없었어. 시차가 있었던 걸까?"

"아아, 그거 말이지? 그냥 어떻게 등장할까 고민하다가 기회를 놓쳤던 것뿐이야."

내가 궁금해하자 또다시 머리를 싹 쓸어 넘기고서 잘난 체하는 또 다른 나.

"그딴 하잘것없는 이유는 듣고 싶지 않았어! 왠지 내가 바보처럼 보이잖아아아아!"

"나랑 넌 동전의 앞면과 뒷면. 일련탁생이야."

"왠지 표현이 미묘하게 틀린 것 같은데 말이야."

"그냥 멋지게 말해보고 싶어서 머릿속에 떠오르는 대로 그럴싸하게 내뱉어봤을 뿐이야. 신경 쓰지 마."

"어떻게 신경을 안 쓰니이이이!"

"……저기, 아가씨. 두 분 모두 대화가 어긋나기 시작했는데요."

""앗, 미안, 튜테.""

나와 나의 만담 같은 대화를 듣고서 뒤에 있던 튜테가 궤도를 수정해줬다. 나와 나는 동시에 솔직히 사과했다.

"어험……. 얘기를 되돌리도록 할게. 그럼 마기루카도 둘 중 하나는 가짜라는 거네."

나는 옆에 있는 마기루카와 맞은편에 있는 마기루카를 쳐다봤다. 얼핏 보니 꼭 닮아서 어느 쪽이 진짜인지 모르겠다.

그러나 나는 딱 하나 차이점을 찾아냈다.

"바보털이야! 바보털이 있어!"

""바보털?""

내 말을 듣고 두 마기루카가 고개를 갸웃거렸다. 한쪽 마기루카의 머리에 달린 바보털이 물음표 모양으로 바뀌었다.

눈앞에 있는 또 다른 나 역시 마찬가지로 바보털이 물음표 모양으로 바뀌었다.

"네 머리 위에 달린 털 말이야."

나는 얼이 나간 듯한 표정을 짓고 있는 나를 가리키며 알려줬다.

"……진짜야! 뭔가가 살랑거리고 있어!"

머리털을 만지면서 경악하는 또 다른 나를 내버려 두고서 나는 머리 위를 확인하고 있는 두 마기루카 중 바보털이 달린 쪽을 쳐다봤다. 이쪽 마기루카가 가짜인가?

"네가 마경에서 태어난 마기루카야?"

"예, 그래요."

맞은편에 있는 또 다른 나와 달리 마기루카는 영리하니 능숙하게 얼버무릴 줄 알았건만 이쪽도 선선히 인정하는 게 아닌가.

"……아주 시원하게 말하네."

"왜냐면 메어리 님한테 거짓말을 하고 싶지 않은걸."

가짜 마기루카가 달콤한 목소리로 말하고서 사사삭, 하고 달라붙었다.

"잠까아아아안! 뭘 하는 거예요? 또 다른 나아아아아!"

나에게 달라붙은 가짜 마기루카를 보고서 마기루카가 얼굴을 붉히며 항의했다.

"뭘 하냐뇨? 사랑하는 메어리 님을 스킨십으로 만끽하고 있는 것뿐이에요. 아아아, 메어리 님의 부드러운 살결……, 아름다운 손……."

가짜 마기루카가 태연하게 무서운 소리를 하자 나는 그녀가 매만지고 있는 손을 싹 떼고서 약간 거리를 띄웠다.

"아, 아, 아, 아, 아이, 아이, 아잇."

머리에서 연기가 풀풀 피어오르고 있는 게 아닌가 싶을 정도로 마기루카의 얼굴이 귀까지 새빨개졌다. 말도 제대로 잇지 못하고 있었다.

"얘, 얘, 괜찮아, 마기루카? 심호흡하는 게 어때?"

"메, 메메메, 메어리 님! 이런 파렴치하기 짝이 없는 가짜와 저를 구별하지 못한 건가요!"

뭔 영문인지 모르겠지만 저도 모르게 사건에 휘말리고 말았습니다.

"그게 말이야~. 뭐라고 해야 하나, 심경에 변화가 생긴 줄 알았거든~."

"대체 어떻게 심경이 바뀌면 저렇게 되는 거냐고요!"

"그렇게 말하는 마기루카 역시 나랑 저쪽에 있는 날……."

나는 얼버무리고자, 아니, 항의하고자 다른 내가 있는 쪽으로 시선을 돌렸다. 그러나 그녀가 보이지 않았다.

"우우우우우, 튜테~. 재네들이 날 무시해~."

"아가씨께서는 공기가 되고 싶다고 늘 입버릇처럼 말씀하셨잖아요. 잘 된 거 아닌가요?"

"난 공기 따윈 싫어. 날 받들어줬으면 좋겠어."

"어머머, 이쪽 아가씨랑 저쪽 아가씨의 성향이 정반대네요."

언제 자리를 옮겼는지 또 다른 내가 튜테를 끌어안은 채 그녀의 손길로 위로를 받는 것이 아닌가.

"잠까아아아안! 내 튜테한테 천연덕스럽게 어리광부리지 마!"

"메롱~, 네 건 내 거, 내 건 내 거다아!"

메롱~, 하고 혀를 내밀고서 모 만화 캐릭터가 할 법한 소리를 내뱉었다. 그 방자한 태도와 튜테를 자기 소유물인 것처럼 다루는 행동을 나는 참을 수가 없었다. 튜테와 관계가 있는 일 앞에서는 마음이 좁아지거든.

"당장 떨어져. 그러지 않으면……."

"또, 또 다른 내가 으름장을 늘어놓아봤자 하나도 안 무서워. 나 역시 확신했어. 역시 내게는 튜테가 꼭 필요해. 주로 정신적으로!"

"……다시 한번 말하겠어. 튜테한테서 떨어져."

"……후후훗, 역시 우리는 싸워야만 하는 숙명인가 보네."

비로소 튜테에게서 떨어진 괘씸한 가짜. 그리고 나와 가짜가 대치했다.

"보여줄게. 내 힘을."

맞은편에 있는 내가 브로치 같은 것을 꺼냈다.

"응?"

"내 마음은 힘이 된다!"

뒤이어 그 브로치를 하늘 높이 쳐들고서 외쳤다.

"프롬 마이 하트!"

"으응?"

뭘 하는지 지켜보니 빛의 마법으로 눈을 부시게 하는 게 아닌가. 그 정도로는 내가 겁을 먹지 않는다는 것을 저쪽도 잘 알고 있을 텐데. 나는 상대의 의도를 알 수 없어서 가만히 지켜봤다.

잠시 뒤 가짜의 모습이 다시 보였다. 아마도 조금 전까지 걸치고 있었던 망토를 벗어 던진 모양이다.

"고고하게 빛나는 백은의 마음! 플라티나 하트SR!"

"으———응??"

그리고 내 눈앞에서 악몽 같은 무대가 막을 올렸다.

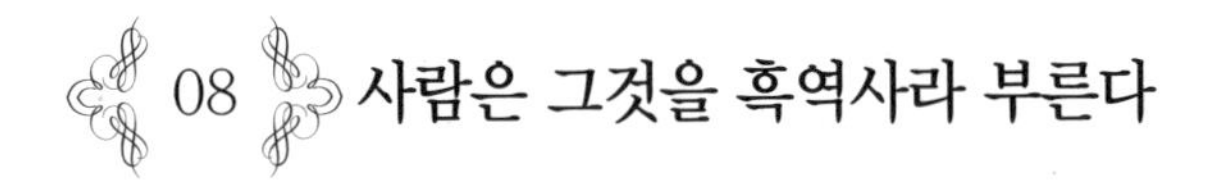

08 사람은 그것을 흑역사라 부른다

“뭐야아아아아, 그 모습으으으은!”

“뭐냐니? 내 숨겨진 힘이야.”

“수, 수수수, 숨겨진 힘?”

내가 맹렬히 항의하자 가짜가 당연하다는 얼굴로 대답했다. 그러나 금시초문이다.

“어? 메어리 님은 마법 소녀가 아니었던 건가요?”

내가 혼란스러워하고 있으니 마기루카가 설마 했던 단어를 내뱉었다.

“마, 마마, 마법 소녀……?! 대체 무슨 소리야?”

“예? 메어리 님이 마법 소녀라는 숨겨진 힘을 각성시켜서 밤낮 가리지 않고 기관과 싸우고 있는 거 아니었나요?”

“뭐? 마기루카는 그런 얘길 믿은 거야?”

“…………”

내가 묻자 민망했는지 마기루카가 고개를 홱 돌렸다.

현기증이 날 것 같아 나는 머리를 싸쥐었다. 아니, 뭐, 저런 것을 동경했던 시절이 나에게도 있긴 했지. 그러나 그건 어디까지나 전생 때였지 현재는 그렇지 않다. 애당초 마법을 쓸 수 있는 이 세계에서 마법 소녀라니……. 실소를 자아내게 하는 이야기다.

“후후훗, 바로 그~거야! 밤낮 가리지 않고 기관과 싸우는 고고한 마법 소녀 플라티나 하트SR이 하늘을 대신하여~…….”

“그건 안 돼애애애애애애!”

내가 홀로 머릿속으로 상황을 정리하고 있으니 가짜가 또다시 창피함을 넘어 수치 레벨 MAX 수준의 대사를 내뱉으며 포즈를 취했다. 나는 제정신을 잃고서 무심코 절규할 뻔했다.

“아가씨, 진정하세요.”

“튜, 튜테!”

내가 착란에 빠져 있자 튜테가 달려와서 부드럽게 손을 잡아줬다. 그 온기에 내 정신이…….

“어~, 그럼……. 악이 활개를 치면 바로 등장하는 플라티나 하트SR☆”

(으갸아아아아아아아아아아아!)

차분해지기는 개뿔이.

눈앞에서 가짜가 창피한 모습으로 낯 뜨거운 포즈를 아낌없이 선보이고 있으니 어쩔 수 없겠지.

나는 무릎을 털썩 꿇고는 부들부들 떨리는 손바닥을 쳐다봤다.

“아, 아가씨, 괜찮으세요?”

“……이, 이게 대미지라는 거구나.”

“앗, 그 대사 좋네. 응응, 멋있어~. 한번 말해보고 싶은데~. 또 다른 내가 뭘 좀 아는구나.”

무심코 내뱉은 대사가 인정받고 싶지 않은 사람에게서 고평가를 받았을 뿐만 아니라 그런 성향이 아니냐는 오해까지 사고 말았다. 너무 충격을 받은 나머지 나는 각혈을 하는 시늉을 했다. 물론 피는 나오지 않았지만.

“아, 아가씨, 정신 차리세요!”

그대로 쓰러질 뻔했는데 튜테가 지탱해줬다.

“튜, 튜테……. 난……, 틀렸…….”

“아가씨, 괜찮아요. 저쪽 아가씨와 아가씨께서는 크게 다르지 않으니 개의치 마세요.”

“크헉!”

위로해주려는 의도였겠지만 튜테의 그 말이 내 정신을 가차 없이 공격했다. 나는 또다시 각혈하는 시늉을 하고서 고개를 툭 떨궜다.

“어라? 아가씨, 아가씨이~!”

한동안 튜테가 상심하여 넋을 놓은 내 몸을 흔들었다. 그러는 동안에 나는 속으로 결단을 내렸다.

“……좋았어. 없애버리자. 여기 있는 것들을 죄다 소멸시키고서 사람들의 기억마저 싹 지워버리자.”

“아, 아아아, 아가씨, 안 됩니다. 냉정, 그래요, 냉정해지자고요. 자, 심호흡~.”

내가 휘청거리며 일어선 뒤 실웃음을 지으며 무엇을 결단했는지 말하자 뒤에서 튜테가 황급히 내 몸을 끌어안았다. 그야말로 나를 제압하려는 행동이었지만, 그녀가 뒤에서 심호흡하자 덩달아서 나도 심호흡을 했다.

조금이나마 냉정해진 것 같은 기분이…….

"훗, 드디어 어둠으로 떨어졌구나. 참 슬픈 일이야. 하지만 난 지지 않아! 내게는 지켜야만 하는 세계가 있다고! 으~음, 아, 플라티나 하트 블랙R이여!"

"혹시 그거 날 가리키는 거니?! 내가 아군인지 적군인지 하나만 택해! 그리고 R은 또 뭐야?"

나는 한 줌도 안 남은 냉정한 이성을 딴죽을 거는 데 쏟아부었다.

"당연히 레어의 줄임말이지 뭐겠어."

"네놈은 슈퍼 레어고 난 레어냐아아아! 타락한 마법 소녀는 희소하니까 SSR 정도는 붙여줘야지!"

"싫어. 나보다 레어도를 높일 수는 없지."

"뭐라고오오~?!"

우리는 시답잖은 말다툼을 벌이기 시작했다.

"자자, 두 분 모두 진정해요. 슬슬 냉정을 되찾고서 대화를 해 보는 게 어떨까요?"

우리 때문에 이야기가 잇달아 탈선하자 마기루카가 궤도를 수정하고자 살며시 끼어들었다.

"훗, 그건 무리야. 이른바 우린 물과 기름. 결코 섞일 수가 없는 서글픈 숙명이라고."

"……일련탁생이라고 하지 않았던가?"

"다 잊어버렸어."

"저 녀석이이이!"

"저, 저기……."

마기루카의 조언이 무색하게도 우리를 또다시 으르렁거리며 말다툼을 벌이기 시작했다. 그런데 그때 조심스럽게 끼어드는 사람이 있었다. 굳이 설명할 필요도 없는 이 상점의 점주였다.

"이런 데 서서 얘기하는 건 좀 그러니 방으로 가시지 않겠습니까? 안내하죠."

그의 말을 듣고서 비로소 남의 상점 복도에서 소란을 피우고 있었음을 깨달았다. 갑자기 창피해졌다.

"소란을 피워서 죄송합니다."

"하지만 거절한다!"

"야!"

내가 점주에게 사과하자 무슨 영문인지 가짜가 으스대며 거절했다.

"기관과 내통하고 있는 인간의 말 따윈 따를 수 없어. 네 꿍꿍이가 훤히 보인다고."

"뭐? 기관? 나 참~, 대체 무슨 소릴, 에에에에엥!"

이상한 소리를 해대는 가짜를 비웃으며 나는 점주 쪽으로 시선을 돌렸다. 그러자 그가 애써 웃으면서 땀을 엄청 삐질삐질 흘리는 게 아닌가.

"마, 마마마, 말도, 아아안 돼. 꿍꿍이라, 라라라, 라니."

(무지 동요하고 있는걸. 그런 태도를 보이면 가짜의 말이 진짜처럼 들리잖아!)

"서, 설마……. 당신, 진짜 기관의……."

"예? 기관이라는 게 대체 뭡니까?"

조심스럽게 물어보자 점주가 아까와는 딴판으로 냉정, 아니, 평정을 되찾은 뒤 대답했다. 좋든 싫든 거짓말을 못 하는 성격인 것 같다. 성격이 그래서야 상점을 운영할 수 있을지 걱정이 되었다. 그러나 뭐, 쓸데없는 참견이겠지.

"그~렇겠~지. 미안해요. 저 녀석이 이상한 소리를 내뱉은 바람에."

"으, 그래, 알겠어. 페어리 투. 기관에 교묘히 조종당하고 있어서 자각하지 못한 거구나. 큭, 주도면밀한 녀석들 같으니."

가짜가 귀에 손가락을 대고서 혼잣말을 중얼거렸다. 그러나 다른 사람들은 이변을 알아차리지 못했는지 흘려듣고 있었다. 가짜 마기루카는 황홀한 표정으로 그 광경을 바라보고 있다.

"푸풋. 갑자기 왜 그러는 거야? 이상한 거라도 먹었나?"

"어? 누군가랑 대화를 나눈 거 아닌가요? 흔히 보는 광경이잖아요, 튜테."

"맞아요. 아가씨께서 스노우 님과 대화를 나누실 때랑 별반 다를 게 없네요."

이상한 녀석이라고 비웃으며 옆에 있던 마기루카와 튜테에게 물어봤다. 그런데 설마 이 대목에서 스노우와 대화를 나누는 자기 자신의 이질적인 모습을 목격하게 될 줄은 꿈에도 몰랐다. 부끄러운 나머지 현기증이 날 지경이었다.

"…………."

"아, 아가씨, 갑자기 왜 그러세요?"

내가 또 쓰러지려고 하자 튜테가 받쳐줬다.

알고 있었다. 스노우와 대화를 나누는 내 모습이 타인의 눈에는 정신 나간 아이처럼 비치리라 자각은 하고 있었다. 그러나 객관적으로 볼 수가 없었기에 실감이 부족했다.

그런데 설마 이 상황에서 그 광경을 객관적으로 볼 수 있게 될 줄이야…….

(끄으으으으으으으으, 창피해애애애애애애애!)

너무 창피해서 나는 두 손으로 얼굴을 가린 채 부들부들 떨었다. 그러는 동안에도 튜테가 내 몸을 받쳐주고 있었다.

"너와의 결착은 뒤로 미뤄야겠네. 플라티나 하트 블랙R. 난 또 다시 숙명의 싸움에 몸을 던져야만 해. 그러니 튜테, 마기루카, 내게 너희들의 힘을 빌려줘. 내게 너희들이 필요해."

가짜가 내뱉는 말이 너무 창피해서 지금 나는 모든 감각을 차단한 채 튜테의 품속에서 까무러치고 있었다.

"죄송합니다만, 현재 전 여기 계시는 아가씨를 간호하고 있어서."

"어, 으~음……."

"물론, 그 어디든 따라가겠어요. 메어리 님~."

딱 잘라 거절한 튜테와 얼버무린 마기루카. 그 대신에 기뻐하며 승낙하는 가짜 마기루카의 목소리가 들렸다. 그러나 나는 창피한 나머지 현실로부터 도피 중이라서 귀로 듣기만 했다.

"우우~, 튜테는 바보오오오오오오! 하지만 난 포기하지 않을 거야아아아아!"

왠지 가짜가 울먹이는 목소리가 점점 멀어지고 있는 것 같은 기분이 들었다. 그 뒤에 이어진 마기루카의 말 때문에 나는 현실로 되돌아왔다.

"어라? 지금 도망치는 거 맞죠?"

"……뭐라고오오오오!"

튜테의 품속에서 확 벗어나 나는 주변을 둘러봤다.

바보털이 달린 두 사람의 모습이 보이지 않았다.

"마기루카, 왜 만류하지 않은 거야?"

"어? 하지만 메어리 님한테는 기관과 싸워야 하는 숙명이 있으니 방해하면 안 될 것 같아서……."

"그건 당연히 망상이지! 어째서 내가 기관인지 뭔지 모를 녀석들이랑 싸워야만 하는 거냐고."

"어, 으음, 메어리 님이라면…… 그럴 수도 있지 않을까~ 싶어서."

"마기루카……. 당신이랑 진득하게 대화를 한 번 나눠볼 필요가 있을 것 같네."

"어, 어쨌든 쫓아가죠!"

마기루카가 나에게서 도망치듯 출구 쪽으로 달려 나갔다. 나도 뒤를 따랐다.

가게를 나와 주변을 둘러보니 두 사람의 모습이 보이지 않았다.

"없어. 발이 빠르네."

"곰곰이 생각해보니 창피한 짓을 일삼는 또 다른 자신이 왕도를 걷고 있다고 생각하니 너무 불안하네요. 지인과 맞닥뜨리기라도 한다면……."

"그것도 그렇지만, 먼 지역으로 도망치기라도 한다면 영영 찾아내지 못할 거야."

저런 창피한 존재들을 풀어놓아서는 절대로 안 된다.

더욱이 상대는 나와 달리 주목받는 걸 좋아하는 관심종자다.

내 능력이 최대치로 발휘된다면 어떻게 될까? 생각만으로도 무섭다. 내 능력이 드러나는 것만은 결단코 저지해야만 한다.

"그건 괜찮을 겁니다. 그 둘은 자기환시 마경으로부터 일정 거리 이상 벗어날 수가 없거든요."

점주가 알려줬다. 그런데 무심결에 진실을 실토하고 말았다.

"오호~, 그렇구……. 음, 용케도 저게 자기환시 마경의 소행이라는 걸 알고 있네요."

"어, 아, 그, 그그그, 그건, 으음, 우연히."

어떻게 우연히 알아낼 수 있는지는 잘 모르겠지만, 내가 지적하자 무심코 말실수를 한 점주가 당황하기 시작했다.

무언가를 얼버무리려는 속내가 뻔히 보였다.

(진짜……. 이 사람은 장사꾼 체질이 아닌 것 같아.)

"메어리 님이 기관과 관계가 있다고 말씀하셨는데 혹시 뭔가 숨기고 있는 게……."

"다, 당치도 않습니다. 숨기다니요. 전 그저 이 가게에서 마경을 팔았다는 사실이 드러날까 봐……, 앗.”

물어보지도 않았는데 저 혼자 자폭하는 점주.

(진짜 이 사람……. 뭐, 그보다도…….)

“마기루카…….”

“……메어리 님.”

나는 점주의 자백보다도 더 중요한 사실을 마기루카에게 말하기 위해 다가갔다. 마기루카도 내 진지한 표정을 보고서 무언가 눈치챘는지 긴장하며 이쪽을 쳐다봤다.

“그 말은 내가 아니라 가짜가 한 거야. 그거 중요하니까 착각하지 않도록 해.”

“““………….”””

“아가씨, 지금 중요한 건 그게 아니에요.”

내 호소를 듣고 튜테가 딴죽을 걸었다. 마기루카와 점주가 어이없다는 눈으로 고개를 끄덕이고 있다.

“아니, 아니, 아니, 내게는 중요해. 저것과 도매금으로 취급당하면 큰일이야.”

“그보다도 점주는 마경과 관련하여 무언가를 하려고 우릴 방에 가둬둔 거죠?”

“예? 가, 가두다니요. 당치도 않습니다. 전 그저 포르트나 님한테 부탁받아, 앗.”

내 의견을 가볍게 흘려버린 것이 납득되지 않았다. 그런데 마기루카가 따져 묻자 역시나 점주가 자폭했다.

"이번 사건은 할아버님과 관계가 있는 거군요. 즉, 이 가게에서 판 마경을 할아버님께서 구매했던 건가요?"

"……어, 어떻게 거기까지……."

마기루카가 기가 막힌다는 표정으로 추리하자 점주가 경악하며 뒷걸음질 쳤다.

(학원장님, 매직 아이템을 수집하는 걸 아주 좋아하니까~. 그걸 아는 사람이라면 누구나 그런 결론을 내리겠지.)

"얘기를 자세히 들을 수 있을까요?"

마기루카가 방긋 웃으며 점주를 추궁했다. 뭐, 눈은 웃고 있지 않다는 걸 누구나 알 수 있지만…….

이윽고 학원장님이 몰래 찾아왔다. 그러나 우리가 기다리고 있는 방으로 안내받아 우리와 대면하게 되었다.

09 소문의 진상은

"마기루카야. 어째서 내가 정좌인지 뭔지 모를 자세로 앉아야만 하는 게냐?"

현재 우리가 기다리고 있는 방으로 안내받은 학원장님이 소파 위에서 마기루카를 향해 무릎을 꿇고 있었다. 참 진귀한 장면이었다. 참고로 이 정좌 자세는 내가 그녀에게 알려줬다.

"본인의 가슴에 대고 물어보세요."

마기루카가 방긋 웃으며 대답했지만, 여전히 눈은 웃고 있지 않았다. 그 박력에 압도되어 학원장님도 반사적으로 따랐나 보다.

"글쎄, 짐작 가는 바가……."

"자기환시 마경 말이에요."

시치미를 떼려고 했던 학원장님이 마기루카의 말을 듣고서 말문이 막혀 시선을 돌렸다.

(밀실 안에 우리와 학원장님뿐. 왠지 심문하는 것 같네. 이거 카츠동이라도 준비해야 하나.)

"무, 무무무, 무슨 소릴……."

"이 상점 점주가 자백했어요, 할아버님."

"죄, 죄송합니다, 포르트나 님. 편지에 적힌 대로 행동하고 말하라는 지시를 받았지만, 깜빡하고 그 지시를 어겨, 앗."

학원장님이 도망치지 못하도록 자폭제조기인 점주도 동석시켰다. 그런데 입을 떼자마자 그 힘을 발휘해준 모양이다.

"무, 무, 무슨 소릴 하는 겐지."

그래도 학원장님이 시치미를 뗐다.

"역시 카츠동이 필요하려나?"

"메어리 님, 카츠동이 뭔가요?"

내가 제안하자 마기루카가 고개를 갸웃거렸다. 안타깝지만 이 세계에는 심문의 최종병기인 카츠동이 없어서 다른 방법으로 학원장님의 입을 열어야만 한다.

문득 학원장님이 발을 꼼지락거리는 광경을 본 나는 악마처럼 씨익 웃었다.

"어쩔 수 없네요. 조금 마음이 아프긴 하지만, 솔직히 자백하지 않은 학원장님의 잘못이에요."

나는 그렇게 말하고서 손가락을 놀리며 학원장님에게 다가갔다.

"뭐, 뭘 하려는 겐가, 메어리 짱? 노인을 공경해야지."

내가 수상쩍은 행동을 하자 학원장님이 전율했다. 정좌 자세를 풀고서 도망치려고 했지만, 다리가 저려서 뜻대로 되지 않았다.

"앗, 다리가, 저려, 저린다."

"학원장님, 지금이라면 아직 늦지 않았어요. 솔직히 말해주세요."

"그러니까, 무슨 소릴 하는 게, 냐아아아아아아아!"

최후통첩을 보냈지만, 학원장님이 또 시치미를 뗐다. 나는 그의 저린 발을 가차 없이 쿡쿡 찔렀다. 학원장님의 비명이 방 안에 울렸다.

"이얍, 쿡쿡♪"

"그만, 아아아아, 그마아아안!"

"자자, 학원장님, 솔직하게."

"아아아앗, 말한다아아, 말할 테니 그만, 아아아앗!"

꼼짝도 못 하는 장난감이 생겼다는 마음으로 더욱더 신나게 쿡쿡 찔러대는 사악한 나.

"메, 메어리 님……. 이렇게 될 줄 예상하고서 정좌 자세를 권한 거군요. 무서운 사람……. 혹시 심문에 익숙한가요?"

"익숙하기는! 하나도 안 익숙해! 그냥 어쩌다 보니 그렇게 된 거야. 무서운 소리 좀 하지 마."

내 행동을 보고서 진심으로 진저리치는 마기루카.

"앗, 혹시 다른 메어리 님이 말한 기관이 아니라 다른 무언가와 싸우기 위해서……. 일단은 저쪽도 메어리 님이니 모든 이야기가 꼭 날조된 것만은……."

"마, 마기루카?"

진저리치던 마기루카가 어느새 뭐라고 중얼거리기 시작했다. 묵과할 수 없는 내용이 들린 듯한데.

"아, 아뇨, 아무것도 아니랍니다."

"뭔가 알아차린 듯한 미소를 지으며 슬쩍 얼버무리지 마. 아냐, 잘은 모르겠지만, 아니라니까."

내가 필사적으로 호소하자 마기루카는 알고 있다며 방긋 웃으면서 대답했다.

"자, 이야기를 되돌리도록 하죠. 할아버님, 자기환시 마경에 관해 알려주실 수 있을까요?"

"……자, 잠깐만 기다려다오. 다, 다리가……."

마기루카가 따져 묻자 다 큰 어른인 학원장님이 한심한 목소리로 애원했다.

조금 시간을 준 뒤에 다시 물어봤더니 10년쯤 전……, 다시 말해 그 소문이 나돌기 시작했던 무렵으로 시간을 거슬러 올라가야 한단다.

아무래도 그 마경은 상품이 아니라 콜렉션으로 이 상점에 보관되어 있었던 듯하다. 점주가 무심코 그 사실을 학원장님에게 흘려버린 것이 사건의 발단이었다.

뭐, 학원장님이 그 이야기를 덥석 물 만도 하다. 그 마경은 요정이 제작한 전설급 매직 아이템이라고 한다.

학원장님이 집요하게 부탁하자 결국에 점주는 마지못해 마경을 팔았다고 한다.

"잠깐만요."

"응? 왜 그래, 마기루카?"

"분명 그때는 할머님께 혼쭐이 나서 아이템 구매를 금지당했던 시기라고 들었는데요?"

마기루카가 지적하자 학원장님이 식은땀을 흘리며 애써 시선을 회피했다.

이야기를 들어보니 당시에 아이템 수집벽이 지금보다 더 심해서 귀중한 영지 내 자금에까지 손을 댈 뻔했다고 한다. 본인은 나중에 다시 채워놓을 작정이었다고 하긴 했지만.

(아웃이야, 아웃. 요컨대 혈세로 자기 취미를 즐기려고 했다는 거잖아. 게다가 거액의…….)

그리하여 마기루카의 할머님에게 된통 혼쭐이 나서 향후 아이템 구매가 일절 금지되었다고 한다.

그런데도 마경을 갖고 있다니 어찌 된 일인지.

"학원장님……."

나는 이야기를 듣고서 마치 글러 먹은 인간을 보는 듯한 싸늘한 눈으로 학원장님을 쳐다봤다.

"어, 어쩔 수 없었단 말이다아아아! 저, 전설급 아이템이잖느냐. 어쩔 수 없지 않느냐아아아아!"

"……마기루카, 어쩔래?"

"할머님께 보고하겠습니다."

내가 자꾸 어쩔 수 없었다는 변명만 늘어놓는 몹쓸 노인을 쳐다보며 묻자 그녀가 무자비하게 딱 잘라 말했다.

그 말에 꽤 충격을 받았는지 학원장님이 얼어버렸다.

"그나저나 이런 일이 벌어지지 않도록 할머님께서 아이템을 한군데에 모아 관리하고 계셨을 텐데."

마기루카는 얼어붙은 학원장님을 내버려 두고서 가만히 서 있던 점주 쪽을 힐끔 쳐다봤다. 그 시선을 느낀 점주가 깜짝 놀라 뒷걸음질 쳤다.

“저, 전 모릅니다. 집 안에는 감시하는 눈들이 있으니 비품인 척 학원에 가져와달라고 말씀을, 앗.”

(저 사람, 이제는 그런 저주에 걸린 게 아닐까 싶을 정도로 중증이네. 멋진 자폭이야.)

“과연, 학원장님께 직접……. 분명 집 안으로 들였을 때보다는 감시가 느슨해지겠네요. 하지만 학원장실에 놔뒀다가는 언젠가 발각될 텐데…….”

“앗, 그래서 학원 내 아무도 없는 곳에 숨겨뒀던 거 아냐?”

아직도 얼어있는 학원장님을 내버려 두고서 나는 마기루카와 수수께끼를 계속 풀었다.

“과연……. 그런데 불운하게도 학생한테 들키고 말았다…….”

“혹시나 누군가한테 발각될 때마다 학원장님이 몰래 옮겼기 때문에 출현 위치가 이리저리 바뀐 게 아닐까?”

“그럴듯하네요. 근데 어째서 마경 때문에 피해당한 불운한 분들이 있는 거죠?”

우리는 수수께끼 풀이를 일단 멈추고서 둘이서 점주 쪽을 쳐다봤다.

“뭐, 뭡니까? 저, 전 관계없다고요. 마경이 만들어낸 사람들을 마경으로 다시 되돌리는 걸 도운 적이, 앗.”

혹시나 하고 물어봤는데 기대에 훌륭히 부응해준 점주를 칭찬해주고 싶을 정도로 멋들어진 자폭이었다.

“과연. 할아버님을 도와줬던 거군요. 그럼 되돌리는 방법을 알려주세요.”

“어~, 아~, 전 그저 마경이 만들어낸 사람들을 맡고 있기만 한 지라 자세한 건…….”

점주가 말끝을 흐리긴 했지만, 그의 성품으로 보아 사실이겠지. 오늘 처음 봤는데도 그런 생각을 들 정도로 나는 그를 절대적으로 신뢰할 수 있다.

(어떤 의미에서 손님으로서는 좋은 관계를 쌓아나갈 수 있을 것 같네. 저 사람과의 거래라면……. 어라? 그럼 장사꾼으로서는 괜찮나?)

“……그런가요? 그럼 할아버님께 물어볼 수밖에 없겠네요.”

마기루카도 나와 같은 생각을 했는지 그의 말을 선선히 믿고서 추궁할 대상을 바꿨다.

“할아버님, 언제까지 넋 놓고 있을 건가요? 얘기는 듣고 있죠?”

“……마기루카야. 이 할아비가 충격이 너무 크구나. 조금이라도 다독여……. 아니, 아무것도 아닙니다.”

이제야 움직이나 싶더니만 저 할아버지가 서럽다며 따지기 시작했다. 그런데 마기루카의 낯빛을 보자마자 그 말을 쏙 집어넣었다.

나는 마기루카를 보지 못해서 어떤 표정을 지었는지는 모르겠지만, 학원장님의 반응을 보니 다독이는 표정은 아니었나 보다.

“그래서 이 뒤에 어쩔 작정이었나요?”

“……다음 보름달이 뜨면 마경을 기동시킨 뒤 거울 속으로 밀어 넣을 거다."

"밀어 넣는다고요?"

나는 '되돌린다'가 아닌 '밀어 넣는다'는 단어에 반응하여 무심코 되묻고 말았다.

"흐음, 말귀를 알아듣는다면야 제 발로 돌아갈 테지만, 뭐 대체로 싫어하더구나. 그때는 완력을 써야지."

"……상당히 뒤숭숭한 얘기네요."

"뭐, 개인적으로는 마경의 능력을 연구하고 관찰할 수 있는 귀중한 시간이라서 사건을 천천히 끝내고 싶다만, 본인들은 마음이 다급하지 않으냐. 결국 당사자들끼리 치열한 전투가 벌어지지. 하하하."

"……혹시 본인이 거울 속으로 밀려들어 갔다는 소문. 그거, 그 광경을 목격한 사람의 이야기인 게……."

소문의 진상이 밝혀지면 밝혀질수록 왠지 메르헨이나 오컬트나 신비로움에서 점점 멀어져가는 듯하여 실망스러웠다.

"……아마도 그렇겠죠. 뭐, 나 역시 파렴치하기 짝이 없는 가짜를 한가로이 내버려 둘 마음이 없으니까요."

마기루카가 가짜 마기루카가 저지른 행동이 떠올랐는지 얼굴을 붉히고서 고개를 푹 숙였다.

나 역시 묻어두고 싶은 흑역사라 할 수 있는 가짜를 방치할 생각이 없었다. 여하튼 내 정신 건강에 너무 나쁘다.

"그나저나 왜 성격이 그 모양인 걸까? 복사한다고 하지 않았나?"

"흐음, 예리한 지적이구먼. 내가 여러모로 연구하고 관찰한 결과에 따르면 저 마경은 봤다시피 모습은 물론이거니와 능력과 지식까지도 복사해내는 뛰어난 아이템이지. 역시 전설급! 어떤 구조인지는 전혀 모르겠다만 역시 요정답다고 할 수 있겠구먼."

내가 의문을 품자 학원장님이 흥분한 투로 설명하기 시작했다. 재잘재잘 떠들어대는 열변에 나는 약간 질색하고 말았다.

"게다가 이 요정이 아주 신기한 게 말이지. 그저 복사하는 데 만족하지 않고 그 성격 구성에까지 손을 댔더구먼. 그것이……."

학원장님이 일단 말을 끊고서 묘하게 뜸을 들였다. 그 모습에 낚여 나는 침을 꼴깍 삼키고서 이야기를 들었다.

"복사해낸 지식을 바탕으로 본인이 엄청나게 창피해하거나 질색할 만한 성격을 가짜가 가지도록 제작한 것 같더구먼."

"……왜, 왜 그런 짓 짓을?"

"흐음, 그 부분은 여러 설들이 있긴 하다만 현재 가장 유력한 설은……."

학원장님이 또 말을 끊고서 뜸을 들였다. 나는 불길한 예감이 들어 더 이상은 듣고 싶지 않다는 충동에 휩싸였다.

"……그게 더 재밌을 것 같아서."

(빌어먹으으으으으을! 그럴 줄 알았다고오오오오오! 이 유쾌범 같으니이이이!)

"……여하튼 우리가 해야 할 일은 더 큰 소동이 벌어지기 전에 가짜를 거울 속으로 조용히 되돌리는 거예요."

학원장님의 설명을 듣고서 나는 애써 냉정한 척 가장하면서도 속으로는 이 웃기지도 않는 발상을 한 제작자에게 욕을 퍼부었다. 그런 와중에 마기루카가 무서우리만치 냉정한 태도로 향후 방침을 말했다.

저 가짜들을 한시라도 빨리 거울 나라로 돌려보내자는 의견에는 찬성한다. 그런데 현재 도주한 상태이고, 또 한 가지 마음에 걸리는 점이 있었다.

"근데 걔네를 돌려보내려면 다음 보름달이 뭐 어쩌고저쩌고하지 않았나?"

"……맞아요. 보름달이 뜨는 날에 마경의 힘이 발동된다면 다른 날에는 평범한 거울이나 마찬가지라는 뜻인가요?"

"안타깝지만 맞다. 그래서 현 단계에서는 그 둘을 거울 속으로 돌려보낼 수가 없지. 그래서 남몰래 그 둘을 감춰두고서 마경의 능력을 관찰하는……. 어험, 어허험."

"""…………."""

자신도 마지막 말이 사족이었음을 알아차렸는지 학원장님이 헛기침하며 얼버무리려고 했다. 그러나 똑똑히 들은 우리는 싸늘한 눈으로 그에게 비난을 퍼부었다.

"과연. 다시 말해 할아버님께서 그 아이들을 돌봐주고 있었던 모양이군요. 돌이켜보니 우리가 마경을 봤던 날에 튜테가 목격했다는 그 실루엣은 가짜들이었고, 그 곁에 할아버님도 계셨던 거네요."

“……으, 으음…….”

“그럼 제가 맞닥뜨렸던 그 기관의 전투원은 뭐였나요?”

“그, 그건……. 메어리 짱이 뭔가 알 수 없는 설정을 들먹이며 들어달라고 졸라대더구먼. 그때는 멀찍이 떨어진 곳에서 보고 있어서…….”

“학원장님, 그건 제가 아니라 가짜가…….”

“아가씨, 지금은 넘어가도록 하죠.”

마기루카와 학원장님의 대화를 듣다가 간과할 수 없는 말이 나왔다. 나는 반사적으로 정정을 요구했지만, 뒤에서 튜테가 좋게 타일렀다. 나는 입을 꾹 다물고는 맞는 소리라며 그에 따랐다.

말허리를 잘라 먹기는 했지만, 현재 내가 해야 할 일은 그 창피한 가짜들을 붙잡아서 소동을 일으키지 못하도록 감시하다가 보름날 밤에 돌려보내는 것이다.

(우선은 달아난 그 둘부터 확보해야만 해. 걸어서 어디까지 간 걸까. 가짜 내가 전력으로 달리면 터무니없는 사건이 벌어질 수도 있겠지만, 가짜 마기루카와 동행하고 있으니 그런 무모한 짓은 벌이지 않겠지……. 아, 안 벌이겠지?)

일말의 불안감을 품은 채 한바탕 대화를 주고받고서 우리는 상점을 나왔다.

그리고 나는 바로 한 사건에 휘말렸다.

이럴 수가. 내 마차가 사라져버린 것이다.

생각할 필요도 없다.

그 가짜가 천연덕스럽게 이용했겠지. 사정을 모르는 마부가 나와 가짜를 구분해내기란 어려울 테니까.

"어, 어어어, 어쩌지?"

"진정하세요, 메어리 님. 마차를 탔다고 해서 꼭 멀리 달아났다고 단정할 수는 없어요. 그 둘은 마경으로부터 멀어질 수가 없어요. 게다가 가짜라고는 해도 마부의 의심을 사지 않으면서 메어리 님과 내가 둘이서 갈 수 있는 곳은 한정되어 있습니다."

내가 당황하자 든든하게도 마기루카가 합리적으로 예측해줬다. 아아, 마기루카가 있어서 진짜 살았다.

"그, 그곳은?"

"학원이에요. 거기에는 마경도 있고 숨을 만한 곳도 아주 많아요. 무엇보다 둘이서 이동하더라도 마부가 수상하게 여기지 않는 곳이에요. 내 생각으로는 메어리 님이라면 그렇게 판단할 것 같은데 아닌가요?"

마기루카의 의견에 나는 글쎄? 하고 고개를 갸웃거렸다. 왜냐면 나잖아. 그렇게 임기응변에 능할까? 아마도 일단은 도망치고 본 뒤에 어쩌면 좋을지 전전긍긍하고 있을 게 틀림없다.

"아, 그래서 마기루카한테 의지하는 건가?"

나라면 그 상황에서 어떻게 할지 시뮬레이션을 돌려보고서 나는 손뼉을 짝, 치며 납득했다. 아마도, 아니, 단언해도 좋다. 가짜 나는 앞으로 어떻게 해야 할지 몰라서 무조건 가짜 마기루카에게 의지했을 것이다.

그리고 가짜 마기루카가 마차를 이용하여 학원으로 돌아가자고 제안하면 무조건 그에 따를 것이다. 그 칠칠치 못한 가짜 마기루카도 마기루카이니 내 곁에 있는 마기루카처럼 생각하겠지. 그렇다면 학원으로 돌아갔다고 봐도 좋을 듯하다.

"그럼 우리도 학원으로 돌아가자. 마기루카, 마차에 태워줄 거야?"

"상관없긴 하지만 지금 돌아가면 날이 저물 텐데요?"

"괜찮아. 그때는 또 학원에서 하룻밤 묵으면 되지! 학원장님, 괜찮죠?"

"아아……, 괜찮고말고. 그동안 그 아이들을 감춰둔 경험이 있으니 그쪽 준비는 완벽하지."

어깨를 들먹이며 의기양양하게 대답하는 학원장님을 애써 무시하고서 우리는 바로 학원으로 돌아가기로 했다.

학원 안에는 이미 아무도 없으니 만에 하나라도 찾아냈을 때 가짜가 무슨 짓을 저지르더라도 나 혼자 정신적인 피해당하는 선에서 마무리될 것이다. 수많은 사람에게 알려지지 않겠지. 뭐, 되도록 정신적인 피해도 피하고 싶긴 하지만.

(부탁이니 이상한 짓은 하지 말아줘. 가짜야아아아!)

10 온과 오프가 심합니다

해 질 녘에 우리는 학원으로 돌아왔다. 과연 예상한 대로 그녀들이 이곳으로 돌아와 있을까?

일단 학원장실에 가서 향후 방침에 관해 의논하기로 했다.

"우리한테 발각되었으니 그 둘은 이미 몸을 숨기고 있을지도 모르겠네."

"맞아요. 그들을 찾는 것도 중요하지만, 마경을 확보하는 것도 염두에 두는 편이 좋지 않을까 싶어요. 그들이 감춰버릴 가능성이 있어요."

"……듣고 보니 그러네. 그렇게 되면 귀찮아져."

나는 대화를 나누며 학원장실로 들어갔다. 일단 잠깐 쉬고 싶어서 소파로 향했다.

"마경 쪽은 학원장님한테 맡기고 우린 가짜으앗~……."

"응?"

앞으로 어떻게 움직일지 모색하면서 앉으려다가 소파 쪽으로 시선을 돌렸다. 먼저 온 손님과 눈을 마주치고 말았다.

""…………."""

그곳에는 내가 있었다. 아니, 정확하게 말하자면 가짜 말이다.

더욱이 그 창피한 복장을 벗고서 편안한 복장으로 칠칠치 못하게 소파에 뒹굴고 있는 게 아닌가.

자세히 보니 입을 우물거리고 있다. 아마도 과자를 먹는 중이겠지. 완전히 유유자적 모드다.

상대도 느닷없이 우리와 맞닥뜨려 당황했는지 소파에 누워 고개만 이쪽으로 돌린 채 굳어버렸다. 입은 우물거리고 있지만…….

몇 초쯤 마주 본 뒤에 가짜가 입에 넣은 음식물을 꿀꺽 삼키자 시간이 다시 움직이기 시작했다.

""왜 여기에 있는 거냐!""

멋들어지게 맞아떨어졌다.

""그건 우리가 할 소리!""

저쪽도 맞아떨어졌다.

설마 이런 식으로 만나게 될 줄은 예상치 못했다. 무슨 말을 해야 좋을지 몰라서 일단은 눈앞의 문제를 지적하기로 했다.

"그건 제쳐두고. 그게 뭔 꼬락서니야아아아! 그리고 너무 해이하잖아아아아!"

그렇다. 눈앞의 가짜는 얇은 옷 한 장만 입고서 칠칠치 못하게 소파에 누워 있었다. 더욱이 누워서 책을 보면서 과자까지 먹고 있는 꼬락서니라니.

"여긴 개인실이 아니라 학원장실이라고오오오! 사람들이 드나드는 곳이니 차려입고 있어야지이이이! 아니, 진짜 부탁 좀 합니다앗!"

화를 내는 건지, 애원하고 있는 건지 자신도 모를 만큼 나는 애가 탔다. 그 정도로 눈앞에 있는 가짜의 모습이 민망했다. 완전히

오프 모드다.

"뭐야, 집에서는 늘 이렇게 지내잖아."

"야아아아아아! 오해를 불러일으킬 만한 말은 삼가. 늘 그러지 않아, 가끔이야!"

일상의 부끄러운 한 장면이 폭로되자 나는 패닉에 빠졌다. 다른 사람들이 보고 있는데도 큰소리를 내며 바동거렸다.

(헉! 그보다도 이 광경을 보고 있는 다른 사람들한테 해명을!)

냉정을 조금 되찾은 나는 현 상황을 정리하고서 옆에서 지켜보고 있는 마기루카를 쳐다봤다. 그녀 역시 얼굴을 새빨갛게 물들인 채 입술을 부르르 떨고 있었다.

"뭐, 뭘 하는 거예요오오오오, 거기 있는 나아아아!"

마기루카가 본인답지 않게 소리를 질렀다.

무슨 일인가 싶어 그녀의 시선을 쫓으니 가짜 메어리가 뒹굴고 있는 소파 근처에서 가짜 마기루카 역시 칠칠치 못하게 얇은 옷만 입고서 바닥에 앉아 있었다.

"우후, 우후후후후♪ 메어리 님의 다리. 우후후후후훗♪"

눈에 뵈는 게 없는지 마기루카의 외침은 가짜 마기루카에게 닿지 않았다. 그녀는 황홀한 표정으로 칠칠치 못한 가짜 메어리의 모습을 물끄러미 감상하고 있었다.

왠지 저 웃음을 보니 눈동자에 하트가 퐁퐁 박혀 침까지 질질 흘릴 기세였다.

가짜 메어리가 다리를 뻗기라도 하면 뺨으로 비빌 것 같은데 그저 기분 탓일까? 응, 분명 기분 탓이겠지.

여하튼 마기루카는 그녀 나름대로 마경의 괴롭힘(?)을 받고 있어서 가짜 메어리의 모습을 신경 쓸 여유는 없는 듯했다.

(응, 다행이야, 다행. 아니, 안도하고 있을 상황이 아니잖아.)

"어쨌든 옷 좀 제대로 입어, 어서 입으라고!"

"에엥~."

"뭐가 에엥~이야!"

내가 다시금 호통을 치자 가짜가 뾰로통 해했다.

"……아가씨."

뒤에서 튜테의 목소리가 들렸다. 나는 안도하고 있을 상황이 아님을 깨달았다.

"아, 튜테, 저건 내가 아냐. 난 저렇게 칠칠치 못한 여자가 아냐, 난……."

어째서 내가 변명하고 있는지 모르겠지만 여하튼 튜테에게 설명했다. 그런데 아까 가끔 저런 옷을 입는다는 발언을 했다는 사실이 떠올라 목소리가 점점 기어 들어갔다.

그보다도 지금껏 튜테 앞에서 칠칠치 못한 모습을 잔뜩 보여줘 놓고서 이제 와 무슨 할 말이 있을까 싶었다.

나는 체념했다. 그런데 튜테 뒤에 학원장님이 서 있다는 걸 깨달았다.

"아, 학원장님, 이건, 저기."

"하하하, 괜찮다네, 메어리 짱. 요 이틀 동안 저렇게 지내는 모습을 봐왔으니 새삼스레 놀라진 않네."

당황한 나를 다독여주려는 의도인지는 모르겠지만 학원장님이 웃으며 폭탄을 투하했다.

(아아아아아아앗! 쥐구멍이 있다면 들어가고 싶어어어어어!)

"훗, 의표의 의표를 찌르려고 했는데 여길 오다니 제법이네."

내가 아니라 눈앞의 가짜 때문에 부끄러워서 까무러치고 있으니 가짜가 소파에서 일어나 의기양양하게 웃으며 말했다.

의표의 의표를 찔렀다면 결국에는 정공법 아냐? 하고 딴죽을 걸어주고 싶었지만, 그보다도 먼저 말해두고 싶은 게 있어서 그쪽을 우선했다.

"으스대기 전에 옷이나 좀 입어. 창피하다고."

"난 신경 안 써."

"내가 신경이 쓰인다고오오오오!"

정말로 나를 복사한 게 맞는지 의심스러울 정도로 가짜는 뻔뻔스러웠다. 나는 그 모습에 무심코 목소리가 험악해졌다.

본인이 싫어하거나 창피해할 만한 성격을 탑재하고 싶었다는 요정의 의도에 딱 맞는 가짜. 어쩌면 저 아이는 내가 창피해할 만한 모든 행위를 아무 생각 없이 실행하고 있는 게 아닐까, 하는 생각이 자꾸 들었다.

정말이지 무시무시한 마경이다. 제작한 장본인을 잡아다가 불평 한마디 해주고 싶어졌다.

뭐, 거울을 본 네 잘못이라고 되받아친다면 할 말이 없긴 하지만…….

"아가씨, 이쪽 아가씨의 말씀대로 저기서 옷을 갈아입도록 하죠. 자자, 그쪽 마기루카 님께서도."

""예~에.""

(끄으으응, 본인의 말은 안 듣고 튜테의 말은 순순히 따르네. 이것도 괴롭힘의 일환인가…….)

튜테를 따라 옆방으로 들어가는 두 사람을 바라보면서 나는 이를 악물었다.

잠시 뒤 두 사람이 옷을 다 갈아입고서 선선히 돌아왔다. 혼란을 틈타 달아날 줄 알고 경계했는데 왠지 김이 샌다.

"이번에는 도망치지 않은 것 같네."

그토록 창피를 주었으니 살짝 비꼬더라도 벌은 받지 않겠지.

"후훗, 설령 그 어떤 적이 닥쳐오든 난 겁먹지 않고 맞서 싸울 거야. 어? 왜냐고? 그건 말이야☆ 난 마법 소녀이니까."

내 비꼼을 분쇄하듯이 가짜가 낯 뜨거운 대사를 귀여운 몸짓과 함께 대답했다. 그 파괴력이라고 해야 하나, 그 수치력(羞恥力)이 장난이 아니었다.

(크오오오오, 제발 그건 그만둬어어어어!)

나는 두 손으로 얼굴을 가리며 창피함을 감추는 것만으로도 버거워서 그 말을 따질 여유가 없었다. 이제 항복하고 싶은 기분이었다.

그러나 '항복할 테니 그만 거울로 돌아가주세요'라고 해본들 순순히 '예, 알겠습니다' 하고 따르지 않겠지. 그게 엄혹한 현실이다.

아니, 아니, 희망을 버려서는 안 된다고 어떤 위대한 사람도 말했다. 포기하지 않고 뭐든지 도전하고 볼 일이다.

"부탁이니 다음 보름날까지 얌전히 지내다가 순순히 거울로 돌아가."

"싫어."

역시나 현실은 엄혹했다.

"어험. 자, 그 일에 관해 진득하게 논의를 해봐야 한다고 생각, 합니다마안~."

내가 고개를 숙인 채 소파에 앉자 옆에 앉아 있던 마기루카가 말을 꺼냈다. 그런데 갑자기 무슨 생각이 떠올랐는지 몸을 부들부들 떨기 시작했다.

"거기 가짜. 메어리 님한테 철썩 달라붙어 있지 말아요!"

마기루카가 맞은편에 앉아 있는 가짜에게 항의했다. 그녀의 말대로 아까 전부터 가짜 마기루카가 이야기는 귓등으로도 듣지 않고 가짜 메어리에게 찰싹 달라붙어 떨어지지 않았다.

"흐흥, 어머머~. 내가 메어리 님과 찰싹 달라붙어 있는 게 그리도 부러운가요? 그런가요~?"

"음앗!"

무슨 영문인지 가짜 마기루카가 으스대며 말하자 마기루카가 할 말을 잃었다.

"마기루카?"

"헉, 아, 메, 메어리 님. 난 부럽다는 생각을 한 적이 없어요. 예, 요만큼도요!"

"으, 응, 알고 있으니까 진정해."

내가 묻자 마기루카가 얼굴을 새빨갛게 물들이며 대답했다. 오해를 살 만한 발언이라 부끄러워하는 건 잘 알겠지만, 바로 앞에서 대놓고 단언하니 좀 쓸쓸하기도 하다.

"아, 하지만, 달라붙는 걸 결코 싫어한다는 의미는 아니고……, 으음, 저기."

내가 풀이 죽었다는 걸 알아차렸는지 마기루카가 황급히 말을 덧붙여줬다.

"……일단은 차라도 마시면서 마음을 가라앉히세요."

바로 그때 옷을 갈아입히러 가는 길에 준비했는지 튜테가 차를 내밀며 권했다.

""""""…………."""""""

넷이서 일제히 차를 마시며 분위기를 잠시 누그러뜨렸다.

"……자, 얘기를 되돌리도록 하죠. 개인적으로는 쓸데없이 다투지 말고 대화로 결착을 내고 싶은데요."

마기루카가 한숨 돌리고서 제안을 했다.

"아까 메어리 님께서 말씀하셨다시피 우린 당신들이 얌전히 지내다가 거울로 돌아가길 바랍니다만."

"그건 안 돼. 거울 나라로부터 이 매지컬 하트를 받은 내게는 마법 소녀로서 어둠의 기관으로부터 이 나라를 지켜야 할 사명이 있으니까!"

가짜 메어리가 의미를 알 수 없는 사명인지 뭔지를 힘주어 말했다.

왠지 거울 나라라는 설정이 추가된 것 같은데, 설정이 엉성한 것 같은 기분이 든다. 혹시 그녀 본인도 아직 설정이 안정되지 않은 걸까? 애당초 명확한 설정이 없어서 지금도 절찬리에 모색 중인지도 모른다.

(어? 왜 그렇게 생각하느냐고? 그야 간단하지. 왜냐면 상대가 바로 '나'이니까! 내가 탄탄한 설정을 만들 수 있을 리가 없잖아! 주변 영향을 너무 받은 나머지 이리저리 흔들리고 있겠지! 하하핫, 난 주체성이 없으니까……. 아아, 눈물이 나올 것만 같아…….)

나는 속으로 자포자기하면서 문득 가짜가 보여준 매지컬 하트(?)라는 아이템을 쳐다봤다.

얼핏 보니 모양새가 꽤 본격적이다. 소도구라기보다는 어떤 매직 아이템처럼 보이는 것 같은데 기분 탓일까? 저런 걸 어디서 가져왔을까? 학원장님에게 떼를 써서 그럴듯한 도구를 빌린 게 아닐까? 그렇게 생각하니 앞뒤가 맞는 듯도 하다.

그때 문득 마기루카와 눈을 마주쳤다. 그녀가 어쩌면 좋을지 곤혹스러워하는 표정을 짓고 있어서 나도 대화에 끼기로 했다.

"……요컨대 넌 마법 소녀로서 그 어둠의 기관인지 뭔지 모르는 것들로부터 이 나라를 지켜내는 사명을 마쳐야만 거울 나라로 돌아가겠다는 소리지?"

"응? 으음, 어라? 그랬던가?"

"그래. 넌 거울 나라로부터 온 마법 소녀야. 마찬가지로 거울 나라로부터 침략해온 어둠의 기관으로부터 이 나라를 구하기 위해서 거울 나라 여왕님께서 파견한 빛의 전사야."

"으, 으~음……."

"그리고 사명을 마치면 거울 나라로 돌아가는 감동적인 이별 장면도 추가. 상상해 봐. 이 세계에서 동료가 되었던 소중한 사람과의 갑작스러운 이별, 눈물로 간신히 설득하고서 그 둘은 웃으며 작별하는 거지."

"……꿀꺽. 그, 그건 아주 매력적……."

(좋아, 좋아. 영향을 제대로 받고 있네.)

나는 굳이 부정하지 않고 상대방의 설정에 편승하여 이쪽이 원하는 바를 은근히 끼워 넣는 비열한 수단을 쓰기로 했다.

(이 역시 갈대처럼 흔들리는 설정으로 유명한 나이기에 가능한 거야. 하하핫, 봤는가? 주체성 없는 날. 아아, 뭐지? 이 공허함은.)

"메어리 님……. 무슨 의도인지는 알겠는데 그 어둠의 기관인지 뭔지는 어떻게 할 건가요?"

"후후훗, 그건 이제 이쪽에서 준비할 수밖에 없겠지."

내 이야기를 듣고서 깜짝 놀란 마기루카가 소곤거리며 물었다. 나도 작은 소리로 대답했다.

"과연. 즉, 모든 걸 메어리 님 손바닥 위에 두고서 조종하겠다는 거네요. 상대한테 억지로 강요하지 않고, 저쪽 생각을 이용하여 우리가 바라는 대로 유도한다. 역시나.”

“……그, 그렇긴 하지만, 꼭 그렇지 않다고 해야 할까, 뭐라고 해야 할까.”

또다시 원치 않는 오해가 발생하려고 했다. 그러나 어떻게 대답할지 몰라서 나는 우물거릴 뿐이었다.

(어라? 잠깐만. 이쪽 마기루카가 내 의도를 알아차렸다는 건 저쪽 마기루카도 당연히 눈치챘겠지?)

문득 그런 생각이 들어 가짜 마기루카를 쳐다봤다. 그녀는 내 시선을 느꼈는지 이쪽을 보며 생긋 웃었다.

(눈치챘어! 눈치챘지만 아무래도 상관없다는 건가?! 지금껏 그녀가 보여줬던 언동으로 미루어 짐작해보건대 나랑 함께 있을 수 있다면 다른 건 어찌 되든 좋다는 건가?!)

“……그럼 마기루카는 내 곁에서 떨어지면 안 돼. 쭉 옆에 있어야만 해.”

“메, 메어리 님. 그건 무, 무무무, 무슨 의미일까요?”

마음의 소리가 불쑥 새어 나오자 옆에 있던 마기루카가 반응하여 거동이 수상해졌다.

“응? 아니, 저쪽 마기루카가 순순히 따르고 있긴 하지만, 내게서 떨어지기라도 하면 무슨 일을 저지를지 헤아릴 수가 없겠구나 싶어서.”

“아, 아~, 저쪽 말이군요…….”

내 대답을 듣고서 얼굴을 붉히면서도 마기루카가 냉정을 되찾아갔다.

"……어라? 혹시 우리 얘기이길 바랐어?"

"따, 따따따, 딱히 그렇지 않아요."

내가 짓궂게 웃으며 말하자 마기루카가 고개를 홱 돌리고서 반론했다.

마냥 부끄러워하는 마기루카도 귀엽긴 하지만, 츤데레 마기루카도 귀엽다. 이건 정의다.

여하튼 가짜 메어리가 이리저리 돌아다니며 소란을 일으키지 않도록 이쪽에서 고삐를 쥐고 있어야만 한다. 그러기 위해서라도 그녀가 말하는 어둠의 기관을 급조해야만 한다.

(이건…… 모두한테 협력을 요청하는 편이 나을지도 모르겠네. 하아……, 마음이 무거워.)

나는 혼자서 한숨을 깊이 내쉬고서 일단 이 대화를 마치기로 했다.

밤.

모두가 잠든 시간에 나는 방을 나왔다.

(왜냐고? 가짜 메어리가 이 시간에 몰래 무슨 짓을 저지르지 않는지 살펴보기 위해서야.)

아니나 다를까. 방에서 가짜 메어리의 모습이 보이지 않았다.

"칫, 늦었나……."

마경은 아까 확인하고 왔으니 가지고 나간 것은 아니다. 뭐, 그렇게 큰 마경을 혼자서 가지고 나가는 건 지극히 어려울 일이지만. 아니, 나라면 등에 짊어질 수 있을 것 같긴 하지만 생각을 그만하기로 했다.

"아이 참. 어디로 간 거람? 사람 귀찮게 하는 데 재주가 있네."

나는 시계탑 밖으로 나가야만 하는 신세를 한탄하며 주변을 둘러봤다.

컴~컴한 학원 내. 그곳에 홀로 서 있는 나.

(아, 이런. 좀 무서워졌어.)

나는 몸을 한 번 부르르 떨고서 홀로 왜 나왔을까 후회하기 시작했다.

(하지만 누군가와 함께 나왔다가 가짜가 창피한 망상을 펼치고 있는 광경을 보기라도 한다면 수치스러워서 죽을지도 몰라.)

나는 마음을 다잡고서 어두운 학원을 둘러보고는 다시 걸어 나갔다.

바로 그때 내 시야 한구석에서 움직이는 무언가가 비쳤다.

반사적으로 그쪽으로 고개를 돌리니 어두운 골목이었다. 나는 조심스럽게 골목으로 향했다.

"야~아, 거기 있는 거 다 알아~. 체념하고 어서 나와요."

어두운 골목을 향해 나직이 외치면서도 어두운 게 무서워서 안으로는 들어가지 못하는 나약한 나.

우물거리고 있으니 어두운 안쪽에서 누군가가 서서히 모습을 드러냈다.

(역시 있었잖아. 얌전히 나와 줘서 다행…… 어라?)

나는 가짜가 얌전히 나온 줄 알고 안도했지만, 실제로는 예상과 달리 키가 큰 성인 남성이었다.

위아래로 온통 새카만 옷을 착용하고 있고 기묘한 가면까지 쓰고 있었다.

"어린 아가씨라서 그만 방심했군."

가면 안쪽에서 낮은 목소리가 불명료하게 들렸다. 그 박력은 그야말로 어둠 속에서 살아가는 자의 것이었다.

(아차~, 혹시 학원장님이 준비해준 엑스트라인가? 나랑 가짜를 착각한 건가? 이거 실수했네.)

"어, 그게 말이죠……."

"뭐, 좋다. 어차피 해야 할 일은 변함없으니까!"

내가 어떻게 대답할지 곤란해하고 있으니 그 남성이 말을 불쑥 내뱉고서 단검을 뽑았다. 그러고는 어둠 속에 숨어들어 순간적으로 거리를 좁힌 뒤 단검으로 나를 찔렀다.

또깡!

완전히 방심하고 있던 나는 멍한 얼굴로 그 단검에 정통으로 찔렸다. 가슴에 박혔어야 할 단검 칼날이 무참하게 부러지는 소리가 울려 퍼졌다.

"아닛!"

상대방도 놀랐는지 경악하며 황급히 거리를 띄웠다.

나는 멍한 얼굴로 그 광경을 확인한 뒤에 떨어진 칼날을 내려다봤다. 보아하니 가짜가 아니라 진짜 검인 듯했다.

그건 즉…….

(어라? 혹시 방금 나 죽을 뻔했다? Why?)

나와 상대방 모두 무슨 상황인지 이해하지 못하고 있었다. 골목 안이 정적에 휩싸였다.

11 뭐가 뭔지

지금 나는 어두운 골목에서 검은 옷을 입은 수상한 남성과 대치하고 있다.

(이, 이게 웬일이래? 왜 공격을 당했지? 너무 급전개라서 영문을 모르겠어.)

필사적으로 동요를 억누르면서 일단은 전투태세를 취해봤다. 그에 반응했는지 상대도 다시 자세를 취했다.

"……왜 검이? 가슴에 철판이라도 넣어뒀던가……."

"누구 가슴이 철판이라고?"

검은 옷을 입은 괴한의 혼잣말을 흘려들을 수가 없어서 무심코 반응했다. 덕분에 동요했던 정신이 스윽 가라앉았다.

나는 다시금 상대를 관찰했다.

(위아래로 검은 옷에다가 이상한 가면. 으~음, 마치 어딘가에 나올 법한 전투원처럼 생겨서 영락없이 엑스트라인 줄 알았는데 아니었나 봐. 일단 확인이나 해볼까.)

"……당신, 어둠의 기관이지?"

"!"

내가 중얼거리자 검은 옷 괴한이 흠칫 반응했다.

(어? 혹시 정답?)

확인이나 해보려고 물어봤을 뿐인데 설마 상대가 반응할 줄 몰랐다. 나는 놀랐다.

"어떻게…… 우릴……."

상대도 마찬가지로 놀랐는지 불쑥 중얼거렸다. 내 물음이 정답이라는 방증이었다.

(어, 어? 뭐야, 대체 뭐야? 어둠의 기관은 가짜의 망상이잖아? 역시 엑스트라? 뭐야아아아아!)

어차피 아니겠지 싶어 우습게 여기고 있었는데 설마 정답이었다니. 나는 또다시 패닉에 빠져들었다.

"……쳇, 원군인가."

패닉에 빠진 나를 내버려 두고서 검은 괴한이 다른 쪽으로 고개를 돌렸다. 그에 낚여 그쪽으로 시선을 돌리자 이쪽으로 다가오고 있는 불빛 하나가 보였다.

"……오늘은 물러나마. 그러나 언젠가 네가 가진 힘을 반드시 빼앗아서 우리의 목적을 달성해주마."

어느 악당이 내뱉을 법한 말이 들렸다. 나는 지금 딴 데 정신을 팔 때가 아니라며 황급히 그쪽으로 시선을 다시 돌렸다. 그러나 검은 괴한의 모습은 보이지 않았다.

(달아났……나?)

주변을 둘러보며 실루엣이 사라졌음을 확인하고서 나는 경계를 풀었다.

(어, 어떻게 된 거지? 설마 가짜의 망상이 사실……. 아니, 이 세계에 그런 조직이 아예 존재하지 말라는 법은 없잖아. 우연히 접촉

해버린 건가? 으으응, 그 녀석은 내가 가진 힘을 빼앗겠다고…….)
사태가 잘 정리가 되질 않아 골머리를 앓고 있으니 불빛 하나가 나에게로 다가왔다.
"아가씨!"
"아, 튜테랑 학원장님."
"이런이런, 메어리 짱이 없어져서 놀랐구먼. 자네도 저쪽 메어리 짱처럼 인적 없는 곳과 시간을 택하여 이상한 짓을 벌이는 버릇이라도 있는 겐가?"
"아, 아니에요! 전 그저 가짜의 모습이 보이지 않아서."
두 사람의 모습을 보고서 안심한 것도 잠시, 학원장님이 억측을 내뱉자 나는 황급히 해명했다.
"저쪽 아가씨라면 자고 있어요. 아까 화장실을 다녀오긴 했지만."
"어? 정말?"
"예, 같이 가자고 부탁하셔서."
"왜?"
"밤에 화장실 가는 게 무섭대요."
"무슨 애냐!"
(이 녀석, 화장실을 갔었을 줄이야. 큭, 그 가능성을 미처 간과해버렸네. 그나저나 걘 왜 '내' 튜테한테 어리광을 부리는 거야. 이거 틈을 줘서는 안 되겠네.)
당장에라도 가짜가 자는 곳에 가서 바디 프레스를 걸어주며 호되게 한마디 해줄까 진심으로 생각했다. 거듭 말하지만 나는 튜테에 관한 일 앞에서는 마음이 좁아진다.

"좋아, 실행하자."

"뭐가 좋은지는 모르겠지만, 아가씨께서는 여기서 뭘 하고 계셨던 건가요?"

내 결의에 찬물을 끼얹듯 튜테가 질문했다.

"뭘 했냐니? 가짜를 찾으러~……. 아, 맞다, 어둠의 기관."

"""?"""

가짜 때문에 잠시 뒷전으로 미뤘던 사건을 두 사람에게 전하기로 했다.

"흐음, 아닐세. 난 그런 흉흉한 자를 고용한 기억이 없네."

내 이야기를 듣고서 학원장님이 생각하며 대답했다.

학원장실로 돌아온 우리는 지금 아까 겪었던 사건에 관해 대화를 나누고 있다.

"메어리 짱의 이야기에 따르면 상대는 보통내기는 아닌 듯하구먼. 한데 뭘 노리는지도 모르겠군. 메어리 짱이 가진 힘이라?"

"뭐, 뭘까요……."

(설마, 내 치트 능력은 아니겠지. 어머~, 드, 들킨 거야? 뭐, 빼앗을 수 있다면 제발 빼앗아가달라고 부탁하고 싶은 심정이긴 하지만, 이 힘이 악용되면 안 되니 되도록 빼앗기보다 없애줬으면 좋겠는데 말이야~.)

학원장님의 질문에 모호하게 대답하면서 나는 속으로 어디 사는지 모를 누군가에게 무리한 부탁을 해봤다.

"저기, 아가씨. 혹시 저쪽 아가씨랑 관계가 있는 게 아닐까요? 본인도 그렇게 말하고 있고요."

"아니~, 없어, 없어. 가짜의 그 말은 그저 망상이라니까."

튜테의 질문에 답하면서 어쩐지 공연히 슬퍼졌다.

내가 살짝 침울해하고 있으니 그 원흉인 가짜가 마기루카와 함께 왔다.

그리고 대단히 원치 않긴 하지만 아까 겪었던 일을 가짜에게 알려주기로 했다.

"오오오오, 왔다, 왔다아아아!"

그래서 이렇게 흥분하고 있다.

(그래서 알려주고 싶지 않았어. 무조건 까불 테니까.)

"잠깐 나갔다 올게에에에에!"

"웨~~~잇! 어딜 나갔다 온다는 거야."

가짜가 이야기를 듣고서 소파에서 벌떡 일어서 문 쪽으로 향하자 나는 만류했다.

"그 누구도 날 막을 순 없~어."

"야아아아아!"

내 만류도 듣지 않고 대단히 흥분한 가짜가 방을 나갔다. 아마도 그 검은 괴한이 아직 근처에 있지 않은지 찾으러 갔겠지.

(위험지대에 발을 들이는 건데 왜 저렇게 희희낙락하는 걸까?

위험해. 고생고생하며 숨기고 있는 내 힘이 유감없이 발휘될 것 같다고.)

신변의 위험을 느낀 나는 황급히 뒤를 쫓았다.

그런데 갑자기 가짜가 돌아왔다. 엄청나게 낙담한 얼굴로…….

"무, 무슨 일이야?"

예상치 못한 전개에 나는 정말로 궁금해서 물어보고 말았다.

"바, 바바바, 밤 깊은 학원이 상상 이상으로 무서워."

"…………."

진짜로, 예상치 못한 전개에 나는 입을 꾸욱 다물었다. 어떻게 대답해야 좋을지 몰라서 말문이 막혔다.

아마도 무섭고 질색하는 것을 보고서 전력으로 두려워하는 자기 자신의 모습을 보여줌으로써 나를 부끄럽게 만들려는 마경의 의도였을 테지만, 지금 내 처지에서는 굿잡이라는 말밖에 나오지 않았다. 참 복잡한 심경이었다.

"튜테~, 같이 가자~."

"야, 튜테한테 어리광부리지 마! 저리 가, 가!"

가짜가 내 뒤에 있는 튜테에게 달라붙으려 하자 나는 황급히 그녀를 끌어안으며 방어했다. 그리고 손을 휘저으며 내쫓는 것도 잊지 않았다.

"왜 안 된다는 거야. 튜테는 내 메이드야!"

"혼란을 틈타 무슨 말을 하는 거니. 튜테는 바로! 내! 메이드라고!"

가짜가 빈틈을 노려 자기 쪽으로 튜테를 잡아당기려고 했다. 그러나 나는 그녀를 끌어안은 채 몸으로 버티며 방해했다.

튜테는 곤혹스러운 얼굴로 그런 우리를 바라보며 끌려다니기만 했다. 우리는 한동안 튜테를 중심으로 빙글빙글 돌며 공방을 벌였다.

이럴 때가 아니라고 하겠지만, 그렇게 정색할 만한 일이냐고 하겠지만 나는 양보할 수 없다. 이제는 귀에 딱지가 앉을 정도겠지만, 나는 튜테에 관한 일 앞에서는 마음이 좁아진다.

""귀여우셔라…….""

그런 우리를 바라보다가 내뱉은 두 마기루카의 말이 멋들어지게 맞아떨어졌다. 한쪽은 어이가 없다는 느낌이었고 한쪽은 황홀해하는 느낌이었지만.

역시나 우리도 그 소리를 듣고는 부끄러워져서 쟁탈전을 멈췄다.

"일단 물어보지. 그쪽 메어리 짱은 짐작 가는 바가 없는가?"

"있어!"

화제를 전환하고자 학원장님이 가짜에게 물었다. 그러자 그녀가 자신만만하게 대답해서 모두가 주목했다.

"내가 거울 나라로부터 받은 이 매지컬 하트의 힘, 다시 말해 마법 소녀의 힘을 노리고서 어둠의 기관이 습격한 거야!"

가짜께서 으스대는 얼굴로 하트를 맥스로 민망하게 하는 발언을 하시자 나는 얼굴을 가렸다.

"아니, 그건 메어리 짱이 내게서 반쯤 강탈해간 매직 아이템이고…….”
“죄송합니다. 학원장니이이임…….”
학원장님이 예상한 대로 딴죽을 걸었다. 나는 얼굴을 가린 채로 자기 잘못이 아닌데도 쥐어 짜낸 목소리로 사죄했다.
의논을 한 결과, 학원장님은 어둠의 기관을 조사하기로 했고, 가짜들은 여기 숨어 있기로 했다.
그리고 안전을 위해서라고 해야 할까, 감시를 위해서라고 해야 할까, 우리는 가짜들과 함께 자기로 했다.
침대가 2개밖에 없어서 나와 가짜 메어리, 마기루카와 가짜 마기루카가 함께 자게 되었다.
“훗훗훗, 자고로 여자애들이 한 방에 모이면 걸즈 토크지, 걸즈 토크.”
취침 준비를 하는 우리를 아랑곳하지 않고 가짜 메어리가 말했다.
“자자, 그만 자야지.”
“연애 이야기, 연애 이야기!”
“얘기 좀 들어!”
나는 침대 위에서 까불어대는 가짜의 얼굴을 베개로 덮어버렸다.
“예를 들어 전장에서 절체절명의 순간마다 늘 구해주는 수수께끼의 신사가 실은 적군의 왕자님이었고 사랑과 사명 사이에서 흔들리고 있다거나, 하는 그런 얘기 없어?”
“그, 그런 경험이 있었나요?”
무심코 편승하고 만 마기루카가 무슨 이유인지 나를 쳐다보며 물었다.

"뭐어? 그건 이 아이의 망상이야, 망상. 머릿속이 온통 꽃밭인 사람의 말 따윈 무시하고서……."

자신의 복제 인간에게 악담을 하니 허무하다고 해야 할까, 복잡한 기분이 들어서 말끝이 점점 흐려졌다.

"그러는 마기루카는 없어?"

본인 입으로 말해놓고서 스스로가 침울해지는 고도의 테크닉에 당한 나를 무시하고서 가짜 메어리가 마기루카에게 바통을 넘겼다.

"예? 저요? 어, 없어요, 그런 거."

"수상한 걸~. 진실이 뭐야? 그쪽 마기루카."

황급히 부정한 마기루카를 히죽거리며 보던 가짜 메어리가 화제가 바뀌지 않도록 이번에는 가짜 마기루카에게 물어봤다.

"남성이요? 말도 안 되는 소리네요. 저는 남성한테 전혀 흥미가 없어서."

""어, 어어~, 그, 그렇구나.""

가짜 마기루카가 웃으며 선뜻 굉장한 발언을 하자 나와 가짜가 약간 꺼리는 눈으로 마기루카 쪽을 쳐다보고 말았다.

"나, 난 아니에요! 저쪽의 저……도 저이긴 하지만, 아아아, 진짜, 아니라니까아아아아! 절대로, 아니래도요오오오오."

마기루카는 본인답지 않게 허둥대며 변명했다.

(위험하네. 본인이 말한 게 아닌데도 복제 인간의 발언이라서

희한하게도 신빙성이 생겨버려. 더 위험한 건 걔들은 기본적으로 우릴 욕보이고 싶어 하거든~. 태연히 거짓말을 할지도.)

당황한 마기루카를 바라보면서 나는 자신에게 닥칠지도 모를 위험에 몸을 떨었다.

"메, 메메메, 메어리 님은 없나요? 아까는 상상이라고 말씀하시긴 했지만."

"앗, 야아. 창피함을 감추려고 화제를 내게 돌리지 말아줘."

얼굴이 새빨개진 마기루카가 어떻게든 화제를 돌리고자 설마 나에게 바통을 툭 넘겼다.

"응? 나?"

그리고 그 바통을 무슨 영문인지 가짜가 받고 말았다.

"잠깐만!"

가짜 마기루카처럼 황당무계한 발언을 할까 봐 나는 얼굴이 창백해져 가짜의 입을 막으려고 했다.

"음~~, 기억을 돌이켜봤는데. 없네, 그런 달콤새콤한 경험은. 하하핫, 난 참 메말랐구나."

가짜가 마치 딴 사람 일처럼 폭로했다. 이건 이것대로 부끄럽기 짝이 없다. 더욱이 객관적이라서 신빙성이 엄청나다.

(뭐, 그 말이 맞으니 달리 할 말이 없긴 하지만……. 그래도.)

"네가 그런 말을 할 처지냐아아아아!"

똑같이 생긴 내가 그렇게 말하자 나는 굴욕감에 몸을 바들바들 떨면서 들고 있던 베개를 상대 얼굴에 냅다 던졌다.

“자, 자아, 메어리 님. 앞으로도 만남이 있을 테니.”

“맞아요. 상대가 없다면 내가 있어요.”

무슨 이유인지 나는 두 마기루카에게서 위로를 받았다.

“자, 토크 종료! 그만 자자, 취침!”

나는 그렇게 선언하고서 다짜고짜 이불 속에 들어가버렸다.

(가짜야, 안 돼. 능력도 그렇지만 그 언동과 기억은 내게 여러 의미로 위험하기 그지없다고. 살려줘요, 신니이이이이이임!)

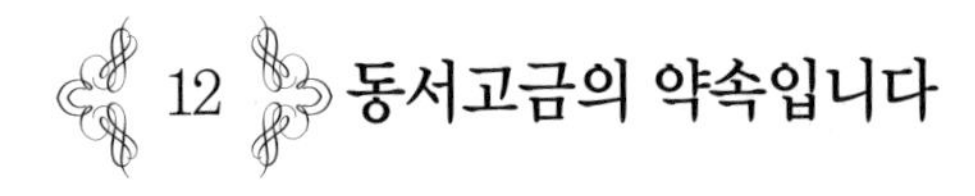

12 동서고금의 약속입니다

이튿날.

배웅하러 나온 마기루카가 마차에 오르는 메어리를 보고 있었다.

업무차 왕도에 체류하고 있는 페르디드가 이번 일로 딸인 메어리를 호출한 듯하다.

그 행동에서 자식을 예뻐하는 감정이 엿보여 마기루카는 살짝 부러웠다.

가족이 그녀를 사랑하지 않는 것은 결코 아니다. 다만 아버지와 어머니, 아니, 그녀의 가문은 일을 우선하는 경향이 있다.

마기루카 본인도 일을 우선하는 가문의 분위기에 토를 달 생각은 없다. 그러니 불만은 없……지만, 문득 이렇게 쓸쓸함이 밀려들곤 한다.

아직 미숙하구나, 하고 자신을 비웃었다. 그래도 남겨진 자신이 앞으로 똑바로 처신해야만 한다는 생각이 들어서 또 자신을 비웃었다.

"자, 우선은 마경에 관한 정보를 최대한 입수해야만 해요. 그리고 검증 같은 것도 가능하다면 좋겠네요."

앞날을 생각하여 마경에 관한 정보는 되도록 많이 확보해두는 편이 좋겠다고 마기루카는 생각했다. 검증해보고 싶다는 건 단순히 본인의 연구심과 호기심에서 비롯된 것이긴 하지만…….

일단 향후 방침을 말하고서 돌아보니 당사자인 두 가짜 중 가짜 메어리가 아쉬워하며 마차를 쳐다보고 있었다.

“끄으으응, 튜테는 남겨뒀으면 했건만~. 뭐, 아버님을 뵈었을 때 왜 곁에 튜테가 없느냐고 묻는다면 아무 말도 못 할 테지만.”

“자자, 메어리 님. 제가 곁에 있을 거예요. 언제 어디서든, 우후후.”

애써 시야 밖에 두고서 무시하려고 했지만, 가짜 마기루카가 가짜 메어리에게 찰싹 달라붙자 도저히 그 존재를 무시할 수가 없었다. 마기루카는 너무 분해서 한숨을 깊이 내뱉었다.

일단 저건 만들어진 가짜다, 자신과는 다른 존재라고 되뇌며 마기루카는 마음의 안녕을 지키려고 했다.

“마음을 다잡고서 가도록 하죠. 방해꾼이 사라진 지금 우리가 해야 할 행동은 딱 하나.”

마기루카가 끓어오르는 감정을 삭이고 있는 사이에 가짜 메어리가 드높이 선언하고서 무슨 행동을 벌이려고 하고 있다.

“메어리 님, 시계탑으로 얌전히 돌아가주세요.”

“……예~에.”

처음에 메어리는 아버지에게 설명도 하고 감시도 할 겸 가짜 메어리도 데리고 가려고 했다. 그러나 마경으로부터 멀어질 수 없다며 그녀가 거절했다.

왕도를 그토록 돌아다녔으면서 이제 와 무슨 소릴……. 마기루카는 그렇게 생각했지만 완고하게 거부하는 가짜 메어리 때문에 시간이 촉박해져서 결국 메어리는 혼자서 왕도로 가게 되었다.

메어리가 가짜들이 말썽을 피우지 못하도록 잘 단속해달라고 부탁하고 떠난 직후에 마기루카가 멋대로 움직이면 곤란하다고 바로 주의를 시켜봤다. 그랬더니 선선히 받아들이고서 두 가짜들이 시계탑으로 돌아갔다.

조금 김이 새긴 했지만, 근본이 메어리라서 말을 잘 듣는구나, 하고 생각하며 마기루카는 방심하고 말았다.

결국 잠시 한눈을 판 사이에 가짜들이 시계탑에서 달아나고 말았다.

"야단났어요, 야단. 학원 안에서 또 소란을 피우면 어떡하죠? 아니, 어젯밤을 떠올려보면 그 어둠의 기관인지 뭔지를 찾겠다며 학원 밖으로 나갈 가능성도 있어요."

방에 두 사람이 없었고, 또한 가짜 메어리의 그 의상이 없는 걸 보니 후자일 가능성도 부정할 수 없다.

메어리는 유소년 시절부터 알고 지낸 마기루카조차도 파악하지 못할 만큼 종잡을 수 없는 행동을 할 때가 있다.

마기루카는 설마 스스로 위험 속으로 뛰어들 만한 사람은 아니라고 생각했지만, 완전히 부정하지도 못했다.

유일하게 부탁할 수 있는 사람인 학원장은 하필이면 일이 겹쳐서 움직일 수가 없는 상태였다.

유일한 위안은 가짜들이 마경으로부터 멀리 벗어날 수가 없다는 거겠지. 그러나 그 둘은 정확한 거리를 모르고 또 그 영역에서 벗어나면 어떻게 되는지도 모르는 눈치였다.

왜 자세히 모르는데도 멀리 벗어나면 안 된다고 생각한 걸까? 마경이 각인이라도 시켜둔 건가? 지적 호기심이 자극되어 잠깐 조사해볼까, 하는 욕구가 샘솟았지만, 마기루카는 불경하다며 이내 그 생각을 털어내듯 고개를 저었다.

“학원 안팎을 모두 찾기에는 인원이 부족해.”

이때 마기루카는 마음 든든한 동료들을 떠올렸다. 그러나 그 파렴치하기 짝이 없는 자신을 그 동료들에게 내보이는 것이 창피해서 망설여졌다.

“이~봐, 마기루카. 뭐 하고 있냐?”

마기루카의 위에서 자하의 목소리가 들려왔다. 그녀는 깜짝 놀라 위를 올려다봤다. 그러자 그리폰을 타고 있는 자하가 이쪽을 보며 고도를 낮추고 있었다.

수업 중에 자신이 눈에 띈다는 이유만으로 수업도 내팽개치고서 내려왔을 리는 없다고 마기루카는 생각했다. 자하도 어언 4학년이다. 클래스 마스터도 경험한 그가 별 이유도 없이 그런 경솔한 행동을 하지는 않겠지.

“자하, 그 그리폰은?”

“응? 아아, 잠깐 산책 중이야. 가끔 날게 해주지 않으면 삐치거든, 이 녀석은.”

“하늘을 산책? 그럼 혹시 하늘에 떠 있거나, 혹은 이동하는 사람을 보지 못했나요?"

자하의 이야기를 듣고서 그가 학원 상공을 유영하고 있었음을 알게 된 마기루카는 가능성 중 하나를 확인했다.

"아~, 음~, 그러고 보니 둘밖에 없었던가? 멀긴 했지만, 그 은발은 메어리 님 맞지? 뭐야, 메어리 님인가? 싫어서 무시했는데 잘못했나?"

마기루카가 질문하자 자하가 기억을 돌이켜보며 방향을 가리켰다.

"역시나 시계탑에서 날아서 도망쳤네요. 문제는 그 구역에 머물고 있느냐, 아니면 그대로 밖으로 달아났느냐……겠네요."

확인하러 달려가기에는 시간이 너무 많이 걸린다. 신속하게 움직이려면 이쪽도 하늘을 나는 수밖에 없다고 생각하면서도 마기루카는 주저했다. 왜냐면 그녀는 높은 곳을 질색하니까.

망설이고 있는 마기루카 옆에서 바람이 후웅, 하고 말려 올라가더니 자하가 일단 그리폰을 착륙시켰다.

"타, 마기루카. 뭔 일인지는 모르겠지만 무슨 문제가 벌어진 거지?"

자하가 그리폰에 탄 채로 손을 내밀며 마기루카에게 타라고 권했다.

"어, 으음……."

"알고 지낸 지 오래됐으니 표정만 보면 알아. 급히 이동하고 싶은 거지? 그리폰을 타고 날아가는 편이 빠르지."

이 남자가 아무 말도 하지 않았는데 속내를 알아차리자 마기루카는 무심코 살짝 두근거리고 말았다. 그러나 그렇게 눈치가 좋다면 자신이 높은 곳을 싫어하는 것도 알아차려줬으면 좋았을 텐데. 마무리가 허술한 그를 보니 복잡한 기분이 들었다.

그러나 자신이 방심한 탓에 이 사태를 초래했다. 그렇게 생각한 마기루카는 결의를 굳히고서 자하가 내민 손을 잡은 뒤 그리폰에 탔다.

“당신이 봤다는 그 구역까지 가주세요. 최악의 경우에는 그대로 밖으로 나가야 해요. 괜찮을까요?”

“뭐, 괜찮겠지. 왕도 상공을 나는 게 아닌 한.”

마기루카의 체념을 불식시키려는 듯 자하가 웃으며 농담조로 대답했다. 그러고는 마기루카가 지시한 대로 그리폰이 떠오르더니 목적지로 날아갔다.

아래를 내려다보면 현기증이 날 것 같아서 마기루카는 애써 내려다보지 않으려고 했다. 그러나 그래서는 가짜들을 찾을 수가 없기에 용기를 쥐어짜 아래를 봤다.

“그나저나 왜 메어리 님을 쫓고 있는 거야?”

“............”

“마기루카?”

어떻게 설명해야 좋을까? 애당초 그에게 말해도 될까? 마기루카는 순간 망설였다. 그러나 이렇게까지 휘말리게 한 이상 사정을 설명하고서 협력을 구하는 편이 분명 더 효율적일 것이다. 그러나 그전에 마기루카는 그에게 다짐을 받아놔야만 했다.

"……이제부터 말하는 내용을 타인한테 발설하지 말아요. 그리고 앞으로 보게 될 것들은 사태가 종료된 뒤에 전부 잊어요. 알겠죠?"

자기 입으로 말해놓고도 엉망진창이라며 마기루카는 자신을 비웃었다.

"뭔지 잘 모르겠지만 안심해! 난 기억력만큼은 자신이 없잖아. 머릿속에 잘 담아두지 못하는 걸 너도 알지?"

그렇게까지 자랑스럽게 말할 내용인가? 하고 마기루카는 딴죽을 걸고 싶었지만, 자하 나름의 배려로 받아들였다.

마기루카는 자하에게 이번 사건에 관해 간략하게 설명했다.

"굉장하네, 그거. 자기 자신이 나온다니. 나도 그 거울을 보고 싶어."

"당신, 제 이야기를 듣긴 한 건가요?"

"그래. 지금의 내가 복사된다는 거잖아? 그럼 그 녀석이랑 싸워서 이기면 문자 그대로 자기 자신을 극복해낸 셈이니 더 강해질 거 아냐?"

마기루카가 한바탕 설명을 끝낸 뒤에 자하가 그런 감상평을 말했다. 참으로 긍정적인 의견이긴 하지만, 그 수치 지옥을 모르니 그렇게 느긋한 소리를 할 수 있는 거라며 마기루카는 탄식했다.

"어쨌든 나와 메어리 님의 가짜와 만나더라도 딴 사람한테 말하지 말 것. 떠오르는 생각이 있더라도 밖으로 표출하지 말 것."

"음~, 혹시 표출한다면?"

"듣고 싶나요?"

"아뇨, 표출하지 않도록 노력하겠습니다."

마기루카가 강렬하게 압박하자 자하는 지레 겁을 먹고서 이야기를 바로 끝마쳤다. 이런 위기 감지라고 해야 하나, 눈치가 좋은 것도 요긴한 데가 있다고 마기루카는 생각했다. 뭐, 알고 지낸 세월이 오래된 만큼 그를 다루는 데 익숙해진 부분도 있긴 하지만.

"근데 마기루카. 학원 내를 내려다봤는데 메어리 님처럼 생긴 사람은 안 보이는데. 그 은발은 어떻게 해도 눈에 띌 텐데 말이야. 역시 네가 말한 대로 밖으로 나간 거 아냐?"

이야기하면서 공포를 달래고 있던 마기루카를 대신하여 의외로 시력이 좋은 자하가 목표물을 찾고 있었다. 그런데 아무래도 최악의 사태가 벌어진 듯하다.

"어쩔 수 없습니다. 이대로 밖으로 가죠. 그리 멀리 가지는 못했을 거예요."

"좋아, 알겠어."

왠지 즐거워 보이는 자하에게 비난 어린 시선을 약간 보내면서 마기루카는 학원 밖까지 수색 범위를 넓혀나갔다.

그대로 학원 밖으로 나가니 왕도 반대 방향으로 쭉 이어지는 가도와 평원이 보였다.

상공을 둘러봤지만 두 사람의 모습이 보이지 않는 것으로 보아 지상으로 내려간 듯했다. 또한 확 트인 지역이니 상공에서라면 금세 그 모습을 포착해낼 수 있겠지.

"아, 있다. 가도에 두 사람. 저거 아냐?"

자하가 가리키는 쪽을 봤지만, 너무 멀어 잘 보이지 않아서 마기루카는 눈을 가늘게 떴다. 아니, 그대로 눈을 감아버렸다. 왜냐면 마기루카가 이런 고도에서 파노라마 풍경을 응시할 수 있을 리가 없으니까.

"……어, 어쨌든 그쪽으로 가주세요."

"아니, 제대로 확인하라고. 자, 눈을 뜨고서."

"돼, 됐으니까, 빨리 쫓아가요!"

눈치가 어중간하게 좋은 이 남자가 마기루카에게 어서 응시하라고 강요했다. 그녀는 무심코 목소리가 험악해졌다.

자하는 그리폰에게 지시하여 목표물과의 거리를 단숨에 좁혀나갔다. 그리고 그가 말한 대로 망토 차림의 메어리와 가짜 마기루카가 보였다.

상대방도 알아차렸는지 무슨 영문인지 이쪽을 보며 손을 흔들고 있었다.

"당신들도 왔네요. 나랑 함께 어둠의 기관을 쳐부수는 여행을 하러."

"아뇨, 끌고 돌아가려고 왔습니다. 애당초 메어리 님한테 거울에서 멀리 벗어나면 안 된다고 떼를 쓰며 밖으로 나가지 않았던 건 누구였죠?"

"글쎄? 그런 옛날 일은 잊었어."

"불과 얼마 전 얘기예요. 자, 어서 돌아가죠."

"그건 불가능해. 왜냐면 난 마법 소녀이니까!"

무슨 소리인지 전혀 모르겠지만 가짜 메어리가 자신만만하게 발언하자 마기루카는 할 말을 잃고 말았다.

그런 마기루카는 아랑곳하지 않고 자하가 그리폰을 가짜 메어리 일행 근처에 착륙시켰다. 그녀가 흥미진진한 얼굴로 다가왔다.

"……좋네, 그리폰. 내 애마로 부리고 싶어."

가짜 메어리가 호기심 어린 눈으로 쳐다보자 그리폰이 몸을 부르르 떨었다. 그녀에게서 멀어지고자 등에서 내린 자하 쪽으로 슬금슬금 다가갔다.

"오~, 정말로 메어리 님이랑 마기루카처럼 생겼네. 이, 이게 그 마력의 힘인지 뭔지 하는 거야? 짱이네. 그 거울을 쳐다보고 싶은 마음이 점점 간절해지는걸."

"잘 부탁해. 아레이온. 나랑 함께 기관과 싸우자."

대화가 전혀 맞물리지 않는 자하와 가짜 메어리 사이에 끼였을 뿐만 아니라 멋대로 이름까지 붙여져 어찌할 바 모르는 그리폰이 두리번거리며 동료……라고 해야 하나, 상식인을 찾기 시작했다.

왠지 불쌍하게 보여서 마기루카는 그리폰에게 자기 쪽으로 오라고 손짓했다. 그 손짓을 봤는지 그리폰이 대단히 기뻐하며 마기루카 뒤로 이동했다.

"오오, 왠지 멋있는 이름이네, 그거. 앗, 기관인지 뭔지와 싸울 거라면 나도 협력할게."

"음~, 이건 마법 소녀랑 기관과의 싸움이거든~. 남자애는……."
"맞아요, 남자한테는 용건이 없답니다. 쉿쉿!"
자하가 기뻐하며 가짜 메어리에게 접근하자 가짜 마기루카가 견제하듯 그녀에게 다가갔다.
"…………."
"뭐, 뭔가요?"
견제하는 가짜 마기루카를 쳐다보면서 자하가 생각에 잠겨 있으니 그녀가 의아해하며 물었다.
"아아, 왠지 이 패턴이 말이야 누군가랑 비슷한 것 같아서 곰곰이 생각해봤는데 그 빅토리카와 꼭 닮았네, 마기루카는."
"크핫!"
자하의 가차 없는 감상평이 마기루카의 가슴을 도려냈다. 예전에 만났던 흡혈귀 당주님을 보면서 변태……, 아니, 꽤 개성적이구나, 하고 민망해했는데, 가짜라고는 해도 그 사람과 꼭 닮았다는 소리를 들었으니 큰 충격을 받고서 낙담하는 건 당연하겠지.
"마기루카, 왜 그래? 갑자기 주저앉아서."
"……자하, 약속."
"앗……."
자하가 주저앉은 마기루카를 이상하게 쳐다보자 그녀가 원망스럽게 올려다보며 저음으로 중얼거렸다. 그도 그 의미를 알아차렸는지 시선을 싹 돌렸다.
바로 그때 그리폰이 뭔가를 감지했는지 소리를 냈다.

가짜 메어리를 비롯한 여자 셋이 무슨 일인가 싶어 그리폰을 쳐다봤다. 자하만은 그리폰이 보는 방향을 응시하고 있었다.

"조심해! 뭔가 오고 있어."

자하가 외치자마자 인근 숲에서 무언가가 부스럭거리며 튀어나왔다.

"응? 들개인가?"

자하가 튀어나온 무언가를 가장 먼저 파악했으나 단언하지 못했다.

그도 그럴 것이 이쪽으로 오고 있는 개가 흔히 보는 대형견과 비슷하면서도 어딘가 달랐기 때문이다.

외관만으로 감상평을 말하자면…… 무언가가 섞여 있었다.

어딘가 일그러진 듯한 들개들이 곧장 이리로 돌진해왔다.

습격하려는 낌새를 노골적으로 풀풀 풍기고 있어서 자하는 검을 뽑아 전투태세를 취했다.

나머지는 마법사이니 후위를 맡기고서 자신이 전위로 나서면 무난하겠다고 판단하고서 자하는 들개들을 요격하기로 했다.

"후훗, 기관이 진심으로 날 쓰러뜨리러 온 것 같네요. 하지~만. 이 몸을, 아니, 우릴 이길 수 있을 것 같나요! 가요, 마기루카."

"예, 메어리 님!"

가짜들이 자기보다 앞으로 뛰쳐나오자 자하가 아연실색하며 쳐다봤다. 가짜들은 그의 앞에서 세련된 아이템을 쳐들었다.

가짜 마기루카가 들고 있는 물건은 가짜 메어리의 것과는 다르게 생겼다. 이 역시 할아버지에게서 강탈……, 아니, 빌린 거겠지, 하고 마기루카는 남 일처럼 생각했다.

""내 마음은 힘이 된다!""

두 사람이 입을 모아 외쳤다. 그리고…….

"프롬, 위험해!"

"꺄악!"

거리를 잘 못 짐작했는지 말을 미처 끝내기도 전에 들개들이 도착해버렸다. 앞에 나선 두 사람에게 달려들었다.

"야아아아아아! 변신 중에 공격하다니, 이게 무슨 버릇이야아아아아! 분위기 좀 읽어라아아아아!"

가짜 메어리가 그렇게 말하며 달려든 들개들에게 발차기를 날려댔다.

"메어리 님이 뭘 하려고 한 거지? 순간 왠지 멋있게 보였던 것 같은데."

"질문도, 감상평도 하지 말아요! 가짜들의 행동은 모두 무시하고서 돕기나 해요."

아연실색하고 있던 자하가 제정신을 차리고서 근처에 있던 마기루카에게 물었다. 그녀는 억지 요구를 하고서 자하와 함께 그들을 도우러 갔다.

"프리즈 에로우!"

마기루카의 힘찬 말과 함께 얼음 화살이 근처에 있던 들개에게 꽂혔다.

그러나 들개는 얼음 화살이 꽂혔는데도 겁먹지 않고 마기루카에게로 달려갔다.

그 사이로 자하가 끼어들어 들개를 방패로 밀어낸 뒤 그대로 베어버렸다.

"들개 주제에 힘이 엄청나네. 진짜 개 맞아?"

자하가 말한 대로 마기루카 역시 개라고 불러도 되는지 의문이 들었다. 가까이서 보니 자신이 아는 견종을 바탕으로 군데군데에 무언가 다른 생명체의 신체가 파츠처럼 부착된 듯 보였다.

설령 이것들이 몬스터라고 할지라도 개형 몬스터 중 이에 해당하는 것을 찾을 수가 없었다.

그나마 다행인 점은 이 들개들의 힘이 평범한 개와 몬스터의 중간 정도라서 마기루카 일행이 이기지 못할 수준은 아니라는 것일까.

참고로 이쪽에는 그리폰이 있어서 들개들도 고전하고 있다.

"……설마 그리폰까지 대동하고 올 줄이야."

들개들이 공격을 뚝 멈추고서 뒤로 물러나기 시작했다. 그리고 위아래로 검은 옷을 입고서 기묘한 가면을 쓴 자들이 나타났다.

"왔구나, 어둠의 기관."

왠지 흥분한 듯한 가짜 메어리가 모두의 앞으로 나서더니 손가락으로 상대를 척 가리켰다.

"마차를 탄 걸 확인했는데 설마 그게 속임수였고, 반대 방향에서 나올 줄이야……. 우리가 학원 밖에서 습격하리라 예측했다는 건가?"

검은 괴한이 말하자 마기루카가 '응?' 하고 의아해했다. 그의 말을 들어보니 아마도 마경 때문에 메어리가 둘이 되었다는 사실을 모르는 듯했다.

"……제대로 짚었~어!"

가짜 메어리가 무슨 영문인지 정정하지 않았다. 상대와 말을 맞추듯이 으스대며 대답하고는 가슴을 활짝 폈다.

"그런가? 하지만 안타깝게 됐군. 우리의 의표를 찌를 작정이었겠지만 보다시피 우리한테서 달아나는 건 불가능하다. 순순히 네가 가진 힘을 넘기도록 해라."

"이 힘은 세계를 지키기 위한 힘. 너희 악당들한테 넘겨줄 수는 없어. 가자, 마기루카!"

"예, 메어리 님."

두 사람의 대화가 잘 맞물려서 정정할 때를 놓치고 만 마기루카는 왠지 본 것 같은 전개가 펼쳐지자 마음이 무거워졌다.

""내 마음은 힘이 된다!""

예상한 대로 가짜들이 그 아이템을 또 쳐들었다.

"그거다. 그 힘을 넘겨라."

"프롬, 위험해!"

아니나 다를까. 무언가를 하기 전에 괴한이 거리를 좁혔다. 가짜 메어리가 적의 공격을 피했다.

"야아아아아! 짐승이야 지능이 없으니 어쩔 수 없었다고 치고. 너희들! 동서고금, 변신이나 합체 중일 때는 공격하면 안 된다고 부모님께 안 배웠냐아아아아!”

가짜 메어리가 왜 분개하는지 전혀 알 수가 없는 마기루카는 속으로 부모님에게서 그런 걸 배운 적이 있었는지 기억을 더듬어봤다.

“메어리 님, 가세할게.”

무슨 일이든 그다지 깊이 생각하지 않는 자하가 마기루카와는 달리 흐름에 몸을 맡기고서 가짜 메어리에게 가세하려다가 검은 괴한에게 저지당했다.

그때 그리폰이 그 검은 괴한에게 공격을 가했다.

“크, 역시 그리폰. 훌륭해. 절묘한 저 배합이 멋있어.”

공격당한 검은 괴한 중 하나가 물러서면서 왠지 흥분했다고 해야 할까, 황홀해한다고 해야 할까, 기뻐하는 듯한 목소리를 냈다.

그리폰이 몸을 바르르 떨고서 황급히 날아서 이탈했다. 그러고는 마기루카 뒤에 착륙했다. 그곳이 자신의 정위치가 되어버린 듯했다.

“쳇, 시간을 너무 끌어버렸군.”

가짜 메어리와 대치하고 있던 검은 괴한이 불길하게 혀를 차자 멀리서 말이 달리는 소리가 가까워졌다. 아마도 학원 측에서도 알아차리고서 이쿠스 선생님 같은 어른을 보낸 거겠지.

“후퇴한다.”

“아, 야, 도망치지 마! 변신 좀 시켜줘!”

검은 괴한들이 후퇴했다. 그들을 엄호하듯 후위로 남겨진 들개들이 또다시 마기루카 일행을 습격하기 시작했다.

"에에에에잇, 놓칠까 보냐아아아아! 와라, 아레이오~~온!"
교전 중인데도 가짜 메어리가 그 아이템을 쳐들고서 외쳤다.
그 말을 듣고서 모두가 그게 '누구?'냐며 굳어버렸다. 무슨 영문인지 들개들까지도…….
마기루카가 자신의 뒤에 있는 그리폰을 보자 모두가 덩달아 그쪽으로 시선을 돌렸다.
주목을 받자 그리폰이 고개를 갸웃거렸다.
"당신을 부르고 있는 것 같네요, 메어리 님이."
마기루카의 말을 듣고 그리폰이 가짜 메어리 쪽을 쳐다보자 그녀가 토라진 얼굴로 울먹이며 그리폰을 보고 있는 게 아닌가.
그리폰이 당황했는지 한 번 울고는 허둥지둥 가짜 메어리 곁으로 달려갔다.
"좋아, 좋아, 착하네."
그리폰이 와줘서 기분이 풀렸는지 삐쳐있던 가짜 메어리가 씨익 웃더니 그리폰의 등에 씩씩하게 올라탔다.
"저 녀석들을 쫓아가자. 마기루카."
"예, 메어리 님."
이름이 불리자 가짜 마기루카도 그리폰의 등에 탔다. 자신과 마찬가지로 높은 곳을 싫어하지 않을까, 하고 마기루카는 생각했지만, 그런 낌새가 전혀 느껴지지 않아서 약간 불만이었다.
"기다려주세요, 메어리 님. 깊이 추격하면 안 됩니다. 이제 학원으로 돌아가주세요."

"아니, 여기서 저 녀석들을 쓰러뜨릴 거야. 그러지 않으면 다음에는 학원 학생들까지 피해당할 가능성이 있으니까. 절대로 그렇게 하도록 놔두지 않아. 마법 소녀의 이름을 걸고서!"

가짜 메어리의 의견에 마기루카는 화들짝 놀랐다. 그녀가 말한 사태가 벌어질 가능성이 크다. 이러니저러니 해도 역시 메어리. 자신이 아닌 다른 모두를 생각하며 행동하는구나, 하고 마기루카는 솔직히 감탄했다.

사실 가짜 메어리는 머릿속에 있는 멋들어진 대사, 한번 말해보고 싶었던 대사를 말해봤다는 기쁨에 잠겨 있을 뿐이지만.

"자하 씨, 여길 맡길게요."

가짜 메어리가 혼자서 들개들을 견제하고 있는 자하에게 말했다.

"에엥~, 나도 따라가고 싶은데. 이 녀석들은 곧 도착할 선생님들한테 맡겨도 되잖아?"

"바보오오오! 이 대목에서는 난 개의치 말고 어서 먼저 가, 하고 말해야죠!"

"아니, 그거 '사망 플래그'? 그런 거니까 언급하지 말라고 하지 않았어? 메어리 님?"

"그딴 플래그는 부러뜨려버려요."

"에에~~엥."

"뭐가 에에~~엥이에요!"

교전 중인데도 한가롭게 말다툼을 벌이고 있는 두 사람을 보며 마기루카는 뭐, 괜찮겠지, 하고 판단했다. 전달 마법을 발동하여 강제로 남겨진 자하와 연락을 주고받을 수 있도록 했다. 이렇게 해두면 이곳을 모두 정리한 선생님들이 자하의 안내를 받으며 합류할 수 있겠지.

"마기루카, 한시가 급해."

"어? 꺄아아아아아아앗!"

마기루카의 뒤에서 가짜 메어리의 목소리가 들리더니 그리폰이 그녀의 옷깃을 쥐고는 허공으로 던져버렸다.

가짜 메어리가 그리폰의 등에 탄 채로 능숙하게 그녀를 잡아내자 그리폰이 날아올랐다.

"자, 자자자, 잠깐만요. 메어리 니~임."

허공에 내던져져 가뜩이나 심박수가 올라갔는데 설마 공주님처럼 안긴 상태로 비행까지. 마기루카의 머리가 패닉에 빠지기 일보 직전이었다.

"이 기집애야아아아아아~, 이 무슨 부러운 호강으으~을."

가짜 메어리의 등 뒤에서 자신이 자신에게 원망을 터뜨리자 패닉에 빠졌던 머리가 스으~ 하고 차분해졌다.

"기다려요. 어둠의 기관. 이번에야말로 확실하게 변신해줄 테니까아아아아!"

결의를 새롭게 다진 가짜 메어리에게 마기루카가 '여보세요? 목적이 바뀌었는데요' 하고 속으로나마 딴죽을 걸었다.

13 돌입합니다

완전히 해가 저물었을 무렵 마기루카 일행은 어두운 숲속에서 나무에 숨어 상황을 엿보고 있었다.

그 뒤로 어둠의 기관은 도중에 미리 대기시켜놨던 말을 타고서 이동했다. 마기루카는 꽤 멀리까지 추격하고 말았다고 생각하면서 어두운 숲속을 둘러봤다.

그들을 따라잡았을 즈음에 가짜 메어리가 이대로 그들의 아지트까지 안내를 받자고 제안했다. 설마 정말로 아지트에 도착할 줄은 생각지도 못해서 마기루카는 곤혹스러웠다.

여담이지만 가짜 마기루카는 지금도 아직 창백한 얼굴로 주저앉아 있었다. 무서운 곳을 딱히 무서워해서가 아니라 조금 전까지 기절해 있었기 때문이다.

그렇다. 가짜 마기루카는 마기루카 이상으로 높은 곳을 질색했다. 상공으로 올라가 아래를 내려다본 순간 기절하고 말았다.

그럼 왜 따라왔느냐고 의식을 되찾은 그녀에게 물어봤더니 '메어리 님이 있으니까' 하고 대답했다. 그리고 자신이 아직 상공에 있다는 걸 알고는 또다시 기절해버렸다.

그리폰은 눈에 띄어서 조금 떨어진 지점에서 대기하고 있다.

전달 마법으로 자하에게 위치를 알려뒀으니 기다리고 있으면 원군이 올 것이다.

"좋아, 돌입해요."

가짜 메어리가 앞에 보이는 성채, 옛날부터 버려져 황폐해진 성채 터를 보면서 말했다.

"메어리 님, 이건 함정입니다. 그들은 분명 우리가 추격하고 있다는 걸 알고서 여기로 안내한 거라고요. 원군이 올 때까지 기다리죠."

"우릴 초대했으니 들어가지 않으면 실례잖아. 좋아, 가자."

마기루카의 충고는 뒷등으로도 듣지 않고 가짜 메어리는 적 아지트에 쳐들어갈 마음으로 가득했다.

"어째서 그렇게 호전적인가요?"

"왜냐고? 후훗, 어리석은 질문이야. 저곳에 악이 있으니까."

가짜 마기루카와 비슷한 이유를 입에 담는 가짜 메어리를 보고서 마기루카는 무심코 탄식을 내뱉었다.

"무섭다면 당신은 여기에 남아 있어도 되는데요? 메어리 님 곁에는 내가 있을 테니."

이제야 부활한 가짜 마기루카가 가짜 메어리와 마기루카 사이에 끼어들었다.

"자자, 메어리 님. 가요, 가요."

"좋았어, 가자, 마기루카."

한 사람이라면 모를까 두 사람은 역시나 마기루카도 만류할 수가 없었다. 두 가짜는 어둠에 섞여 성채 터로 향했다.

이대로 이곳에서 홀로 원군이 오기를 기다리는 것도 괜찮겠지만, 두 사람이 너무 걱정돼서 마기루카는 황급히 그들을 쫓아갔다.
그리고 마기루카는 경악스러운 광경을 봤다.
이게 웬일. 가짜 메어리가 은밀하게 숨어들기는커녕 정문으로 당당하게 들어가려고 하고 있었다.
"잠깐, 메어리 님!"
"어둠의 기관에 고한다! 거기 있는 거, 다 알고 있으니 순순히 무기를 버리고서 투항해라! 그러지 않으면 이 마법 소녀가 너희들한테 정의의 철퇴를 먹여주겠어!"
설마 했는데 가짜 메어리가 정문 앞에서 큰소리로 경고했다. 스스로 기습을 포기해버리자 마기루카는 아연실색했다.
그런데 더 놀란 점은 가짜 메어리가 그렇게 외쳤는데도 상대방이 아무런 반응을 보이지 않았다는 것이다.
기습을 노리고서 숨어 있을 것 같아서 마기루카는 경계했다.
"어라? 안 들렸나? 아무도 안 나오네."
"그저 숨어서 동태를 엿보고 있는 게 아닐까요."
"그럼 잠깐 살펴보고 올 테니 마기루카는 여기서 기다리고 있어."
가짜 메어리가 성채 터로 성큼성큼 들어가버렸다.
남겨진 두 마기루카는 멍한 표정으로 서로를 쳐다보다가 황급히 그 뒤를 쫓아갔다.
"메어리 님, 기다려주세요. 위험해요, 돌아가죠."
"아니, 돌아갈 수는 없어요. 메어리 님의 뜻대로 하도록 내버려둬요."

"당신은 입 좀 다물어줘요."

"뭐라고요? 당신이야말로 입 다물어요."

"이봐, 이봐, 둘 다 싸우지 마."

성격 하나 변했을 뿐인데 동일인이 이렇게나 달라지다니. 마기루카는 눈앞의 자신에게 불만을 토로하며 생각했다.

"우리 아지트에 온 것을 환영한다!"

갑자기 남자의 큰 목소리가 주변에 울려 퍼졌다. 그것을 신호로 검은 괴한들이 마기루카 일행을 크게 에워싸듯 모습을 드러냈다.

그리고 확 트인 곳을 한눈에 내려다볼 수 있는 지점에 지금껏 봤던 검은 괴한들과는 달리 호화로운 가면을 쓴 남자가 모습을 드러냈다.

"애는 애인가? 우리가 이곳으로 유인한 것도 모르고 보기 좋게 함정에 걸려들다니 바보 같은 녀석들."

"그게 무슨 무례야! 이게 함정이라는 건 마기루카가 알고 있었어. 그저 내가 그 말을 따르지 않았을 뿐이야. 그녀한테 사과해."

"뭐?"

"사과하라고!"

"어, 아니……."

"사과하래도!"

"……미안하다, 가 아니라!"

가짜 메어리의 기세에 눌렸는지 남자가 사과하려고 하다가 황급히 정정했다.

“에잇, 정신 사나워! 이제 됐다. 아무리 어린애라고 해도 봐주지 않는다. 그걸 꺼내라아아아!”

저 혼자 분개한 남자가 지시하자 성채 내 광장 안쪽에서 무언가 커다란 것이 ‘즈시~잉즈시~잉’ 하고 접근해오는 소리가 들려왔다.

“뭐, 뭔가요, 저건?”

성채 안쪽에서 출현한 것을 보고 마기루카는 경악했다.

그것은 마기루카 일행의 키를 훌쩍 뛰어넘는 거대한 토끼였다.

머리에는 커다란 뿔이 나 있다.

마기루카는 곧바로 저것이 최약 몬스터로 분류되는 본래빗이라고 판단했다. 그러나 체격이 저렇게나 컸나? 하고 의문이 들었다. 본디 본래빗은 외뿔이 특징인데 저 몬스터는 뿔이 3개나 나 있었다. 눈동자 역시 사랑스러운 토끼의 눈동자가 아니라 파충류 특유의 눈동자로 바뀌어 있다.

가장 특이한 것은 꼬리였다.

질질 끌려서 움직이지는 못하지만 뱀처럼 생긴 몬스터가 붙어 있었다. 저런 불완전하고 일그러진 몬스터가 존재할 리가 없다. 만약에 존재한다면 그건 인위적……. 마기루카는 한 가지 결론에 이르렀다.

“……합성수(키메라).”

“오호, 꽤 박식하구먼. 그 말대로 우리 기관의 목적은 바로 그것이다.”

"합성수 연구는 생명 모독이라 하여 이 나라에서는 오랫동안 금기로 취급해왔을 텐데요? 자료와 기술이 모두 파기되어서 연구하기도 쉽지 않을 텐데."

"큭큭큭, 열심히도 조사했군. 확실히, 이 나라에서는 연구 자료를 모으거나 시설을 세우기가 어려워. 이 나라에서는 말이지."

남자가 '이 나라'라는 단어를 반복하여 말했다. 마기루카는 상대가 타국인이지 않을까, 하고 짐작했다. 합성수 또한 마법 기술의 일환이라서 그 존재만은 학습했던 마기루카는 그 기술을 허용하고 있는 나라가 어딘지 생각해봤다.

맨 먼저 떠오른 나라는 에인호르스 성교국이다.

그들은 생명을 모독하는 저 행위를 '새로운 존재를 탄생시키는' 신의 기술이라며 인가하고 있다.

그 나라에 대한 인상이 워낙 나빠서 뭐든 그쪽으로 연관시키기 일쑤라 아직은 억측에 불과하다며 마기루카는 판단을 보류했다.

그리고 새로운 의문이 떠올랐다. 저 기관과 메어리는 대체 어떤 관계일까?

마경에서 태어난 가짜 메어리가 합성수를 만들어내는 기관과 어떤 관계인지 잘 모르겠다며 마기루카는 고개를 갸웃거렸다.

그 의문이 무심코 입 밖으로 나오자 가짜 메어리가 당연하다는 듯이 자신만만하게 대답했다.

"그야 당연하잖아. 이 마법 소녀의 힘, 즉, 새로운 존재를 탄생시키는 이 힘을 갖고 싶어 하는 거야."

가짜 메어리가 그렇게 말하고서 그 아이템을 쳐들었다.

"……무슨 말을 하는 건가요? 그럴 리가……."

"제대로 짚~었다!"

"네에에에에에에에?!"

가짜 메어리의 말에 탄식하고 있으니 이게 웬일, 상대가 긍정했다. 마기루카는 놀란 나머지 소리를 지르고 말았다.

예전에 메어리가 가짜 메어리가 말한 마법 소녀라는 건 망상의 영역이고 그런 건 존재하지 않는다고 단언했다.

그런데 기관은 왜 그 망상의 존재를 필요로 하는 걸까? 마기루카는 혼란스러워졌다.

"훗훗훗, 역시 이 힘을 갖고 싶어 하는 거네. 내가 마법 소녀로서 받은 이 매지컬 하트 말이야."

가짜 메어리가 할아버지에게서 빼앗은, 아니, 빌린 그 매직 아이템을 의기양양하게 남자에게 내보였다.

메어리의 말에 따르면 그저 변신 아이템으로서 하트 모양이 안성맞춤일 것 같아서 쓰고 있을 뿐 저 아이템에 마법 소녀로 변신시키는 효과는 없을 거라고 했다. 할아버지에게도 물어봤지만 그런 효과는 없다고 했다.

저 아이템이 대체 뭐라고 이렇게 소란을 떠는 걸까? 하고 마기루카는 문득 생각했다.

새삼스럽긴 하지만, 가짜 메어리의 임팩트가 너무 강해서 아이템은 장식쯤으로 치부하고 깊이 생각하지 않았다.

할아버님의 말에 따르면 용도와 이름조차 알 수 없는 초레어 아이템이라는 선전에 혹하여 무심코 사버린 물건이란다. 타국에서 흘러들어온 물건이라기에 학원으로 가져와 남몰래 연구하고 있었는데 가짜 메어리가 가져가버렸다고 한다.

"메어리 님, 그 아이템은……."

"어? 매지컬 하트인데."

"아뇨, 멋대로 붙인 이름 말고……."

"제대로 짚~었다! 그 매지컬 하트가 필요한 거다!"

"네에에에에에에?!"

설마 괴한이 긍정하자 마기루카는 또다시 놀라서 소리를 질렀다.

"안 넘겨줄 거야. 너희들은 내가 쓰러뜨려. 마법 소녀의 이름을 걸고서!"

"크크큭, 순순히 넘기면 좋았을 것을……. 좋다. 그렇다면 우리가 제작한 합성수 '복슬복실 3세'가 상대해주마."

점점 혼란스러워하는 마기루카를 아랑곳하지 않고 기적적으로 대화가 맞물리고 있는 저 두 사람만이 들끓고 있는 상황.

딴죽을 걸 만한 요소가 가득한데도 그 역할을 맡은 마기루카는 너무 혼란스러워서 넘어가고 말았다.

"훗훗훗, 왔다, 왔다, 왔다. 최고로 고조된 이 무대에서 내 진짜 힘을 발휘하는 거야. 가자, 마기루카."

"아, 예, 메어리 님."

가짜 메어리가 눈동자를 반짝이며 이야기를 따라가지 못해 멍하니 있던 가짜 마기루카를 불렀다.

"“내…….”"

"해치워! 복슬복실 3세."

두 가짜가 뭐라 말하기 전에 남자의 지시를 받고서 합성수가 움직이기 시작했다.

"쪼오오오오옴! 이제는 대사조차 말 못 하게 하다니 너무해! 약속을 지키는 게 암묵적인 룰이잖아아아아! 라스트 보스로서 부끄럽지 않니!"

반쯤 성이 난 가짜 메어리가 외치며 합성수에게서 떨어졌다.

"메어리 님, 그렇게나 변신인지 뭔지를 하고 싶다면 어딘가 숨어서 하면 되는 거 아닌가요?"

"안 돼! 그럼 누가 변신했는지 모르잖아! 내가 변신했다는 걸 보여주고 싶어, 보여주고 싶다고오오!"

"메어리 님……. 왜 그렇게 성가시기 짝이 없는 사람이 돼버렸나요……."

합성수와 거리를 벌리며 마기루카는 가짜 메어리가 고집을 부린다고 해야 하나, 제멋대로 구는 모습을 보고서 무심코 속내를 내비치고 말았다.

"그럼 내가 상대를 견제할 테니, 그 사이에 파팟, 하고 변신 부탁해요."

마기루카가 신중하게 합성수를 관찰했다.

최약 몬스터인 본래빗을 바탕으로 만들었다지만 토끼의 흔적만 남아 있을 뿐이다. 크기도, 그 흉악함도 차원이 다르다.

그나마 다행인 것은 거리를 두고 있는 검은 괴한들이 무슨 영문인지 합성수의 활약을 관전만 하고 있다는 점이려나? 바로 그때 합성수가 기다리다 지쳤는지 마기루카 일행을 향해 돌진해왔다.

"어스 월."

마기루카가 땅 마법을 발동하여 돌진해오는 합성수 앞에 토벽을 세웠다. 워낙 거구인지라 금세 분쇄되리라는 것은 알고 있다. 그래도 시간 벌이는 되겠지.

쿵! 데굴데굴데굴……, 벌러덩.

"어?"

마기루카는 눈앞의 광경을 보고 놀라서 경직되었다. 설마 합성수가 토벽도 부수지 못하고 충돌하여 뒤로 데굴데굴 구르다니. 저 겉모습을 보고서 상상이나 할 수 있을까? 아니, 불가능하다.

"아아아아앗! 복슬복실 3세, 괜찮니! 무리해서 돌진하면 안 된다고 누누이 말했잖아. 네 힘은 속 빈 강정이나 마찬가지라니까."

남자가 비통해하며 외쳤다.

왜 저런 몬스터를 끌고 왔는지 모르겠다고 마기루카는 생각했다. 그러나 이로써 시간은 벌었을 것이다. 두 사람도 그 사실을 알고 있는지 마기루카 앞에 서서 이미 아이템을 쳐들고 있었다.

""내 마음은 힘이 된다! 프롬 마이 하트!""

또 방해를 받을까 봐 말하는 속도가 다소 빨라졌나? 예전에 봤을 때처럼 이 일대가 빛의 마법이 만들어낸 섬광에 휩싸였다.

그리고 시야가 다시 회복되자 두 가짜의 모습이 바뀌었다. 아니, 망토를 벗었다. 바로 그때 새삼스럽지만, 마기루카는 중대한 사태가 벌어졌음을 깨달았다.

"고고하게 빛나는 백은의 마음! 플라티나 하트SR!"

"매혹스럽게 반짝거리는 황금의 마음! 골드 하트SR이에요!"

"아아아아아아아아아앗!"

가짜들의 외침과 수치심에 물든 마기루카의 비명이 이 일대에 되울렸다.

14 마법 소녀란?

""""에에에에에에에엥!""""

마기루카의 비명을 지워버리듯이 주변에서 감탄이 터져 나왔다.

"마, 말도 안 돼. 벼, 변신했다……고."

"이럴 수가……. 그게 우리가 아는 매지컬 하트인가?"

"그 학원에 흘러들었다는 정보를 포착하여 강탈할 기회를 노리고 있었는데 그사이에 은발 소녀가 왕도에까지 가지고 나왔지. 저게 틀림없을, 터인데."

"본인도 저걸 매지컬 하트라고 부르고 있고……."

검은 괴한들이 초조한 듯한 얼굴로 속닥거리기 시작했다. 아무래도 자신들이 상상했던 것과 다른 효과가 발동되었다고 착각한 듯하다.

그리고 패닉에 빠진 또 다른 한 사람이 있었다.

"그, 그그그, 그게 무슨 꼬락서니예요오오오오오오!"

마기루카가 가짜 마기루카, 골드 하트SR에게 절규했다. 눈앞의 자기 모습을 차마 볼 수가 없어서 손으로 얼굴을 가렸지만 손가락 틈새로 그녀의 모습을 확인하고 말았다.

몸에 딱 달라붙어 몸매가 고스란히 드러나는 그 복장은 여러 부위가 노출되어 있어서 선정적이었다.

"무슨 꼬락서니라뇨? 이건 메어리 님, 아니, 플라티나 하트SR

님이 디자인해주신 옷이에요. 다시 말해 지금 난 플라티나 하트SR님의 마음에 포근히 감싸져……. 우후후후."

마기루카와는 대조적으로 골드 하트SR은 황홀한 표정으로 의상을 바라보고 있었다.

"모두 지, 진정해. 저건 그저 복장이 바뀌었을 뿐 아이템의 힘이 아냐. 저 매지컬 하트는 그 어떤 합성수라도 만들어내는 심장부, 이른바 합성 코어 구실을 할 뿐인 아이템……일 텐데!"

동요한 마기루카와 검은 괴한들과 달리 남자는 조금 초조해하는 감이 없지 않았지만, 상황을 정확히 파악하고 있는 듯했다.

"이상야릇한 옷을 입고 있으면서 뭐가 마법 소녀냐! 복슬복실 3세, 해치워버려라."

남자가 지시하자 이 분위기에 휩쓸리지 않은 합성수가 마법 소녀들에게 공격을 가했다.

속 빈 강정이나 마찬가지라는 걸 알고 있기에 마기루카는 크게 걱정하지는 않았다.

"후후훗, 마법 소녀를 얕잡아보지 마! 이 힘을 맛보여주겠어."

"복슬복실 3세, 마법이 온다. 경계해."

"먹어라, 갤럭티카 익센트릭 키이이이익!"

"마법이 아니었냐아아아아아아아!"

남자가 딴죽을 걸자마자 플라티나 하트SR이 메어리의 전생 때 용어를 빌리자면 드롭킥 같은 공격을, 마법을 경계하며 멈춰선 합성수에게 먹였다.

휴우우우우웅!

""""엇!""""

가련한 소녀의 양발차기 따윈 아무리 속 빈 강정 같은 합성수일지라도 견뎌낼 수 있으리라 믿었던 남자들을 배신하듯 합성수가 엄청난 기세로 뒤로 날아가버렸다.

등장했던 성채 안쪽까지 날아간 뒤에 어두운 실내 안쪽에서 뿌직, 하는 불쾌한 소리가 들린 듯했다. 그러나 마기루카는 깊이 생각하지 않기로 했다.

"복슬복실 3세에에에에에에!"

"이, 일격에…… 합성수를!"

"봤니? 이게 바로 마법 소녀의 힘이야!"

남자가 절규하고, 검은 괴한들이 웅성거리는 와중에 플라티나 하트SR만이 으스대며 가슴을 활짝 폈다.

그리고 동시에 모두가 생각했겠지.

마법 소녀인데 마법을 쓰질 않잖아? 하고.

그런 상황 속에서 딱 한 사람만이 다른 이유로 놀라고 있었다.

마기루카였다.

플라티나 하트SR은 강화 마법을 쓴 흔적이 보이지 않았고, 물론 그런 발차기를 날리는 마법 따윈 들어본 적이 없다. 마법 같은 효과도 찾아볼 수가 없었다.

저건 틀림없이 단순한 발차기다. 그렇기에 그 위력에 의문이 들었다.

메어리가 저렇게 강력한 발차기를 날린 모습을 본 적이 없다. 아니, 내보이지 않았을 뿐인지도 모른다.

왜냐면 지금 눈앞에서 의기양양한 얼굴을 한 그녀는 또 다른 메어리이니까.

"자, 다음은 당신이야. 월더 대제! 각오하도록 해."

"월더? 누구? 혹시 날 말하는 건가?"

마기루카가 생각하고 있는 사이에 플라티나 하트SR이 점점 흥분하기 시작했다. 그녀가 제멋대로 이상한 이름을 붙여버리자 남자가 무심코 자기 자신을 가리켰다.

"이얍!"

""""날았다아아아앗!""""

플라티나 하트SR이 또다시 주변을 경악시킬 만한 행동을 하고 말았다. 그녀는 도움닫기도 없이 제자리에서 펄쩍 뛰어오르더니 남자가 서 있는 성채 높은 곳보다도 더 높은 상공으로 날아올랐다.

그리고 한 바퀴 빙그르르 돌더니 발차기 자세를 취한 뒤 그대로 남자를 향해 떨어지기 시작했다.

"아토믹 선더볼트 키이이이익!"

"마법이 아니잖아아아아아아아아얍!"

플라티나 하트SR이 발차기 자세로 떨어지자 딴죽 거는 것을 잊지 않은 남자가 외치면서 달아났다.

콰아아아아아아앙!

“““““…………. ”””””

모두가 눈앞의 광경을 아연실색하며 보고 있었다.

이상야릇한 옷차림을 한 소녀가 날린 발차기를 맞고서 남자가 서 있던 지점에 금이 쫙쫙 가버렸다. 당장에라도 무너져 내릴 듯했다.

“뭐, 뭐냐? 넌…….”

“플라티나 하트SR! 마법 소녀야!”

남자가 경악하면서 중얼거리자 플라티나 하트SR이 포즈를 취하며 대답했다.

“저, 저것이…… 마법 소녀인지 뭔지 하는 힘…….”

“매지컬 하트는 합성수 이외의 것에도 코어로 작용할 수 있는 건가?”

“혹시 어떤 것과 합성된 게…….”

“과연, 저것도 일종의 합성수라는 건가?”

“……사람이랑 합성할 수 있었던가?”

검은 괴한들이 아연실색하면서 저마다 떠들어댔다.

“잠깐, 거기 당신들. 숭고한 플라티나 하트SR님을 몬스터처럼 부르지 말아요.”

검은 괴한들의 이야기를 들은 골드 하트SR이 상대방을 가리키며 항의했다.

"저분은 거울 나라로부터 사명을 받은 고고한 전사. 그리고 전 그녀의 고독한 마음을 채워주기 위해서 새롭게 추가된 제2의 전사, 골드 하……, 엇, 잠깐, 뭐 하는 거예요?"

검은 괴한들 앞에 당당하게 선 플라티나 하트SR과 마찬가지로 골드 하트SR이 창피한 포즈를 취하자 마기루카가 입을 앙다물고는 새빨개진 얼굴로 망토로 감추려고 했다.

"……거울 나라는 뭐지? 이세계인가?"

"앗, 다시 말해 이 세계의 무언가를 매개체로 삼아 구현된 존재라는 건가?"

"그렇다면 무언가가 섞여 있다는 소리잖아?"

"뭐야, 역시 합성수였어? 그럼 그 괴력도 수긍이 가네."

"다시 말해 마법 소녀란 우리가 모르는 새로운 합성수일 가능성이 있다는 건가?"

"그러~니까 저분을 몬스터처럼 부르지 말아달라고요! 앗, 잠깐, 방해하지 마세요."

검은 괴한들이 제멋대로 해석하자 골드 하트SR이 분개하여 항의했다. 마기루카는 그런 그녀를 감추고자 묵묵히 분투했다.

"에에에에잇, 이렇게 된 이상 그걸 깨울 수밖에 없다!"

두 마기루카가 술래잡기하는 사이에 플라티나 하트SR과 대치하고 있던 남자가 화가 치밀어 호통을 쳤다.

"그, 그걸 깨우겠다고?"

"아니, 그건 아직 일러. 불안정해."
"맞아. 매지컬 하트가 없다면."
남자가 말하자 검은 괴한들이 화들짝 놀라 수런거리기 시작했다.
"너희들은 저 녀석들을 붙잡아두고 있어라! 난 그걸 깨우겠다."
""""옙!""""
"후후훗, 좋네, 좋아, 이 전개! 골드 하트SR, 여길 맡길게!"
"예!"
성채 안으로 달아난 남자와 그 뒤를 쫓는 마법 소녀. 그리고 남겨진 기타 등등은 어떻게 할지 서로를 쳐다보고 있었다.
"어, 어쩌지?"
"플라티나 뭐시기랑 똑같겠지. 저 골드 뭐시기도."
다행히도 마법 소녀가 어떤 존재인지 똑똑히 보고 만 검은 괴한들은 눈앞의 비슷하게 생긴 소녀를 경계하여 즉각 행동에 나서지는 않았다.
"여길 맡길게요. 전 그녀를 쫓아갑니다."
"자, 자자자, 잠깐만 기다려 봐요. 제가 저런 자들을 상대할 수 있을 리가 없잖아요."
검은 괴한들이 꼼짝도 하지 않는 걸 확인하고서 마기루카가 골드 하트SR에게 나직이 말하고서 성채 안으로 향했다. 그러나 골드 하트SR이 그녀를 붙잡고서 작은 목소리로 항의했다.
"……아무거나 그럴듯한 공격 포즈를 취하면 상대가 경계하고서 공격해오지 않을 거예요."

"네에?! 저, 격투는 젬병인데요."

"그래요, 잘 알고 있어요. 일단 시도라도 해보세요."

밀담을 일단 그만두고서 골드 하트SR이 한 걸음 앞으로 나와 얍, 하는 기합 소리와 함께 포즈를 취했다.

"뭐, 뭐야, 저 자세는?"

"몰라. 빈틈투성이라서 의미를 모르겠지만, 아까 그 플라티나 뭐시기처럼 마법 소녀라니까 방심할 수 없어."

"이, 이제 됐어요……. 돌아오세요."

예상한 대로 검은 괴한들이 경계해줘서 기쁘긴 했지만, 한쪽 다리와 두 팔을 들어 올린 채, 마치 위협하는 듯한 기묘한 포즈를 취하고 있는 골드 하트SR을 차마 지켜볼 수가 없어서 마기루카는 얼굴을 가리며 작은 목소리로 그녀에게 애원했다.

"으~음, 플라티나 하트SR님이 알려준 대로 잘되지는 않네요. 다시 한번……."

"됐으니까 돌아오세요."

그 포즈를 계속 취하면 상대도 꼼짝하지 않을 테니 시간을 벌 수 있을 거라고 마기루카는 생각했다. 그러나 자기 입으로 말하긴 했지만, 막상 두 눈으로 보니 마음이 그 포즈를 거부하고 말았다.

그래서 다른 전력과 함께 가고 싶었지만, 원군이 도착할 기미가 아직 없다.

그때 마기루카는 전력이 될 만한 어떤 존재가 떠올랐다. 그러나 그 전력을 어떻게 해야 손에 넣을 수 있을지 당혹스러웠다.

조금 생각하고서 일생일대의 도박에 나섰다.

마기루카는 한 번 크게 심호흡을 하고서 하늘을 우러러본 뒤에 검은 괴한들 앞에 서서 오른손을 쳐들었다.

"와주세요! 아레이오오오오오오오온!"

마기루카가 반쯤 자포자기한 심정으로 크게 외쳤다.

'쟤는 뜬금없이 무슨 짓거리야?' 하고 쳐다보는 듯한 검은 괴한들의 시선과 침묵이 따가웠다. 마기루카는 몹시 창피한 나머지 오른손을 든 채로 부들부들 떨고 있었다.

"쿠에에에에에에엑!"

얼마 지나지 않아 침묵에 휩싸인 수치 지옥을 깨부수기라도 하듯 요란한 울음이 허공에 울려 퍼졌다.

이게 웬일. 그리폰이 마기루카의 외침에 호응하여 내려오고 있었다.

"아, 아레이온!"

감격한 마기루카가 옆에 착륙한 그리폰을 끌어안았다. 그 둘은 이곳에 몇 없는 상식적인 존재로서 결속감을 느끼고 있었기에 그 기쁨도 각별했다.

"쿠엑."

그리폰이 고개를 돌려 포옹을 푼 뒤에 두 마기루카와 검은 괴한들 사이에 섰다. 그러고는 다시금 마기루카 쪽으로 고개를 돌리더니 '여긴 내게 맡기고 먼저 가' 하고 말하는 듯 울었다.

"아레이온……."

"뭘 꾸물대고 있나요? 어서 가자고요."

"아, 아레이온. 아레이오~온."

부끄러움의 한계치를 초월해버려서 마기루카는 묘하게 고양된 상태였다. 골드 하트SR에게 끌려가면서도 미련이 남아 그리폰의 이름을 외쳤다. 뭐, 진짜 이름이 아니긴 하지만…….

성채 안으로 들어가니 지하로 이어지는 커다란 돌계단을 발견했다. 틀림없이 플라티나 하트SR과 그 남자가 이 계단을 내려갔으리라 확신하고서 두 마기루카는 망설이지 않고 내려갔다.

계단을 내려가니 쇠창살이 쭉 늘어선 통로가 나왔다. 아마도 이곳에 짐승이나 몬스터를 가둬두고서 연구 재료로 활용했겠지.

두 마기루카는 벌벌 떨면서 통로를 가로질러 더 안쪽으로 걸어갔다. 그러자 플라티나 하트SR과 남자의 목소리가 들려왔다.

"거기까지야, 월더 대제! 당신의 야망은 이 플라티나 하트SR이 끝장내주겠어."

"에이이이잇, 그 녀석들은 붙잡아두는 것도 못하는 거냐. 자, 잠깐만! 그걸 꺼낼 준비가 아직 되지 않았어."

"내 알 바 아니거든요."

"너, 넌 변신 중이나 합체 중일 때 간섭해서는 안 된다고 외치지 않았더냐! 준비 중일 때도 마찬가지 아니냐!"

"응? 어라? 그, 그런가?"

"그, 그렇고말고. 변신 중이라는 말을 바꿔 말하면 준비 중 아니냐?"
"음~, 그, 그럴지도……."
통로에서 울리는 대화를 듣고서 마기루카는 '이런, 빨리 가야겠어' 하고 생각하며 달리기 시작했다.
"플라티나 하트 SR님, 상대의 약은꾀에 놀아나서는……."
"알겠어. 얼른 준비하도록 해. 기다리고 있을 테니까."
마기루카가 통로 끝, 확 트인 곳으로 달려와 플라티나 하트SR에게 외쳤지만 이미 늦었다. 그녀는 전투를 잠시 중단하고서 상대를 기다리겠노라고 선언하고 말았다.
"어라? 골드랑 마기루카도 왔네."
무릎을 털썩 꿇는 마기루카를 보면서 플라티나 하트SR이 태평하게 말했다.
"무, 무슨 느긋한 소리를 하는 건가요. 저 사람의 행동을 저지해야만……."
"하, 하지만 동서고금의 암묵적인 룰을 어기는 건……."
마기루카는 마음을 다잡고서 플라티나 하트SR의 실수를 지적했다. 그러나 플라티나 하트SR은 무언가 생각하는 바가 있는지 갈등하고 있다.
"……그럼 내가."
설득할 시간조차 아까워서 마기루카는 먼저 나서기로 했다.
"프리……."
"잠깐 뭘 하는 건가요! 플라티나 하트SR 님이 기다리겠다고 하잖아요."

마기루카가 다급하게 준비하고 있는 남자에게 마법을 쏘려고 하자 옆에 있던 골드 하트SR이 그녀를 끌어안으며 제지했다.

"좀, 이, 이거 놔요! 지금 어떤 상황인지 알고는 있는 건가요!"

"예, 잘 알고 있답니다. 하지만 그딴 건 아무래도 상관없어요. 플라티나 하트 SR님의 의향은 절대적이에요!"

"이 바보오오오오!"

상황을 파악하고 있으면서도 설마 자신을 제지할 줄은 생각도 못 했던 마기루카는 그 바보 같은 논리에 목소리가 험악해졌다. 결국 똑같이 생긴 두 사람이 드잡이까지 벌이기 시작했다.

"곰곰이 생각해봐요. 악행을 두고 보는 게 당신의 정의인가요? 악행을 미연에 방지하는 것이야말로 정의가 아니냐고요. 진짜, 작작 좀 해요."

"……분명, 마기루카의 말이 지극히 옳아. 내가 너무 고지식해서 중요한 부분을 간과할 뻔했어."

플라티나 하트SR가 말하자 두 마기루카가 서로 떨어진 뒤 그녀를 봤다.

"그러니 악을 퇴치할게."

"나도 돕겠어요."

"응, 골드 하트SR. 우리의 우정 파워를 보여주도록 하자."

"우리 둘의 애정 파워 말이군요♪"

"응? 으, 응. 뭐, 뭐든 좋아."

자기들끼리 흥을 내며 사이좋게 남자에게 달려가는 마법 소녀들.
"자, 잠깐만! 3분, 아니, 2분 59초라도 좋으니 시간 좀!"
남자가 발악하듯 두 사람에게 멈추라고 외쳤다.
"문답무용! 우리의 정의의 펀치를 먹어라아아아!"

그리고 갑자기 일이 터졌다.

마기루카가 이로써 다 끝났구나, 하고 생각한 순간, 남자에게 달려가던 두 사람이 그의 코앞에서 훗, 하고 사라져버렸다.
아니, 정확하게 말하자면 입고 있던 의상만 남겨둔 채 몸이 사라졌다고 말하는 게 맞겠지.
워낙 순식간인지라 무슨 일이 벌어졌는지 머리가 따라가지 못한 마기루카가 두 사람이 있던 공간을 계속 쳐다봤다.
주변이 정적에 휩싸였다. 매지컬 하트가 짤그랑, 하고 떨어지는 소리만이 울려 퍼졌다.

15 위기입니다

"……사, 사라졌어."

마기루카는 말을 하면서 눈앞에 벌어진 일을 파악해나갔다.

"……설마, 거울의 영향력 범위에서 벗어났나?"

상대방이 무슨 짓을 벌인 흔적은 보이지 않고, 아무런 조짐도 없이 두 사람이 홀연히 사라져버린 상황을 설명하기에는 그 가설이 가장 타당하다고 마기루카는 결론을 내렸다.

부주의했다.

생각해보니 이곳까지 오는 길이 멀었는데도 하늘에서 추격해서인지 학원에서 꽤 멀리 떨어졌다는 실감이 잘 들지 않았다.

더군다나 거울의 영향력 범위도 정확히 알지 못했고, 두 사람도 영향력에서 벗어났다는 자각 증상을 보이지 않았기에 마기루카도 이 사태를 염두에 두지 않았다.

"거울 앞에서 물러나면 상은 사라진다……. 그런 거군요. 영향력 범위에서 벗어나면 사라져버리는 건가요."

"후후훗, 뭐가 뭔지는 모르겠다만 억세게 운이 좋구나. 하하하핫, 아무것도 안 했는데 마법 소녀가 사라지고 매지컬 하트를 손에 넣었다! 이로써 오랜 연구가 드디어 완성이다!"

마기루카가 생각의 소용돌이에 휩쓸려 있는 동안에 남자가 떨어진 아이템을 줍고서 흥분하면서 쳐들었다.

"좋다, 좋아. 깨울 준비도 다 되었으니 이대로 첫선을 보이도록 하마!"

"그, 그러도록 놔둘 것 같아요? 프리즈 에로우."

남자의 말을 듣고서 정신을 차린 마기루카가 바로 마법을 발동시켜 상대를 견제했다.

"어이쿠! 음, 아직 하나 남아 있었나. 허나 마법을 쓰는 것으로 보아 넌 그 마법 소녀가 아닌 것 같군."

마법을 썼는데 '마법' 소녀가 아니라니 이 무슨…….

앞선 전투 때 마법 소녀의 공격을 모조리 회피했던 전력이 있는 저 남자의 회피성능은 우수한 듯하다. 마기루카의 기습도 손쉽게 피해버렸다. 그러나 회피성능만 우수할 뿐인지 반격은 해오지 않았다.

바로 그때 남자 뒤에 있는 거대한 용기에서 대량의 용액이 흘러넘치더니 무언가가 밖으로 나왔다.

그 몸집이 아까 봤던 거대 본래빗보다 곱절 이상은 되는 듯했다.

그 거대한 물체가 구구구, 하고 목을 쳐들었다.

거대한 뱀 대가리를 보고서 마기루카는 순간 자이언트 스네이크인가 싶어 몸을 움츠렸다. 그런데 자세히 보니 대가리가 여러 개 달려 있고, 몸통이 존재하고 있음을 깨달았다.

그럼 히드라인가 싶었지만, 그 몸통이 짐승처럼 사족보행형이었다. 그 몬스터의 등에는 새의 날개와 박쥐의 날개가 달려 있었다. 꼬리도 여러 개가 달려 있으며 그 모양도 제각각이었다.

저것은 그야말로 합성수.

다양한 몬스터의 각 신체를 한데 이어붙인 왜곡된 존재가 그곳에 서 있었다.

"봤느냐! 이게 우리가 생각한 최강이자 초 멋진 몬스터, 드래드래 콩이닷!"

남자가 마기루카를 보며 으스대자 지금은 그런 걸 따질 때가 아님을 잘 알면서도 아까 그 본래빗도 그렇고 이번에도 그렇고 그 네이밍 센스에 토를 달고 싶어졌다.

"어, 으음……. 그 이름을 들어보니 혹시 드래곤을 만들고 싶었던 건가요?"

타인의 센스를 이러쿵저러쿵 따지는 걸 꾹 참고서 마기루카는 그 합성수의 모습을 보고서 화제를 바꿔봤다.

"제대로 짚~었다! 드래곤은 최강의 생물로 불리며, 그 전설은 헤아릴 수도 없지. 꿈이 담긴 몬스터라고 할 수 있다! 그 드래곤을 우리의 망상을 가미하여 더 멋지고 강하게 만든 것이 바로 이 드래드래 콩이닷!"

"……얼핏 보니 드래곤다운 요소는 보이지 않는데요. 순 뱀이나 도마뱀 같은 파충류 몬스터의 신체만 보이는 것 같은 기분이."

"당연하다! 진짜 드래곤과 만난 적도, 본 적도 없으니 신체 부위를 입수할 수 있을 리가 없잖나. 죄다 그냥 해본 소리다. 하나 그딴 건 무시해라. 우린 그 드래곤을 뛰어넘는 존재를 만들어냈으니까!"

남자가 자랑스럽게 말하자 마기루카는 뭐라 대답해야 할지 몰라 입을 다물었다. 그리고 그 합성수를 쳐다봤다. 안정된 상태가 아닌지 몸 여기저기를 제대로 가누지 못했다. 신체 밸런스가 나빠서인지 휘청거리고 있는데 당장에라도 쓰러질 듯했다.

무슨 목적으로 움직이기 위한 기능성 같은 걸 완전히 무시하고서 이런 형태로 만들었는지 모르겠다. 오히려 그 형태가 악영향만 끼치는 게 아닌가, 하는 생각이 자꾸만 들어서 마기루카는 더더욱 할 말이 없어졌다.

메어리처럼 말하자면 멋과 강함만 중시하며 망상한 '내가 생각한 최강의 ○○시리즈'급으로 흑역사로 치부할 만한 소행이었다.

"자, 드래드래 콩이여! 매지컬 하트다아아앗! 어서 받아라아아아앗!"

남자가 들고 있던 아이템을 합성수에게 내던졌다.

덥석…… 꿀꺽…….

"에에에에에에에엑!"

뱀 대가리 중 하나가 입을 쩌~억 벌리더니 남자가 던진 아이템을 능숙하게 덥석 물고는 통째로 삼켜버렸다. 설마 했던 광경이 펼쳐지자 마기루카는 경악하여 무심코 소리를 질렀다.

그 뒤에 배 주위가 반짝~ 빛나기 시작하더니 그 합성수가 격렬하게 부들부들 경련하기 시작했다.

그리고 이변이 벌어졌다.

마치 보글보글 끓는 뜨거운 물처럼 그 표면이 융기를 거듭하며 원형이 무너져 내리기 시작했다.

아니, 무너져 내린다기보다는 융화하고 있다고 말하는 게 정답일지도 모르겠다.

각 신체가 확연히 구분되어 있었는데 서로 침식해 들어가듯 섞여나갔다. 그래서 지금껏 거동하지 못했던 신체 부위가 제대로 움직이기 시작했다. 그런데 그 대가로 모습이 예전과 달라졌다. 온갖 것들이 한데 뒤섞인 고깃덩어리처럼 징그러운 존재로 변해버렸다.

아마도 매지컬 하트라는 아이템이 합성수를, 모든 신체를 움직일 수 있는 단일 개체로서 구성하고자 억지를 부린 결과이겠지.

틀림없이 저 합성수는 수많은 몬스터들을 꽤 무모하게 합성하여 만들었을 것이다.

"이, 이럴 수가! 우리 드래드래 콩이, 초 멋진 우리의 꿈이이이이!"

자신들의 합성수가 추악하게 변해버리자 남성이 소리를 질렀다. 그리고 그 목소리를 덮어버리듯 합성수가 포효하고서 땅을 세차게 밟았다.

"꺄악!"

바닥에 균열이 일더니 그 풍압에 마기루카가 뒤로 날아가 쓰러졌다. 조금 전까지 당장에라도 쓰러질 것처럼 휘청거렸던 합성수는 온데간데없었다. 그 강력한 힘과 징그러운 모습이 어우러져

공포조차 느껴질 지경이었다.

"아, 아냐! 이건 우리가 생각했던 드래드래 콩이 아냐——커헉!"

남자가 거친 목소리로 눈앞의 존재를 부정했다. 그러나 말을 채 끝마치기 전에 합성수가 휘두른 꼬리인지 촉수인지 모를 것을 얻어맞고서 벽에 처박혔다.

그 광경을 보고서 마기루카는 순식간에 제어 불능 상태라고 판단했다. 이곳에 있으면 안 되겠다며 일어섰다. 그런데 그게 실수였는지 합성수가 이내 마기루카의 존재를 알아차리고서 그쪽으로 고개를 돌렸다.

눈을 마주친 순간 마기루카의 등줄기가 오싹해졌다.

사납고 굶주린 여러 눈동자가 이쪽을 보고 있었다. 명백히 남자에서 마기루카로 표적을 바꾼 듯했다.

마기루카는 몰랐지만, 합성수는 갓 깨어나서 굶주린 상태였다. 특히 마력이 풍부한 것을 원하고 있었다. 이때 합성수의 눈에 마기루카는 부드러워 보이는 고기, 먹음직스러운 풍부한 마력으로 비쳤겠지.

그 사실을 모르더라도 마기루카는 그 형상을 보고 위험을 감지하여 본능적으로 방어 태세를 취했다.

"보디 프로텍트!"

마기루카의 목소리와 거의 동시에 묵직한 충격이 그녀를 엄습했다. 자신이 크게 날아가 바닥에 또 쓰러지고 말았음을 순간 인식하지 못했다.

간발의 차이로 방어 마법으로 합성수의 공격 대미지를 가까스로 경감시켰음을 겨우 이해할 수 있었다. 그러나 그 충격은 그녀를 행동 불능에 빠뜨리기에 넘칠 만큼 충분했다.

그녀는 자하나 사피나와 달리 신체강화훈련이 모자랐다. 그렇다고 해서 이대로 누워 있어도 된다는 뜻은 아니다.

기력으로 삐걱거리는 몸을 가누고는 고개를 들어 상대를 확인했다. 때마침 합성수가 이쪽으로 접근해오고 있었다.

"프리즈 에로우!"

요격하듯 얼음 화살을 쏘았더니 그 일그러진 뱀 얼굴에 꽂혔다.

합성수가 처음 느끼는 고통에 비명을 내지르며 몸을 꼬더니 제자리에서 바동거리기 시작했다.

공격이 먹혔다고 해서 깊이 들어가는 것은 금물이다. 바로 지금이 도망칠 때라고 판단한 마기루카가 비틀거리며 일어서 출입구 쪽으로 가려고 했다.

바로 그때 마기루카의 어깨에 격통이 일었다.

무슨 일이 벌어졌는지 곁눈으로 보니 뱀 한 마리가 마기루카의 어깨에 송곳니를 박고 있었다.

자세히 보니 그 뱀은 합성수와 이어져 있었다. 현재 본체에 추가적인 이변이 벌어지고 있었다.

마기루카의 공격을 받고서 머리에 난 상처가 점점 메워지면서 그와 동시에 전체 형상이 녹아내려 무너진 고깃덩어리처럼 변해갔다.

아이템 때문에 벌어진 폐해인지 아니면 애초부터 실패하여 붕괴하기 시작했는지는 모르겠지만, 어쨌든 위험하기 짝이 없었다.

뱀이 쐐기처럼 마기루카를 단단히 붙들더니 합성수 쪽으로 질질 끌고 가려고 했다.

고통에 비명이 나올 것만 같았지만, 마기루카는 이를 꽉 악물며 끌려가지 않도록 버텼다. 그러고는 어깨를 물고 있는 뱀과 합성수 사이의 공간을 노려봤다.

"버, 버스트!"

공간을 파악해야 하는 폭렬 마법은 자신이 없었지만 운 좋게 잘 들어갔다. 뱀과 합성수를 잇는 부분이 터져버렸다.

거듭된 고통에 합성수가 비명을 내질렀다. 꽉 버티고 있다가 풀려난 마기루카가 그만 앞으로 고꾸라졌다.

어깨를 물고 있는 뱀을 떼어내 던져버린 뒤 마기루카는 출입구 위치를 확인하고자 고개를 들었다. 그런데 갑자기 시야가 일그러졌다.

독이다.

뱀에 물렸기 때문이라고 바로 결론을 내렸다. 그러나 그 즉효성에 경악할 수밖에 없었다.

어깨에서부터 통증과 열이 스멀스멀 퍼져나가더니 머리가 몽롱해졌다.

쓰러지면 안 된다. 저 출입구 안으로만 들어간다면 통로가 좁아서 저 거대한 합성수는 들어오기 힘들어진다. 적어도 저기까지는……. 그렇게 스스로 되뇌며 마기루카는 무거운 다리로 한 걸음, 또 한 걸음 내디뎠다.

그러나 하늘이 그녀에게 거듭 시련을 내렸다.

바닥에 균열이 일더니 땅을 딛고 있는 발밑이 불안정해졌다.

아니, 균열 따위가 아니다. 바닥이 붕괴하더니 무너져내리기 시작했다.

거대한 합성수가 이리저리 몸부림을 친 바람에 오래된 돌바닥이 견뎌내지 못하고 붕괴한 것이다. 더 최악인 점은 그 아래에 공간이 있었다. 아래로 떨어지면 무사하지 않으리라는 현실이 마기루카에게 전해졌다.

달리지 않으면 늦고 만다.

알고는 있지만, 몸이 말을 듣지 않아서 원통했다. 그래서 더더욱 애가 탔다.

뒤에서 커다란 진동이 마기루카에게로 점점 닥쳐왔다. 그녀는 무심코 그쪽을 돌아봤다. 원형이 더욱 무너져내린 합성수가 여러 개나 돋아난 다리를 엉망진창으로 놀리며, 그 고깃덩어리를 질질 끌며 이쪽으로 접근해오고 있었다.

그 바람에 바닥 붕괴가 더 가속되었다.

"……프, 프리즈 에, 로우."

마기루카가 주문을 읊었지만, 정신이 몽롱하여 마법이 성립되지 않아 아무 일도 벌어지지 않았다.

접근해오는 고깃덩어리를 피할 체력도, 마력도 없어서 마기루카는 그저 가만히 맞이하는 수밖에 없었다.

이제 끝장이라고 생각한 그 순간, 뒤에서 무언가가 엄청난 속도로 날아와 마기루카 옆을 지나쳤다.

그것이 엄습해오는 합성수에 박히자 고깃덩어리가 기세를 잃고 원래 있던 위치로 날아가버렸다.

합성수에는 한 자루의 검이 꽂혀 있었다.

장식이 꽤 세련되어, 옆에서 보면 전설의 검이라고 여길 만큼 훌륭했다. 마기루카가 잘 아는 사람의 검이었다.

열에 취해 몽롱해진 정신으로 마기루카는 돌아봤다.

그 시선 끝, 출입구 바깥쪽, 아직 멀긴 하지만 확연히 알아볼 수 있는 그 은발을 보고서 마기루카는 참았던 눈물을 왈칵 쏟아냈다.

"마기루카아아아앗!"

멀리서 자신을 부르는 그 목소리를 들으며 마기루카의 눈꺼풀이 붕괴하고 만 바닥과 함께 떨어졌다.

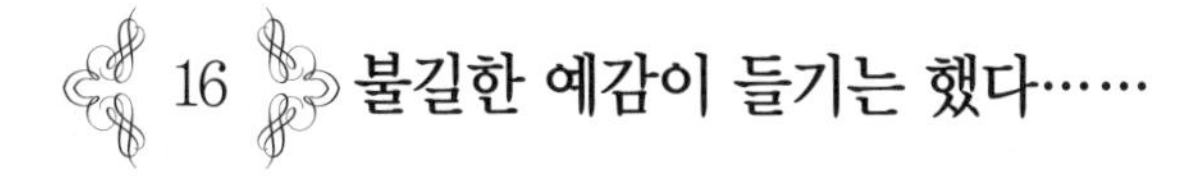

16 불길한 예감이 들기는 했다……

왕도로 가던 도중에 불길한 예감이 들기는 했다.

마음이 술렁인다고 해야 할까, 싱숭생숭한 느낌이었다. 그래서 나는 학원으로 되돌아갔다. 도중에 스노우가 무료함을 달래고자 이쪽으로 온 것이 요행이었다.

학원으로 돌아가니 왠지 어수선해서 왕자님에게 물어봤더니 내가 떠났던 반대 방향, 학원 밖에서 전투가 벌어졌다고 한다. 그 속에서 나와 마기루카, 자하가 확인되었단다.

그 소리를 들은 순간 나는 스노우의 등에 올라탔다.

불길한 예감이 들기는 했다.

스노우에게 날아서 추적해달라고 했다. 자하 일행과 합류하고서 마기루카 일행이 먼저 성채 터로 갔다는 사실을 알게 되었다. 스노우에게 전속력으로 그곳으로 가달라고 사정했다.

그 사이에 마음이 점점 더 심하게 술렁였다.

성채 터에 도착하니 검은 괴한들과 그리폰이 싸우고 있었다. 내가 내려서자 무슨 영문인지 검은 괴한들이 '마법 소녀가 왜 여기에 있는 거냐?' 하고 놀라며 당황했다.

검은 괴한들이 놀라며 떠들어대는 말을 듣고서 나는 마기루카 일행이 성채 안쪽으로 들어갔다는 걸 알았다. 이곳을 그리폰과 스노우에게 맡기고서 내부로 달려갔다.

내부에서 땅 울림이 이어졌다. 저 아래에서 무언가 커다란 것이 난동을 부리고 있다는 걸 알았다.

나는 망설이지 않고 지하로 향했다. 계단을 내려가니 통로 너머에 있는 금색 롤머리 소녀가 눈에 띄었다. 나는 안도하기보다는 마음을 술렁이게 한 무언가의 정체를 깨달은 기분이었다.

마기루카가 마법을 쓰지 못할 정도로 심하게 다친 상태였다.

일그러진 몬스터가 그런 그녀에게로 접근하는 걸 본 순간 나는 그 몬스터에게 검을 내던졌다.

"마기루카아아아앗!"

내가 외치자 그녀가 부드럽게 웃어 보이고는 그대로 붕괴한 바닥과 함께 떨어졌다.

떨어진다?

눈앞의 광경을 받아들일 수가 없어서 머릿속으로 처리할 수가 없었다. 나는 무의식적으로 달리는 속도를 높였다. 사람이라고 할 수 없을 정도로 속도를 낸 건 같기는 하지만, 그런 걸 신경 쓸 여유가 지금 나에게는 없었다.

우연인지 의도적으로 설계된 건지 어느 쪽이든 상관없지만, 붕괴한 바닥 아래에 커다란 구멍이 존재하고 있었다. 마법을 쓸 수 없을 정도로 쇠약해진 것처럼 보이는 마기루카가 그곳으로 떨어지고 있었다. 부유 마법도 쓰지 못한 채…….

"마기루카아아아앗!"

나는 망설이지 않고 그대로 마기루카가 떨어진 구멍으로 뛰어들었다. 다행히도 그녀가 눈앞에서 사라지자마자 뛰어들었기에 거리가 크게 벌어지지 않았다.

"……메, 메어리…… 님."

그녀가 눈을 살며시 뜨고서 내 눈을 쳐다봤다. 나는 안도했다.

(괜찮아. 이대로 그녀를 단단히 붙잡고서 부유 마법으로…….)

"크아아아아아아앗!"

바로 그때 포효와 함께 거대한 물체가 내 옆에서 덮쳐왔다. 놀랍게도 그 몬스터는 등에 날개 같은 게 있어, 허공에서도 다소 뜻대로 움직일 수 있는 듯했다. 내가 투척한 검이 꽂혀 있는데도 태연히 움직이고 있었다.

송곳니를 세워 내 옆구리를 깨물려고 했지만, 생채기 하지 내지 못하고 이빨이 깨져버렸다. 그러나 그 기세까지 막아낼 수는 없어서 옆구리를 물린 채로 벽 쪽으로 내몰리고 말았다. 그 바람에 추락하는 마기루카와의 거리가 더 벌어졌다.

"방해하지 마아아아앗!"

초조하고 짜증 나서 거대한 뱀의 아가리를 난폭하게 잡고는 억지로 찢어버렸다. 도저히 사람이 벌일 수 없는 행동이었지만 그런 걸 신경 쓸 겨를 따윈 없다.

마기루카가 본 듯하지만 지금 나는 아무래도 상관없었다. 그녀를 구할 수 있다면 뭐든지 한다.

나는 그대로 이 몬스터를 발판 삼아 추락하는 마기루카를 향해 몸을 던졌다. 그 순간 마기루카의 등 뒤로 땅바닥이 보이기 시작했다.

"제발 닿아라아아아아!"

나는 손을 최대한 홱 뻗어 마기루카의 몸을 붙잡았다. 내 쪽으로 힘껏 잡아당겨 품에 안은 순간 땅바닥이 눈앞에 닥쳤다.

어두운 공간에 쿠우우우웅, 하는 굉음이 울렸다.

간발의 차이로 나는 마기루카를 안은 채로 땅바닥에 서 있었다.

상당한 높이에서 떨어졌는데도 나는 어떠한 마법의 도움도 없이 마기루카를 안으며 선 채로 착지해버렸다.

"……메, 메어리 님……."

마기루카가 희미하게 뜨고 있던 눈으로 나를 쳐다봤다. 아마도 그녀는 의식이 흐릿한 와중에도 지금껏 벌어졌던 일들을 다 보고 있었겠지.

"괜찮아, 마기루카?"

나는 애써 평온한 척 그녀의 상태를 확인했다.

역시 어깨에 난 상처가 마음에 걸렸다.

뭔가 커다란 것에 박힌 듯한, 혹은 깨물린 듯한 상흔이 있었다. 그 주변이 보라색으로 물들어 있었다.

(이 상처 때문에 마기루카가 고열에 시달리고 있는 건가? 혹시 독? 그러고 보니 그 이상한 몬스터에 뱀 같은 대가리가 달려 있었지. 이, 이거, 전설의 상처 빨기를 실시할 때가 왔구나! 내, 내가 마기루카의 어깨를 덥석……. 아, 근데 그건 물리고서 바로 하지 않으면 의미가 없는 건가?)

지금 그럴 상황이 아니지만, 마기루카의 노출된 어깨를 보고서 무슨 영문인지 침을 꿀꺽 삼키고만, 이상한 나.

할까 말까? 갈등에 시달리고 있으니 굉음과 함께 커다란 고깃덩어리가 우리 근처로 날아왔다.

"조심, 하세요……. 저 합성수는, 재생……해, 요."

고열에 시달려 고통스러워 보이는 마기루카가 상황을 보고서 나에게 조언해줬다.

그녀가 말한 대로 내가 찢어버렸던 대가리가 괴이한 고깃덩어리로 변하여 꿈틀대고 있었다. 온갖 것들이 뒤섞여 있어서 무슨 몬스터인지 알아볼 수 없을 정도로 추악했다.

"조금만 기다려, 마기루카. 금방 끝낼 테니까."

그녀를 구석진 곳에 살며시 내려놓았다. 내가 등을 보이자마자 바로 이때라는 듯이 합성수(?)로 추정되는 몬스터가 커다란 대가리를 이쪽을 쭉 뻗으며 습격해왔다.

나는 그것을 한 손으로 붙잡았다.

"파이어 볼."

내 손에서 화염구가 방출되었다. 합성수가 비명인지 뭔지 모를 소리를 질러대며 후퇴했다. 그쪽을 보니 화염이 서서히 사그라지더니 불에 덴 부분이 융기를 부글부글 거듭하며 원 상태로 되돌아가고 있었다.

(이래서야 태워버리기는 어렵겠는걸……. 그나저나 저 능력, 왠지 히드라랑 비슷하네. 시간을 허비하고 싶지 않으니 속공으로 해치우자.)

나는 한 번 심호흡하고서 상대를 노려봤다.

"들어라, 죄 많은 영혼이여! 이곳에 이르는 길은 절대적이며 그대에게 내리는 것은 자비이니라. 바로 여기에 신께서 내리시는 연옥의 문을 열리라."

내 말에 호응하여 마력이 모여들기 시작했다. 합성수 주위를 에워싸듯 바닥에 마법진이 사방에 만들어지더니 그곳에서 화염의 문이 출현했다.

"그 죄, 그 추악함, 그 모든 것을 용서하고, 그 모든 것을 정화하는 화염으로 태워버리리라."

화염의 문이 열리더니 화염 사슬이 튀어나와 합성수를 꽁꽁 묶었다. 허공에 매달린 채 사슬을 타고서 번지는 십자 화염에 태워지는 합성수. 그 절규와 화염이 내는 굉음이 주변을 지배해나갔다.

"프레임 오브 퓨리픽케이션 프롬 퍼거토리!"

내가 힘차게 외치자 화염 사슬에 묶여 타오르고 있는 합성수 머리 위로 가장 크고 호화로운 화염의 문이 출현하더니 구구구구, 하고 묵직하게 열리기 시작했다.

굉음과 함께 열린 화염의 문에서 모든 것을 불사르는 화염이 도래하였다. 사방에 걸려 있는 사슬과 문까지 모조리 집어삼키며 부풀어나갔다.

"이제 끝이야."

내 말과 함께 거대한 화염 덩어리가 허공에 떠 있는 화염의 문으로 올라갔다. 문이 그 화염을 삼키자 다시 구구구구, 하고 문이 묵직하게 닫혔다.

아직 타고 있는 재를 나풀나풀 휘날리며 화염의 문이 사라졌다. 쏟아지는 재와 내 검, 그리고 가짜 메어리가 들고 있던 아이템만이 그 자리에 남았다.

"마기루카!"

검과 아이템을 회수하여 안전한지 확인한 뒤에 나는 마기루카 곁으로 달려갔다. 그녀는 눈을 감고 있었지만, 호흡을 확인하고서 안도했다.

마기루카를 안아 올린 뒤 부유 마법으로 위로 돌아갔다. 잠시 뒤 이쿠스 선생님이 이끄는 부대가 우리 곁으로 달려왔다.

따라온 치유 마법 선생님에게 그녀를 맡긴 뒤 나는 푸하, 하고 크게 숨을 내뱉었다. 긴장의 끈이 풀려 힘이 쭉 빠졌다.

새삼스럽긴 하지만, 무슨 상황인지도 모른 채 마기루카를 구해야 한다는 일념에 정신없이 내달려왔음을 깨달았다.

(음, 뭐, 마기루카가 무사하니 잘 된 거겠지. 어라? 그러고 보니 그 시끌벅적 2인조는 어디로 간 걸까?)

나는 가짜가 들고 있던 아이템을 봤다.

(애당초 왜 이 아이템이 합성수 안에서……. 응? 잠깐만, 혹시 통째로 삼켜졌다?)

나는 상상조차 하지 못한 가능성에 얼굴이 창백해졌다.

"아니, 아니, 아니, 그건 아냐, 아냐."

자기 생각을 부정하면서 나는 성채를 떠나기로 했다. 뒷일은 어른들에게 맡기고서 자세한 내용은 마기루카에게 들으면 된다.

(내가 합성수와 함께 가짜를 태워버렸을 리는…… 없겠죠, 신님?)

17 난……

"예? 여기서 하룻밤 묵는다고요?"

분주하게 움직이고 있는 어른들을 아랑곳하지 않고 나는 이쿠스 선생님이 한 말을 되뇌었다.

심야가 된 현재, 우리는 그 성채 터에서 야영 준비를 하고 있었다.

이쿠스 선생님의 말에 따르면 성채 터로 가는 도중에 도주를 꾀하는, 기관 소속으로 추정되는 자들과 맞닥뜨렸다고 한다. 성채 터에 남아 있던 자들과 달리 노련한 자들이었는데 성채에 가는 것을 우선하느라 놓치고 말았단다. 그 녀석들과 한밤중에 맞닥뜨리는 걸 피하고 싶어서 야영을 고려했다고 한다.

아마도 처음에 나를 습격했던 사람도 그 녀석 중 하나겠지. 사로잡은 자들은 굳이 말하자면 연구자뿐이었고, 처음에 만났던 괴한과는 분위기가 달랐기 때문이다.

중요할 것 같은 연구 자료 등이 없는 것으로 보아 그들이 다시 성채로 돌아올 가능성은 한없이 낮을 거라는 게 이쿠스 선생님의 견해였다.

마기루카는 치료와 해독 덕분에 상태가 안정되었다. 그러나 몸과 마음 모두 쇠약해져서 성채에 있는 방에서 쉬고 있다. 그녀를 위해서라도 이곳에서 하룻밤 묵는 게 좋을지도 모르겠다.

"그러니 레가리야는 후튤리카와 함께 자도록 해줘. 쓸 만한 침대가 하나밖에 없긴 하지만, 뭐, 너희들은 몸집이 작으니 문제는 없겠지. 튜테, 두 사람을 잘 챙겨다오."

"예, 알겠습니다."

이쿠스 선생님이 한바탕 설명을 마치고서 뒷일을 튜테에게 맡긴 뒤에 할 일이 아직 남아 있는지 떠나갔다.

"……함께 자라니……. 어떻게 할까, 튜테?"

나는 튜테에게 부탁하여 잠옷으로 갈아입은 뒤에 곤혹스러운 표정으로 그녀를 쳐다봤다. 그러자 튜테가 언제 가져왔는지 이부자리로 보이는 물건을 들고서 방을 나가려고 했다.

"그럼 아가씨, 전 밖에서 잘 테니 무슨 일이 생기거든 불러주세요."

"어? 밖으로 안 나가도 돼. 여기서 같이 자자. 침대도 있고."

"역시나 한 침대에서 셋이나 자는 건 무리예요. 전 바닥에서 자도록 할게요."

튜테가 바닥에 이부자리를 깔고서 취침 준비를 시작했다. 그 모습을 보면서 나는 마기루카가 자는 침대 앞에 홀로 서 있었다.

"어, 으음……."

어찌할 바를 몰라서 나는 마기루카를 쳐다봤다. 내 시선을 느꼈는지 그녀가 눈을 살짝 뜨고서 고개만 이쪽으로 돌렸다.

"……민폐를 끼쳐서…… 죄송합니다……."

쇠약해져서인지 마기루카의 목소리가 아주 가냘프게 들렸다. 그녀가 미안해하자 내 가슴이 아려왔다.

(바보, 바보야. 부상자가 마음을 쓰게 하면 어쩌자는 거야.)

나는 고개를 마구 흔들고서 마기루카가 누워 있는 침대에 한쪽 무릎을 올렸다.

(음~, 누군가랑 함께 자는 걸 꺼리는 건 아니지만, 이렇게 먼저 누워 있는 사람의 이불 속으로 들어가려니 왠지 묘하게 긴장이 되네.)

나는 긴장을 풀고자 심호흡을 한 번 했다.

"……시, 실례합니다~."

무슨 말을 하는지 자신도 알 수가 없었지만, 나는 그렇게 말하고서 마기루카가 거슬려 하지 않도록 조용히 이불 속으로 들어갔다.

흥에 몸을 맡길 수 있는 파티 기분이었다면 이런 일쯤은 손쉬웠을 테지만, 그런 분위기가 전혀 느껴지지 않는 공간인지라 공연히 긴장되었다.

나는 조용한 방 안에서 쿵쾅거리는 심장 소리를 들으며 천장을 쳐다봤다.

"아하하, 이러고 있으니 왠지 학원에서 하룻밤 묵었을 때가 생각나네."

긴장을 풀려는 생각이 앞서서 나는 그만 부상자인 마기루카에게 말을 걸고 말았다.

"……그 뒤에 설마 이런 사건에 휘말리게 될 줄은 몰랐네요."

옆에 누워 있는 마기루카가 내 이야기에 나직이 맞장구를 쳐줬다.

"그렇지. 설마 가짜들이 등장하게 될 줄이야. 앗, 그러고 보니 걔네는 어떻게 됐어?"

"……사라져버렸어요. 제가 생각하기에는 거울의 영향력 범위에서 벗어나서 그런 것 같은데, 사실 사라졌는지 어떤지도 잘 모르겠습니다. 하지만 이제 이곳에 없다는 것만은 확실해요……."

"……그랬구나……."

시끌벅적한 애들이 갑자기 사라져서인지 조금 쓸쓸한 느낌이 들었다.

"……메어리 님……, 한 가지, 물어봐도 될까요?"

"어, 뭔데, 뭔데?"

"갤럭티카 익센트릭 킥은 대체 뭔가요?"

"푸훗!"

내가 살짝 우울해하자 마기루카가 마음을 써주며 화제를 돌리고자 내뱉은 질문에 나는 뿜어버렸다.

"그, 그게 뭐야?"

"아뇨, 저쪽 메어리 님이 그렇게 외치면서 상대에게 발치기를 날리길래 무슨 기술인지 궁금해서……."

(걔도 참. 멍청해 보이는 그런 낯부끄러운 기술명을 멋대로 지어내 외치다니…….)

"그리고 아토믹 선더볼트 킥도 그렇고요."

"킥밖에 없냐아아? 아아~, 그 아이도……. 그냥 킥이야, 킥. 멋대로 이름을 지어 불렀을 뿐이야. 그런 민망한 기술, 난 몰라."

나는 기가 막혀서 쓴웃음을 지으며 마기루카에게 대답했다.

"……역시. 그럼 단순한 발차기만으로 거대한 본래빗을 해치웠다는 뜻이네요."

"어?"

마기루카가 나직하기는 하지만, 아까 전과는 달리 긴박감이 느껴지는 목소리로 말하자 나는 무심코 고개를 돌려 그녀를 쳐다봤다.

마기루카도 이쪽을 보고 있어서 눈을 마주치고 말았다. 저도 모르게 심장이 철렁했다. 농담이나 분위기를 누그러뜨리기 위한 질문이 아니라고 마기루카의 진지한 눈빛을 보고서 깨달았다.

생각해보니 마기루카는 구조되고 치료를 받은 뒤에 선생님들에게 무슨 일이 있었는지 자세히 말하지 않았다. 나와 단둘이 있을 때 확인하고 싶은 것이 있어서겠지.

그렇게 생각한 순간 머릿속에 한 단어가 스쳤다.

들켰다…….

식은땀이 흘렀다. 나는 아무 말도 하지 못했다. 갑작스러운 전개에 무슨 말을 해야 좋을지 몰라 머릿속이 새하얘졌다.

"내가 모를 뿐 본인인 메어리 님은 잘 아는 기술이 존재할지도 모른다고 생각했는데……, 아니었네요."

뱀의 눈빛에 굳어버린 개구리처럼 마기루카에게서 시선을 돌릴 수가 없었다. 나는 한마디 변명도 못 한 채 그녀가 다음에 내뱉을 말을 기다릴 뿐이었다.

“……메어리 님 본인도 그 합성수의 공격에 꿈쩍도 하지 않았고, 자력으로 찢어버리기까지 했죠.”

“………….”

“……그리고 그 마법. 그건 도저히 사람이 다룰 수 있는 계급이 아니었어요.”

전부 보이고 말았다.

그렇게 생각하니 손아귀로 움켜쥔 것처럼 심장이 아팠다. 마기루카를 보는 것이 무서워져서 나는 도망치듯 몸을 돌려 그녀에게 등을 보이고 말았다. 그것이 긍정으로 해석될 수 있는 행동이라고 할지라도…….

(각오는 하고 있었어……. 그때는 봐도 상관없다고 생각했지만, 막상 그때가 오니…… 무서워, 무섭다고. 지금까지 쌓아온 관계가 부서질 수도 있다고 생각하니……, 배척받을지도 모른다고 생각하니…….)

바로 그때 지금껏 마기루카와 함께 보내왔던 시간이 주마등처럼 떠올랐다.

첫 만남, 함께 차를 마시거나 담소를 나누던 기억, 그녀의 집에 가서 놀거나, 여러 곳으로 여행을 떠나거나, 학원이든 그 어디에서든 그녀에게 의지하기만 했던 기억, 그리고 학원제 때 속내를 털어놓으며 싸웠던 기억, 상처를 입고서 쓰러진 그녀의 모습……. 어렸을 적부터 쌓여온 수많은, 그래, 수많은 추억이 있었다.

나는 자신도 상상하지 못했던 공포와 불안감에 벌벌 떨었다.

주마등 속 웃고 있던 마기루카가 내가 상식을 초월한 힘을 갖고 있음을 알고서 돌연 태도를 바꿔 공포 어린 눈으로 쳐다본다고 생각하니 상상 이상으로 견딜 수가 없었다. 마음이 상상하는 것조차 거부해버렸다.

(싫어, 싫어. 그건 절대로 싫어…….)

눈을 질끈 감고서 뚝뚝 떨어지는 눈물을 느꼈다. 긴장감과 공포 때문에 흘러넘쳤겠지.

바로 그때 내 등에 툭, 하고 무언가가 닿았다.

"미안해요……. 따지듯이 물어봐서……, 참 가증스럽네요, 전. 그저 당신이라는 사람을 조금 더 알고 싶었어……. 그뿐이었는데."

"……마, 마기루카……."

내 몸에 닿은 그녀의 손에 힘이 실린다. 마기루카의 목소리가 아주 가까이서 들리는 것으로 보아 내 등에 닿은 것은 아마도 그녀의 이마겠지.

"……미안해요…… 미안해요……."

흐느껴 우는 소리가 들리자 나는 황급히 몸을 돌려 마기루카를 쳐다봤다.

"왜 마기루카가 사과해? 사과해야 하는 건 나잖아……."

"용기를 내서 물어보긴 했지만…… 무섭고 무서워서……. 만약에, 만약에 내디뎌서는 안 되는 영역에 함부로 들어와버린 절 싫어할까 봐……. 그래도, 그래도 알고 싶었어요……."

어떤 계기로 감정의 둑이 터져버린 걸까? 늘 어른스러웠던 마기루카는 어디론가 숨어들고, 아이 같은 그녀만이 그 자리에 남아 있었다.

"그렇지 않아. 싫어할 리가 없잖아……, 절대로……, 절대로."

나는 마기루카의 손을 쥐고서 가까이 다가온 그녀의 이마에 내 이마를 톡 댔다.

그렇게 했을 뿐인데 마음이 스~으, 하고 차분해졌다.

(그녀는 용기를 내서 내게 물어본 거야. 그럼 나 역시 대답해줘야만 해.)

"……있잖아, 마기루카."

"……예……."

"……난, 신으로부터 그 어떤 것에도 지지 않는 완전무적의 몸을 받았어……."

조용한 방 안에서 나는 소중한 친구에게 고백했다.

아무래도 제몸은
완전무적인것 같아요

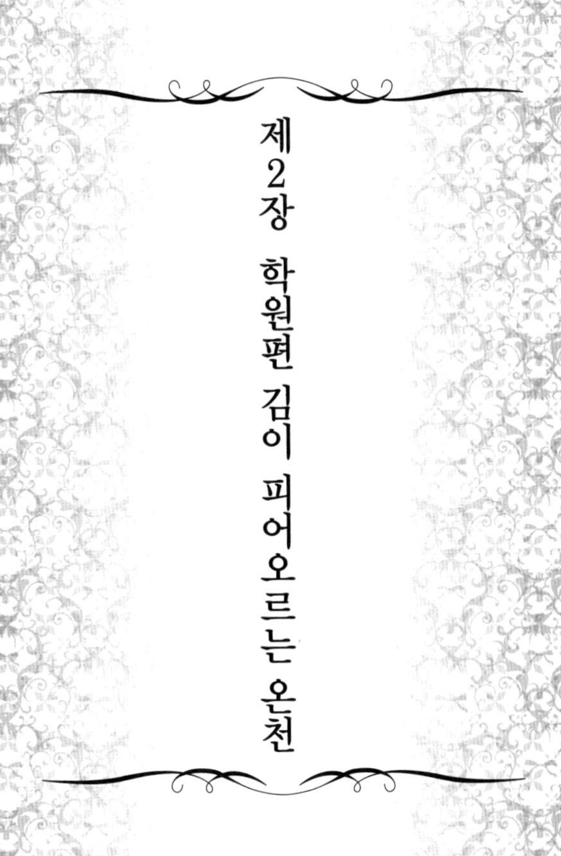

제2장 학원편 김이 피어오르는 온천

01 그래, 요양하자

그 사건으로부터 며칠이 지났다.

최상급생이 되어 아레이오스만 리포트나 여러 과제에 시달리는 건 아닌 모양이다. 다른 학과에 소속된 왕자님과 자하, 사피나도 여러모로 바쁜 듯했다. 특히 왕자님과 사피나는 학업 말고도 가업을 돕는 쪽에도 관심을 두기 시작했다. 실전 경험을 쌓으러 왕자님은 왕도에, 사피나는 숲에 나가 있다.

그래서 다 함께 모여서 느긋한 시간을 보내기가 어려워져 조금 쓸쓸했지만, 어쩔 수 없다고 이해하기로 했다.

왕국과 학원 내에서도 어른들이 그 사건 때문에 요 며칠 동안 분주했다고 한다.

나로 말할 것 같으면 이 사건의 당사자이긴 하지만, 일을 키운 건 가짜였기에 자세히 진술할 수 없는 미묘한 처지에 놓여 있었다. 유일한 당사자인 마기루카는 몸 상태 때문에 지금도 학원을 쉬고 있다.

나는 병이나 부상 치료, 요양이라는 단어에 민감해서 왠지 심란했다. 날마다 부정적인 상상이 부풀어 올라서 마기루카의 모습을 보며 마음을 가라앉히고 싶었다.

그렇게 생각한 나는…….

"……그렇다고 해서 일부러 여기까지 올 것까지는……. 더군다나 스노우 님의 등을 빌리면서까지."

"……왜냐면 참을 수 없었……, 아니, 걱정했다고."

"메어리 님……."

〈뭐가, 왜냐면이야. 귀엽게 말해도 소용없으니까~. 횡포야, 횡포. 나 이래 봬도 신수란 말이야. 처우 개선을 요구하겠어요~.〉

눈앞에 있는 마기루카에게 쭈뼛거리며 어필하자 뒤에 있던 스노우가 머리를 툭툭 때리며 항의했다.

지금 나는 마기루카와 함께 정원 근처에서 차를 마시고 있었다. 그녀의 몸 상태는 좋아졌다. 마음 같아서는 당장에라도 학원에 가고 싶지만, 부모님이 걱정하여 요양시키고 있단다.

그 말을 할 때 마기루카는 입으로는 곤혹스러운 듯 말했지만 내심 조금 기뻐하는 눈치였다.

(건강해 보여서 다행이야. 그러고 보니 마기루카와 얼굴을 마주하고서 대화한 건 그날 밤 이후로 처음인가~.)

마기루카를 오랜만(?)에 보고 안도한 나는 문득 그 성채에서 보냈던 밤을 떠올렸다.

성채 내 어둡고 좁은 방 안에서 내가 고백한 뒤 시간이 조용히 흐르고 있었다.

"……그 어떤 것에도 지지 않는 힘……."

"……응……. 간단히 말하자면 상식을 초월한 힘이라고 해야 할까."

마기루카가 이쪽을 쳐다보자 나도 시선을 회피하지 않고 똑바로 보면서 대답했다.

"…………."

"……무서워?"

마기루카의 침묵을 견딜 수가 없어서 나는 자학적인 웃음을 흘리며 물어보고 말았다. 그러자 마기루카가 살짝이나마 고개를 가로저었다.

"아뇨. 그건 신님께서 메어리 님한테 내려준 축복이니까요."

"축복?"

"예……. 우린 태어나면서 신님께 재능이라는 이름의 어떤 축복을 받는다고 듣고 자랐어요. 그걸 잘 활용하는 것도, 썩히는 것도 우리의 인생, 우리의 가능성이라고. 신탁의 의식을 기억나나요? 단지 메어리 님은 그런 재능을 내려받았을 뿐이에요. 놀라기는 했지만 절대로 피하지는 않아요."

"……마기루카."

신님과의 오해라고 해야 하나, 착각 때문에 과잉으로 받게 된 치트 능력. 그걸 신님의 축복이나 타고난 재능이라고 받아들이기에 나는 너무 소심하다.

아무것도 하지 않았는데 느닷없이 거액의 돈을 받았을 뿐만 아니라 마음껏 쓰세요, 라는 소리까지 듣고서 안절부절못하는 소시민, 그게 나다.

그래도 마기루카의 말이 내 무거운 짐을 덜어준 듯했다.

"……저기, 실례인 줄 알지만 물어봐도 될까요?"

"응, 뭐든지 물어봐."

"저기 합성수를 끝장냈던 메어리 님의 마법은, 몇 계급이었나요?"

"엇……, 그게……, 유, 육……계급, 이었던 것 같은데……."

뭐든지 물어보라고 당당하게 말해놓고서 움츠리고 마는 어수룩한 나. 시선을 돌리며 대답해서 마기루카가 어떻게 반응했는지 모르겠다. 무서워서 그녀의 얼굴을 볼 수가 없었다.

"……6계급……."

"……."

"메어리 님, 굉장하잖아요. 어쩌면 메어리 님은 그 이상, 아니, 모든 마법을 망라하고 있는 건가요?"

"후엥? 모, 모든 마법이라니. 아니, 아니, 몰라, 몰라. 학원에서 배운 마법 외에 몇 가지 더 알고 있는 정도야."

스스슥, 하고 다가온 마기루카의 호기심 어린 눈동자에 곤혹스러워하는 내 얼굴이 비쳐 있었다. 나는 쓴웃음을 지으며 그녀에게서 슬금슬금 도망쳤다.

"그런가요? 그래도 가능성이 아예 없는 건 아니잖아요?"

"으, 응……, 아마도."

"그럼 세계를 돌아다니며 온갖 마법을 습득하여 전인미답이라 일컬어지는 8계급 마법의 수수께끼에 접근해보지 않을래요? 그리고 그 지식을 국왕 폐하께 바친다면 왕국의 마법 수준이 올라갈지도 몰라요. 아아, 전설의 현자 메어리 레가리아의 탄생이에요.

우후후훗, 좋네요. 목표로 삼은 상대가 높은 경지에 있으면 있을 수록……."

"안 할 거라니까. 전설의 용사나 현자 같은 무시무시한 존재는 안 될 거니 목표로 삼을 거 없어. 어서 원래 세계로 돌아오렴, 마기루카. 난 지극히 평범한 생활을 바라고 있어."

왠지 꿈을 꾸는 소녀 같은 표정을 짓고서 마기루카가 무시무시한 소리를 하자 나는 옛날에 튜테에게 했던 말을 던졌다.

"에엥~."

"에엥~이라니, 너……."

내 의견이 마음에 들지 않았는지 마기루카가 항의하듯 목소리를 높이고서 뺨을 부풀리며 토라졌다. 그런 마기루카가 귀여워서 나는 다시 가까이 다가가 그녀의 뺨을 쿡쿡 찔러줬다.

"어쨌든 난 눈에 띄지 않는 평범한 삶을 살고 싶어. 그러니까 이건 비밀로 해줬으면 좋겠는데……."

"예? 눈에 띄지 않는 평범……."

"으, 응……, 평범."

내 바람을 듣고 위화감을 느꼈는지 마기루카가 고개를 갸웃거려서 나는 말끝을 흐리고 말았다.

"약속."

나는 일단 약속부터 하고 보자는 심산으로 자연스레 '손가락 걸기'를 하고자 새끼손가락을 그녀 앞에 내밀었다.

내가 당연하다는 듯 취한 행동에 마기루카가 또다시 고개를 갸웃거렸다.
(귀엽네, 젠장……이 아니라. 손가락 걸기라는 풍습이 이 세계에는 없구나.)
"메어리 님, 그건?"
"으음, 약속을 지키겠다는 증표로서 하는 행동인데, 미안, 미안, 멋대로 굴어서."
"증표…… 말이군요. 해보죠. 어떻게 하면 되나요?"
"으음, 이렇게 서로 새끼손가락을 거는 거야."
내가 말하자 마기루카가 자신의 새끼손가락을 내 손가락에 슥 걸었다.
"손~가락 걸고 약~속, 어~겼다가는 바늘 천 개 먹~는다. 손가락 걸었다."
내가 일방적으로 행위를 진행하게 하자 마기루카가 왠지 즐거워하며 바라보고 있었다.
"즉, 약속을 깨면 바늘 천 개를 먹게 된다는 거군요. 으~음."
역시 너무 일방적이라서 마기루카도 곤란한 걸까? 잠시 생각에 잠겨 있었다.
"앗, 미안. 한번 해보고 싶었던 것뿐이야. 아니, 없었던 일로."
"아뇨, 싫지는 않은데요. 바늘 천 개라니……. 마련하기가 어렵지 않을까요?"
"……그 부분을 걱정했던 거야?"
"예. 뭐, 어길 마음은 추호도 없습니다만 괜히 마음에 걸려서

요. 바늘 천 개를 준비할 바에야 마법이 더 낫지 않나요? 꼭 바늘이어야만 하는 이유라도 있는 건가요? 혹시 이건 어떤 마법 의식 같은 건가요?"

"자, 자자자, 잠깐만. 진정 좀 하자, 마기루카. 이상한 스위치가 켜졌어."

조금 동경했던 손가락 걸기를 한번 해보자고 제안했을 뿐인데 설마 이토록 달려들 줄은 예상도 못 했다. 나는 당황하여 그녀를 진정시켰다.

문득 정신을 차려보니 아까 전까지 흘렀던 긴장감이 어디론가 사라져버렸다. 마기루카가 평소처럼 대해줘서 나는 고마운 마음이 가득했다. 그보다도 딴죽을 마구 걸어주고 싶은 마기루카의 그 호기심에 나는 키득 웃어버렸다.

"왜 그러시나요? 메어리 님."

"으으응, 아무것도 아~냐."

내가 그날 밤의 일을 떠올리며 웃자 마기루카가 의아해하며 물었다. 나는 무릎 위에 몸을 동그랗게 말고 있는 리리를 쓰다듬으며 얼버무렸다.

따끈따끈한 햇살의 유혹을 받은 리리가 후아~암, 하고 하품을 하자 나는 턱 아랫부분을 쓰다듬어줬다. 그러자 기분이 좋은지 눈을 가늘게 떴다.

(아아, 평화로워~. 왠지 느~긋하게 시간을 보내고 싶어졌어.)

"그래, 요양하러 가자."

나는 한가롭게 지내고 있는 리리를 바라보면서 불현듯 말했다.

"뜬금없이 무슨 소린가요?"

"아니, 리리를 보고 있었더니 말이야. 마기루카가 휴양 중이니 이번 기회에 어디론가 갈까, 하고 생각했습니다, 예."

"요양을 위해서……? 어디로 말인가요?"

"으음~, 콕 집어 어디라고 대답할 수는 없는데. 그러네~, 앗, 온천, 이럴 때는 온천만한 데가 없지."

마기루카가 묻자 나는 나이스 아이디어라며 손뼉을 짝 치고서 대답했다.

"온천?"

그리고 마기루카가 약속한 것처럼 그 뜻을 잘 모르겠다는 표정을 지었다.

(예, 온천은 없었습니다. 아니지, 이 패턴은 그저 모를 뿐 실존하고 있다는 패턴이야. 꼭 없다는 법은 없겠죠? 그렇죠, 신님?)

"온천이라는 게 뭐냐면 말이야. 지열로 데워진 뜨거운 물이 만들어낸 천연 욕탕 같은 느낌이라고 해야 할까."

"천연 욕탕이요……? 들어본 적이 없네요……."

인간이란 없다는 소리를 들으면 괜스레 원하게 되는 법일까? 살짝 생각만 해봤던 제안이었는데 내 마음속에서 온천에 가고 싶다는 열기가 뜨겁게 끓어올랐다. 참고로 나도 들어본 적이 없었다. 있었다면 진즉에 온천물에 몸을 푹 담갔다가 현기증이 나서 쓰러졌겠지.

(온천이라고 하면 바로 화산인가~. 이 부근에 화산이 있었던가?)

〈얘, 얘~, 메어리.〉

내가 모든 지혜를 짜내어 고민하고 있으니 스노우가 느긋한 목소리로 말을 걸며 내 머리를 툭툭 건드렸다.

"뭐야, 스노우. 지금 중요한 의논 중이니 간식을 더 달라는 거라면 이따가 해."

〈무례하기는. 난 너처럼 먹보 캐릭터가 아니거든~.〉

"오호, 그거 그냥 넘어갈 수 없는 말인데? 좋아, 전쟁이야."

스노우가 폭언을 내뱉자 나는 그녀를 보면서 서서히 일어섰다. 내가 싸늘하게 웃자 스노우가 꼬리를 내리고서 물러섰다.

〈잠깐, 잠깐, 폭력 반대. 난 그저 온천이라고 하길래 짐작 가는 데가 있어서 말을 걸었을 뿐이야.〉

"오호? 스노우, 온천이 있는 곳을 알아?"

〈으, 응, 샘에서 연기가 피어오르길래 신기해서 앞발을 넣어봤더니 물이 뜨거웠어. 깜짝 놀라서 기억하고 있는 거라고~.〉

"진짜? 엇, 어디, 어디?"

〈어험. 그럼 문제입니다. 그곳은 대체 어디일까요~.〉

"뭐?"

〈힌트, 거기에 한 번 가본 적이 있어~.〉

"가본 적이 있다고? 온천이 있었다면 진즉에 들어갔을 텐데? 어, 힌트를 조금만 더 줘."

〈마기루카 짱은 가지 않았어~.〉

"어? 마기루카는 가본 적이 없어? 그럼 내가 개인적으로 갔던 곳인가? 조, 조금만 더 힌트를."

〈으~음, 인상으로 말하자면 산이라기보다는 계곡이라고 해야 할까~.〉

"계곡……. 나는 가봤고, 마기루카는 안 가본 곳이라……. 앗, 아아! 알겠어, 블러드레인 성이잖아!"

〈정~답~. 정답자에게는 내가 먹고 남긴 과자 부스러기를 드리겠습니다.〉

"필요 없어!"

스노우와의 문답을 끝마치고서 문득 마기루카와 튜테 쪽으로 시선을 돌렸다. 두 사람이 흐뭇해하는 표정으로 이쪽을 바라보고 있었다.

"뭐야? 왜?"

""아뇨, 아뇨, 귀여우셔라.""

두 사람이 입을 모아 말하자 나는 아까 전 대화가 떠올라 부끄러워졌다. 옆에서 보면 그저 혼잣말로 떠들어대는 것처럼 비쳤을 테니까. 익숙해지는 건 무섭다는 사실을 절실히 깨달은 오늘이었다.

"어험……. 그, 그래서 블러드레인 성에 온천이 있다는 거야?"

〈성에 있다기보다는 그 지역이라고 말하는 편이 더 정확하려나. 그 있잖아? 그 성에서 기다리고 있을 때 주변을 잠깐 돌아다녔거든~.〉

"그랬구나. 분명 여러 산이 그 성을 에워싸고 있긴 했지~. 그래도 말이야~, 블러드레인 성이라~, 빅토리카랑 맞닥뜨리게 되려나."

나는 으~음, 하고 고민하며 하늘을 올려다봤다. 솔직히 그 시끄러운 흡혈귀와 만나고 싶지 않다. 만났다가는 이상한 일에 휘말릴 것만 같았다.

"저기……, 꼭 억지로 온천에 갈 필요는 없지 않나요?"

내가 떨떠름한 얼굴을 하고 있어서인지 마기루카가 지극히 옳은 의견을 말했다.

"아니, 마기루카가 꼭 온천에서 느긋하게 요양하면서 온천의 장점을 알게 됐으면 좋겠어. 그리고 겸사겸사 나도 온천에 들어가고 싶어!"

"겸사겸사, 라는 단어에 마음이 더 담겨 있는 것 같은데 기분 탓인가요?"

"기, 기분 탓이야."

마기루카가 내 속내를 꿰뚫어 보듯 말하자 나는 시선을 이리저리 돌리며 얼버무리려고 했다.

"게, 게다가 온천 모임은 수영복 모임과 어깨를 견줄 만큼 빼놓을 수 없는 이벤트라고! 그래서 꼭 가야만 해."

애가 탄 나머지 자신도 무슨 말을 하는지 점점 모르겠다.

"무슨 소릴 하는 건지 잘 모르겠지만, 절 위해서 무리하지 않아도 돼요. 굳이 꼭 가고 싶다면 개인적으로……."

“뭘 몰라, 뭘 모른다고, 마기루카……. 몸에 기복(起伏)이 별로 없는 나 혼자 가봤자 건질 수 있는 게 없단 말이야. 네가 가지 않으면 안 된다니까아아아.”

이제 내가 무슨 말을 하는지도 모르겠다. 나는 기세에 몸을 맡긴 채 자학으로 치달았다. 주먹을 불끈 쥐고서 눈물을 흘리며 말했다.

“……온천에 가고 싶다는 정열과 제게 뭔가 실례가 되는 발언을 했다는 것만은 전해졌어요.”

“………….”

내 열변이 무색하게도 마기루카가 어이없다는 눈으로 나를 쳐다봤다. 왠지 형세가 불리해져만 가는 듯해서 초조한 감정이 절찬리에 상승했다.

“가고 싶어, 가고 싶어, 온천에 가고 싶어어! 마기루카랑 같이 온천에 가~고 싶~어!”

그리고 나는 최종 오의인 ‘떼쓰기’를 발동하고서 설득하는 것을 집어치웠다.

“알겠어요, 알겠으니까 진정 좀 하세요.”

“진짜? 와아! 에헤헤, 이래서 마기루카가 좋아.”

예상한 대로 마기루카가 뜻을 꺾어줬다. 나는 떼쓰기를 뚝 멈추고서 활짝 웃으며 기뻐했다.

자기 자신이긴 하지만 참 성가신 존재구나, 하고 반성하면서도 이러니저러니 해도 상냥한 마기루카가 고맙기 그지없다.

"……진짜, 능청맞은 사람이네요."

마기루카가 뺨을 살짝 붉히고서 고개를 홱 돌렸다. 화가 나서가 아니라 부끄러워서 그렇다는 걸 오래 알고 지낸 나는 금세 알아차렸다.

"자, 그렇다면 문제는 빅토리카한테 들키지 않고 어떻게 온천에 가느냐는 거네."

"아뇨, 아뇨, 평범하게 인사하러 가도록 하죠."

"에에~~~."

"에에~~이라니 당신……."

입장이 바뀌긴 했지만, 기시감이 느껴지는 대화가 이어지자 나는 우스워져서 무심코 터뜨리고 말았다.

"애당초 그곳은 성에 있는 건가요? 아니면 인근 마을 같은 곳에 있는 건가요? 그냥 그 온천이라는 장소가 덩그러니 있는 건가요?"

"그러고 보니 그러네. 스노우 그 부분은 어때?"

〈맛있어, 맛있어♪ 이 과자 맛있네~. 내 몸집에 맞게 더 크게 만들어줄 수 없으려나~.〉

내가 묻자 질문을 받은 사람이라고 해야 하나, 신수가 튜테가 또 대량으로 가져온 과자를 게걸스럽게 먹고 있었다.

"야, 거기 먹보. 남의 과자를 그렇게 먹어 치우면 못 쓴다고."

〈모와자작…… 응우물우물…… 후와작와작…….〉

"어머~, 스노우도 참. 먹을 건지 말할 건지 둘 중 하나만 해줘……라고 말할 줄 알았냐! 너, 입으로 하나도 안 떠들어대고 있잖아아아아아!"

입만 우물거리면서 내 머릿속에 직접 소리를 내는 스노우에게 나는 혼자서 딴죽을 걸었다.

〈어머~, 당신이 자주 하는 짓을 흉내 내봤을 뿐이잖니.〉

"좋아, 배짱 좋네. 밖으로 따라 나와."

"저기, 메어리 님. 두 분이 무슨 대화를 나누는지는 모르겠지만, 왠지 이탈했다는 건 알겠으니 다시 되돌리면 안 될까요?"

내가 또다시 천천히 일어서자 마기루카가 못 말리겠다는 얼굴로 우리 사이에 끼어들었다.

〈어, 으음, 뭐랬더라? 정확한 위치라고 했던가? 그, 그러네, 성에서 떨어져 있긴 했지만 그리 멀지는 않~았던 것 같아. 근데 날고 있었기에 정확하게는 모르겠어요. 얼핏 둘러보니 인기척은 느껴지지 않았고.〉

"흐~음, 근처에 마을이 없는 건가~. 큭, 아쉬워라. 있었다면 성은 건너뛰고서 거기로 직행했을 텐데~."

"자자, 온천에 갈 수 있게 됐으니 그 부분은 타협해주세요."

"으~음, 뭐~, 그러네. 응, 좋았어, 온천에 가는 거야~아!"

나 혼자서 오~, 하고 주먹을 쳐들고는 신바람을 내고 있었다. 시야 한구석에 고개를 숙이고 있는 튜테와 곤혹스러운 표정으로 뭔가 말하고 있는 마기루카의 모습이 비쳤다. 그러나 개의치 말자.

(왜냐면 온천에 가고 싶으니까! 있다는 걸 안 이상 이제 나의 이 마음은 누구도 막을 수 없어!)

그리하여 요양을 핑계 삼아 우리의 온천 여행이 억지로 결정되었다.

02 드디어 온천으로

“그런 이유로, 와버렸어♪”

“뭐가 그런 이유냐고요오오오! 이상한 애교 좀 떨지 말아줘요, 속이 울렁거려.”

이튿날 우리는 스노우를 타고서 순식간에 블러드레인 성에 도착했다. 그러고는 그 지름길을 이용하여 안으로 들어갔고, 그 뒤에 이런 대화가 펼쳐졌다.

“속이 울렁……. 뭐, 뭐야? 모처럼 놀러 와준 사람한테 그 태도는.”

“기별도 없이 뜬금없이 온 사람이 무슨 잘난 듯이 말하는 거예요. 바보인가요? 바보 맞네요. 우~와, 바~보, 바~보.”

“바보 눈에는 바보밖에 안 보이거든~.”

“으갸아아아아!”

예, 만난 지 2초 만에 나와 빅토리카가 서로 덤벼들며 말다툼을 벌이기 시작했다.

“역시 이렇게 되는 건가요?”

“이렇게 되네요.”

나와 빅토리카가 으르렁거리고 있으니 뒤에서 튜테와 마기루카의 한숨 섞인 대화가 들려왔다. 그러나 어쩔 수 없다. 왜냐면 분위기가 이렇게 자연스럽게 흘러가버렸으니까. 이것이 나와 그녀의 커뮤니케이션이라는 걸 받아들이는 수밖에 없다.

"아가씨, 손님께 그런 태도를 보이면 블러드레인가 당주의 격이 실추되고 말아요."

"그래요, 아가씨. 레가리아 공작 영애로서의 체통을 생각해주세요."

""으그……..""

두 전속 시종들이 동시에 타이르자 나와 빅토리카가 똑같이 굳어버렸다.

"조금 전까지만 해도 '갑자기 손님들이 방문한다는데 어쩌지? 어쩌지? 대접할 준비를 해야 하는데' 하고 들떠서 신바람을 내셨으면서."

"읏와아아아, 윽와아아아아앗!"

올바스가 폭로하자 빅토리카가 새빨개진 얼굴로 그를 감추려는 듯이 두 팔을 붕붕 휘저었다.

(호오, 이러쿵저러쿵 시끄럽긴 해도 귀여운 녀석이네. 이 츤데레 녀석 같으니.)

"맞아요. '여기로 오는 동안에 편지 한 통도 보내지 않았는데 괜찮을까? 선물로 뭐가 좋을까?' 하고 들떠서 신바람을 내셨는데."

"읏와아아아, 윽와아아아앗!"

내가 빅토리카의 귀여운 일면을 보며 미소를 짓고 있으니 뒤에서 있는 튜테가 폭로했다. 나까지 덩달아 창피해져서 황급히 빅토리카와 똑같은 행동을 하고 말았다.

"그래요. 이리저리 고민하다가 내게 끈질기다 싶을 정도로 이게 괜찮을까? 저게 괜찮을까? 기뻐해줄까? 하고 캐물으면서 고른 선물이에요."

"하갸아아아앗! 마기루카마저어어어어!"

내가 수치심에 부들부들 떨고 있으니 마기루카마저 군소리를 덧붙였다.

엄청 창피해서 빅토리카를 볼 낯이 없었다. 그래도 그녀의 반응이 궁금해서 그녀를 힐끔 쳐다봤다. 상대도 마찬가지인지 나와 눈을 마주치면 홱 돌리고, 또 눈을 마주치면 홱 돌리는 행동을 반복했다.

"……스읍~하아~……스읍~하아~……."

그런 낯간지러운 분위기 속에서 빅토리카가 마음을 달래고자 심호흡을 하기 시작해서 나도 덩달아 심호흡을 반복하며 동요한 마음을 다잡았다.

"……근데 무슨 용건으로 온 건가요? 설마 정말로 그냥 놀러 온 건 아니겠지요."

"어? 그냥 놀러 온 건데?"

"예?"

"앗, 뭐, 엄밀하게 말하자면 요양하러 온천에 왔다고 해야 하나."

내 말을 듣고 빅토리카가 순간 멍한 표정을 짓자 설명이 부족했구나 싶어서 바로 덧붙였다. 그리고 방으로 안내를 받으면서 자초지종을 그녀에게 들려줬다.

"……과연. 마기루카 씨도 힘들었겠군요. 무사해서 정말 다행이에요. 그나저나 온천이라……."

이야기를 다 듣고서 빅토리카가 마기루카에게 마음을 써준 뒤 생각에 잠겼다.

"……올바스."

"예, 아가씨."

"……온천이라는 게 뭔가요?"

(너도냐아~아!)

엄청 진지한 표정으로 빅토리카가 뒤에 있는 집사에게 묻자 나는 곧장 속으로 딴죽을 걸고 말았다.

"으~음, 어디선가 들어본 적이 있는 단어이긴 한데 잘 떠오르질 않는군요."

"자연스럽게 끓고 있는 뜨거운 샘이죠. 성 주변에는 없지만, 떨어진 산맥 일부에서 발견됩니다. 옛날에 딱 한 번 그 근처를 시찰한 적이 있으니 들어본 적이 있으실 텐데."

"아~, 맞아, 맞아. 그거군요, 떠올랐어요. 뭐, 그래도 천연이든 인공이든 욕탕은 욕탕이니 별반 차이는 없겠지요."

"이의 있음!"

두 사람의 대화를 듣다가 온천을 평가하는 대목이 나오자 나는 차마 넘어갈 수가 없어서 이의를 제기했다.

"온천에는 말이야. 물을 끓이기만 한 일반 욕탕과 달리 대개 효능이라는 게 있다고 해."

"효능? 신체강화효과 같은 건가요?"
"그런 마법 같은 효과는……. 아니, 어떨는지."
빅토리카가 질문하자 나는 생각에 빠졌다. 이곳은 마법이 존재하는 세계다. 내가 아는 효능과 다른 신기한 효과가 있더라도 이상한 일은 아니겠지.
"뭐, 내가 아는 바에 따르면 피부가 매끈매끈 아름다워진다나 뭐라나."
""아름다운 피부!""
내가 설명하자 마기루카와 빅토리카가 팟, 하고 반응했다. 응, 소녀들이여.
"그리고 혈액순환이 좋아지고 요통, 어깨 결림, 근육통에 좋다나 뭐라나."
"어깨 결림!"
무슨 영문인지 그 단어에 마기루카만이 반응했다. 응, 무슨 영문일까? 나는 그 이유를 요만큼도 모른다. 모른다고 하면 모르는 줄알아!
"흐, 흐~음, 그런가요. 음, 뭐, 모처럼 왔으니 제발 동행해달라고 부탁한다면야 여러분들과 함께 구경하러 못 가줄 것도 없지요. 하지만 남한테 부탁할 때는 그에 상응하는 태도가 필요한 법이에요."
"좋았어, 우선 온천을 보러 가자, 어서 가자고."
으스대는 빅토리카의 허튼소리를 무시하고서 나는 곧바로 온천에 가기 위해서 마기루카의 손을 잡고서 밖으로 나갔다. 그리고 남겨진 빅토리카는 으스대다가 굳어버렸다.

"…………자, 잠깐, 기다리세요. 저도 갈 거예요~!"

살짝 참기는 했지만 끝내 한계가 왔는지 빅토리카가 황급히 일어서 우리를 쫓았다. 그 눈에 눈물이 살짝 맺혀 있긴 했지만, 그 모습이 또 귀여웠다.

일단 우리는 스노우가 찾아냈다는 온천으로 향했다.

성에서 조금만 날아가면 있다고 해서 기뻐했지만, 가는 동안에 경관을 바라보고 있으니 전생 때 텔레비전이나 인터넷으로 보고서 동경했던 일본의 운치 있는 온천 풍경이 퇴색되어 가는 것이 느껴졌다.

왜냐면 빅토리카의 성 주변이 음산했기 때문이다. 이런 지역에서 끓고 있는 샘과 맞닥뜨린다면 나는 위험한 늪인가 싶어 바로 회피할 자신이 있다.

그리고 내 이미지를 깨버린 또 다른 요인…….

〈자~아, 여기예요~.〉

"쪼그매!"

안내를 맡은 스노우가 콧김을 세차게 흥흥, 하고 내뿜으며 소개한 그 온천은…….

작았다.

(이건 내가 상상했던 온천과 왠지 달라. 더~ 커다랗고~, 다 함께 들어갈 수 있는 온천을 상상했는데. 이래서야 아이 하나 들어갈 수 있을까 모르겠네.)

그러나 크기까지 확인하지 않은 내 잘못이라고 한다면 잘못이라서 그저 고개만 푹 숙일 수밖에 없었다.

"이게 아냐아~, 스노우. 난 더 큰 온천을 찾고 있단 말이야~."

그래도 일단은 바람만큼은 전하고 봤다.

"더 큰 거 말인가요? 그럼 현지에 사는 자한테 물어보죠. 뭔가 알지도 몰라요."

"사는 자? 아이~, 마을이 있으면 있다고 먼저 말하라고."

빅토리카가 제안하자 타산적인 나는 금세 부활하여 슥 일어섰다. 그런데 무슨 영문인지 그녀가 입을 크게 벌리고 있는 게 수상쩍다.

"빅토리카, 왜 그래? 바보처럼 입을 크게 벌리고서……. 하품? 졸려?"

"하암……."

나는 거의 반사적으로 눈앞에서 크게 벌리고 있는 빅토리카의 입에 손가락을 넣고 말았다. 그녀도 반사적으로 입을 다물어 내 손가락을 물고 말았다.

"펫, 뭐야, 펫펫펫. 하품하고 있는 게 아니에요! 권속을 부르고 있는 거라고요! 방해하지 마세요!"

한순간 정적이 흐르고 빅토리카가 불평하며 뒤로 물러났다.
"과연. 박쥐처럼 초음파 같은 걸 쏘아대고 있구나. 이거 실례."
"초음……, 음, 뭐, 됐어요. 그보다도 두 분, 팔을 이렇게 옆으로 들어 올려 주겠어요?"
빅토리카가 허수아비처럼 자세를 취하자 나는 마기루카를 힐끔 보며 의향을 확인한 뒤 마지못해 함께 팔을 들어 올렸다.
그러자 무언가가 파닥파닥 접근해오는 소리가 들리더니 팔에 무게감이 느껴졌다. 뭔지 궁금해서 시선을 돌려보니…… 박쥐 두 마리가 내가 들어 올린 두 팔에 보기 좋게 매달려 있다.
"저기…… 이쪽이 현지에 산다는…… 분들인가요?"
내가 어이없다는 눈으로 팔에 매달려 있는 것들을 보고 있으니 마기루카가 대신 빅토리카에게 질문했다. 나는 마기루카에게도 매달려 있는 박쥐와 내 팔에 매달려 있는 박쥐를 계속 번갈아 봤다.
"예, 이 일대를 배회하고 다니는 현지 분들이에요."
과연 그걸 산다고 말할 수 있는 건지 잘 모르겠다. 그러나 그보다도 일단 궁금한 게 있어서 우선 물어보기로 했다.
"저기 말이야. 왜 우리 팔에 매달려 있어?"
"그야 당연하죠. 근처에 매달려 있을 만한 곳이 없으니까."
"……백 보 양보해서 쉬어가는 나무 취급을 받는 건 넘어가더라도 하다못해 팔 위에 앉아주면 안 될까? 그럼 양해해줄 수 있겠는데."
쭉 내민 팔 위에 동물이 앉아 있는 상황이라면 한 폭의 그림 같아서 그나마 받아들일 수 있을 것 같다. 그런데 거꾸로 매달려 있는 건 멍청해 보여서 왠지 싫다. 그래서 리테이크를 요구해봤다.

"훗, 이래서 일반인은……. 박쥐는 거꾸로 매달려 있어야 멋있는 거예요!"

제 딴에는 멋을 부리려고 했는지 이상한 포즈를 취하면서 이상한 주장을 하는 이 얼간이 흡혈귀.

"무……."

"저기, 무거우니 이야기를 빨리 진행해주세요."

내가 말대답을 하려고 입을 열자 가로막듯 마기루카가 재촉했다. 그도 그런가 싶어서 나는 하고 싶은 말들을 꾹 참고는 빅토리카를 보며 '자, 어서 해' 하고 재촉하듯 매달려 있는 박쥐를 가볍게 흔들었다.

빅토리카는 왠지 석연치 않다는 표정을 지은 채로 박쥐들에게 말을 걸었다. 박쥐들이 대답하듯 끼이끼이, 하고 울었다.

(오호~, 이거 혹시 대화하고 있는 걸까? 역시 흡혈귀, 언데드의 정점이네.)

"흠흠, 과연……, 모르겠어요."

"뭐가 과연이냐! 대화를 못 하는 거냐? 이 얼간이 흡혈귀야. 감탄한 내 마음을 돌려내."

"아닛, 누구한테 얼간이라는 거예요! 대화라면 가능해요. 그저 말뜻을 이해하지 못했을 뿐이에요. 지레짐작하지 마세요. 이 얼간이 성녀!"

"아아~, 그랬어? 미안해. 근데 누구한테 성녀라는 거야? 어서 정정해!"

"화를 낼 부분이 그게 아니잖아요! 얼간이 부분을 지적하라고요, 이 얼간이!"

"무슨 소리~. 내게는 그쪽이 더 문제라고!"

"얼간이보다 성녀라는 말이 더 문제라니 이상하잖아요. 바보인가요? 아아, 바보였네요. 우~와, 바~보, 바~보."

"바보 눈에는 바보밖에 안 보이거든~."

"키이이~익, 그 말투가 짜증 나아아아!"

나와 빅토리카가 뜨겁게 달아올라 또다시 수준 떨어지는 전쟁을 발발시켰다. 둘 다 팔에 박쥐를 매달고 있어서 옆에서 보면 한심스럽게 보일 것 같지만…….

"두 사람 모두 거기까지! 싸우지 말라고 튜테와 집사도 말했잖아요."

옆에서 마기루카가 끼어들어 갑자기 화를 냈다. 뜨겁게 달아올랐던 우리는 이내 풀이 죽고 말았다. 우리만 깜짝 놀란 게 아닌 모양인지 박쥐들도 황급히 날아올랐다.

"……왜냐면 빅토리카가아……."

"……왜냐면 메어리가아……."

그리고 해방된 팔로 서로를 가리키며 변명을 시작하는 동급 레벨의 우리.

참고로 튜테와 올바스, 리리는 성에 남아 있다.

이번에는 온천이 있는지 확인하러 나왔을 뿐이라 시간이 그리 걸리지 않을 것 같아 남겨뒀다.

보통은 내 시중을 들기 위해, 주로 실수를 저지르는 것을 막기 위해서 튜테가 따라 나오지만, 지금은 성에 남아달라고 부탁했다. 왜냐면 빅토리카가 우리를 위한 환영회를 준비하라고 올바스에게 지시했기 때문이다.

튜테에게 언데드 시점의 환영회가 아니라 인간 시점의 환영회가 준비될 수 있도록 감시를 맡기기 위해서 애끓는 마음을 꾹 참고서 남아달라고 했다. 그러지 않으면 빅토리카와 올바스가 자기네들 감성을 기준으로 무슨 짓을 저지를지 알 수 없기 때문이다.

그런데 한 가지 이해할 수 없는 점이 하나 있었다. 그러기로 방침을 정하자마자 튜테와 올바스가 마기루카에게 나와 빅토리카에 관한 주의점이라고 해야 하나, 조언 같은 것을 강의한 것이다. 그것도 우리가 들을 수 없는 곳에서.

(우리, 그렇게나 문제아인가?)

"자자, 둘 다 서로에게 미안하다고 하고 끝내도록 해요."

""…………….""

"……둘 다 미 · 안 · 하 · 다고 해요~."

잠시 이야기가 벗어나서 되돌리겠다. 나와 빅토리카가 고집을 피우고 있으니 마기루카가 웃으면서 우리에게 바짝 다가왔다. 그 웃음 뒤에 숨겨져 있는 뭐라 형언할 수 없는 압박감이 우리를 엄습해왔다.

““……미, 미안합니다.””

그리고 우리는 입을 모아 마기루카에게 사과했다.

“하아~……. 그나저나 빅토리카 님은 뭐가 이해가 안 된다는 건가요?”

한숨을 크게 내뱉고서 마기루카가 이야기를 진행했다.

“……그들의 말에 따르면 ‘온천 없다, 유적 있다’고.”

“왜 말이 짧니…….”

빅토리카가 통역해주자 무심코 딴죽을 걸고 만 나.

“으~음……. 단순히 생각해보면 온천은 없고 유적은 있다는 뜻일까요? 근데 왜 유적의 유무를 알려줬는지 의미를 알 수가 없으니, 아마도 우리가 원하는 커다란 온천은 이곳에 없지만, 유적에 가면 커다란 온천이 있다는 뜻이겠죠.”

“““오오~~~.”””

마기루카가 고찰해내자 나와 빅토리카카 입을 모아 감탄하며 박수를 쳤다.

“아뇨, 조금만 생각해보면 금세 알 수 있을 텐데요.”

““““…………..””””

마기루카가 어이없다는 눈으로 쳐다보자 생각하는 것조차 방기하고 있던 나와 빅토리카는 그 말씀이 지당하다고 생각했다. 우리 둘은 으~음, 하고 입을 꾹 다물고서 시선을 돌렸다.

이렇게 고찰해야만 할 때마다 뒤에서 넌지시 조언해주던 존재가 있어서 무의식적으로 의지만 했구나, 하고 나는 새삼스레 깨달았다.

아마도 빅토리카도 똑같은 생각을 하고 있기에 아무 소리도 못하는 거겠지. 그래서 나는 얼른 이야기를 진행하기로 했다.

"유, 유적 같은 게 있어? 이 부근에?"

"음~……앗! 있어요. 아버님께서 당주였던 시대에 언데드를 돋보이게 할 만한 장소는 역시나 고대 유적이 최고라면서 유적을 만드셨다고 해요. 그러고 보니 그 유적 주변을 한 번 시찰하러 나갔을 때 온천 이야기를 언뜻 들은 것 같군요."

"흐~음, 그랬구나. 근데 말이야. 유적이란 게, 만드는 거였나? 왠지 아닌 것 같은데, 그냥 기분 탓인가?"

빅토리카가 으스대며 대답하자 나는 그 내용에 의문을 품었다. 그래서야 유적이 아니라 사람을 끌어모으기 위한 어트랙션 시설처럼 보이지 않나?

"유적이라는 게 입맛에 맞게 딱 존재할 리가 없으니 만드는 게 당연하잖아요? 뭐, 만드는 광경을 보여주고 싶지 않아서 비밀리에 진행했더니 결국 완성된 뒤에도 아~무도 몰라서 아~무도 오지 않았다고 하지만요. 그래서 아버님께서 삐쳐서 유적을 그대로 내버려 뒀다고 해요."

"그거 완전히 어트랙션 시설이잖아? 안 돼, 제대로 홍보해야지. 가만히 있어도 사람이 오는 건 도시 전설이야."

"도시 전설? 뭐, 그건 넘어가고, 그 부분을 자세히."

"어? 그 부분이라니? 어느 부분?"

"홍보 말이에요, 홍보. 노골적으로 유적이 있어요~, 하고 알리는 거 말고, 아는 사람만 아는 곳이라는 인식을 퍼뜨리려면 어떻게 해야 하나요?"

"그건 말이야~. 어~……음~…… 모르겠습니다."

"쳇……, 못 써먹을 성녀군요."

"그러~니까 성녀라고 말하지 말라고 몇 번을 말하냐고!"

"아다다다다다닷!"

빅토리카가 혀를 차며 못 써먹겠다고 말하자 나는 분풀이로 그녀에게 아이언 클로를 선사해줬다.

"하아~……자자, 장난은 그만하고 그 유적에 가보지 않겠어요?"

우리의 대화를 마지막까지 지켜보고 있던 마기루카가 깊은 한숨과 함께 제안했다.

"자, 장난친 게 아니야."

"마, 맞아요. 이딴 거랑 장난을 칠 바에야 스켈레톤이랑 장난을 치겠어요."

"오호, 그렇게 나오겠다? 좋아, 전쟁이다."

"아아~ 진짜~. 난 먼저 갈 테니 두 분은 사이좋게 놀고 있으세요. 가죠, 스노우 님."

우리가 또다시 으르렁거리자 마기루카가 질린다는 얼굴로 어디론가 걸어 나갔다. 그 뒤를 따르는 스노우를 보고서 나는 당황했다.

"자, 잠깐만, 마기루카."

"그, 그래요. 기다려주세요."

우리 둘은 허둥지둥 마기루카의 뒤를 쫓았다. 그런데 곰곰이 생각해보니 마기루카는 유적의 위치를 모르니 먼저 가는 것은 불가능하다.

우리를 진정시키려고 일부러 그렇게 말한 것임을 나는 나중에 깨달았다.

우리를 다루는 데 능숙해진 것 같다. 역시 마기루카라며 찬사를 보내고 싶었다.

그리하여 우리는 빅토리카의 아버님이 만들었다는 짝퉁 유적으로 가기로 했다.

(어라? 나는 온천에 몸을 담그려고 왔을 뿐인데……, 왠지 이야기가 점점 성가시게 흘러가는 것 같은 기분이…….)

03 유적 탐색이란?

그 유적은 여러 산에 둘러싸여 찾아내기 어려운 곳에 자리 잡고 있었다.

산을 뚫어서 만든 듯하다. 처음에 봤을 때는 어느 어드벤처 영화를 보고 있는 것 같은 감동이 느껴졌다. 무심코 오오~, 하고 감탄사가 흘러나왔을 정도다.

안으로 들어가니 내부가 커다란 돔 형태로 되어 있었다. 예술적인 석상이나 돌기둥이 풍화되어 그 흔적만이 남아 있었다. 그것이 또 예스러운 정취를 불러일으켰다. 얼핏 보고서 지어진 지 상당히 오래된 것 같다는 착각이 들었다. 그러나 이것은 짝퉁이다. 다시 한번 말하겠다. 이것은 짝퉁일 뿐, 로망이 느껴지는 어떤 문명의 자취 같은 게 전혀 아니다.

“저기 말이야……. 새삼스럽긴 한데 왜 고대 유적에 온천이?”

정말로 새삼스럽긴 하지만 나는 앞장을 서고 있는 빅토리카에게 물어봤다.

“글쎄요? 아버님께서는 번뜩이면 바로 행동하는 분이거든요. 모든 게 다 끝난 뒤에 비로소 반성회 겸 생각을 해보는 게 모토라서. 뭐, 도중에 온천이라도 발견해서 궤도를 수정했는지도 몰라요.”

“너무 즉흥적인데…….”

하고 싶은 말이 많았지만, 남의 가족 일을 이러쿵저러쿵 떠들어대는 건 세련되지 못한 것 같아 이 흡혈귀 일족에 관해서는 깊이 생각하지 않기로 했다.

(그 있잖아? 레리렉스 왕국에서 희한한 일을 겪을 때마다 납득하려고 썼던 그 마법의 단어. '왜냐면 여긴 레리렉스 왕국이니까'의 파생어라고 할 수 있지.)

"……어험……. 아~, 그나저나 근사하네. 숨겨진 사정을 몰랐다면 정말로 고대 유적이라고 여겼을지도."

"크크크, 이게 바로 우리 블러드레인 가문의 진심이에요."

내가 유적을 바라보며 촌뜨기처럼 굴고 있으니 빅토리카가 마치 자기가 해낸 일인 것처럼 으스댔다. 진심으로 본격적인 유적을 만들어내는 그 장인 기질을 과연 '역시 흡혈귀' 하고 칭찬할 수 있을까? 심히 의문이 드는데…….

"분명……. 이 정도라면 모험가분들도 어떤 유적이 아니냐고 여길 것 같네요. 유적을 탐사하러 학자님들도 오는 게 아닐까요?"

"그렇죠, 그렇죠. 뭐, 이게 바로 블러드레인 가문의 진심이니까!"

마기루카가 띄워주자 점점 우쭐거리는 빅토리카. 너, 정말로 흡혈귀로서 그 칭찬을 듣고도 괜찮은 거니?

"유적 조사 학자라……, 고고학자를 말하는 거네. 어떤 느낌의 사람일까. 학자라고 하면 비실하고 안경을 쓴 연약한 남자가 떠오르는데."

"네? 무슨 말을 하는 건가요? 고고학자는 위험한 유적을 돌아다니는 게 업이니 함정이나 몬스터도 극복할 수 있을 만한 기골이 장대한 남성이 어울리죠.”

“아니, 아니, 아니, 그런 건 모험가한테 맡겨야지. 뭘 모르네~, 빅토리카는.”

“아뇨, 아뇨, 아뇨, 자금이나 효율을 고려해본다면 혼자서 탐사를 하러 가는 편이 낫잖아요? 진짜 뭘 모르네요~, 메어리는.”

고고학자라는 소재로 멋대로 망상을 펼쳐나가다가 결국 해석 차이로 충돌하고 만 우리.

마기루카가 싸우면 안 된다고 화를 낸 지 얼마 지나지 않은 참이라 서로 웃으면서 어떻게든 평정심을 유지하고 있다. 그러나 서로 관자놀이에 힘줄이 불거져 있어서 당장에라도 폭발할 것 같았다.

“음~, 웬 목소리가 들리나 했더니만. 이~봐, 너희들, 이런 데서 뭘 하는 거냐! 여긴 위험하다고오오!”

우리가 불온한 분위기를 자아내고 있으니 남성의 큰 목소리가 울렸다. 당황하여 주위를 둘러봤지만, 사람은 보이지 않았다.

“하하핫, 놀라게 한 모양이로군. 위야, 위. 유적 조사 중이라서 말이야. 잠깐만, 당장 아래로 내려갈 테니까.”

“위?”

그 말을 듣고서 고개를 드니 어둡고 높은 천장 부근에서 무언가가 움직이는 것을 확인할 수 있었다. 아무래도 천장에 있는 무언가를 조사하고 있는 듯하다. 얼핏 보니 혼자인 듯하다.

“유적을 조사……. 혹시 고고학자인가요? 설마, 이렇게 빨리 만나게 될 줄이야."

"큭큭큭, 마침 잘 됐어요. 이제는 어느 쪽이 옳은지 판가름을 내도록 할까요?"

"훗, 바라던 바……."

"어헙!"

""""어헙?""""

빅토리카가 도전적으로 웃으며 나를 쳐다보자 대항하고자 무언가 말하려던 그 순간, 위에서 예상치 못한 기합 소리가 들려왔다.

우리가 멍하니 위를 올려다보고 있으니 그것이 쿠우우우우웅, 하고 요란한 소리를 내며 떨어졌다. 밧줄이나 마법을 이용하여 부유한 채로 스윽~, 하고 내려올 줄 알았는데 그야말로 떨어진 것이다. 여기 천장은 꽤 높아서 뛰어내려도 될 만한 높이는 아닐 텐데…….

"""""…………."""""

"응? 이거, 이거, 꽤 귀여운 아이들이 길을 헤매고 있었구먼."

"""""…………."""""

그 높이를 아랑곳하지 않고 안정된 자세로 착지한 청년을 보고 우리는 말이 없어졌다. 등장도 등장이거니와 그 겉모습이 나와 빅토리카로 하여금 말을 잃게 하였다.

잘생긴 외모에 부스스한 긴 머리를 뒤로 묶었으며 동그란 안경을 쓰고 있어서 인상이 부드러워 보였다. 그야말로 내가 머릿속으로 그렸던 학자 같은 생김새……였지만, 그 아래가……, 그 아래가 예상 밖이었다.

상상 이상으로 키가 크고, 내 아버지에 뒤지지 않을 만큼 근육질 마초였다. 얇은 셔츠 한 장만 입고 있어서 터질 듯한 근육이 더욱 도드라져 보였다. 아래만 보면 광전사가 갑옷을 훌러덩 벗어 던진 것 같은 느낌이 풀풀 풍겼다.

뭐, 여하튼 뭘 말하고 싶은 거냐면 두 사람의 의견이 한데 뒤섞여 있는 모습이었다.

나는 별개라고 상상하고 있었기에 설마 합성된 사람이 나타날 줄은 꿈에도 몰랐다. 선이 얇은 잘생긴 얼굴과 보디빌더의 몸이 어색하게 콜라주 된 것 같은 착각에 휩싸여 뇌가 눈앞의 광경을 이해하지 못하고 있었다.

"……아, 안녕하세요……. 모험가인가요?"

아연실색한 얼굴로 그를 올려다보고 있는 나와 빅토리카를 아랑곳하지 않고 부활한 마기루카가 대응해줬다.

"핫핫핫, 내 이름은 '파르거.' 그런 말을 자주 듣긴 하지만, 보다시피 이 부근에서 활동하는 흔하디흔한 평범한 고고학자야."

""""윽…….""""

그가 시원한 목소리로 대답하자 나와 빅토리카는 무심코 '말도 안 돼' 하고 말할 뻔했다. 이내 실례임을 깨달은 우리는 서로의 입을 막아버렸다.

일단 고고학자상(像)에 관한 논쟁은 제쳐두기로 하고, 상대가 이름을 밝혔기에 우리도 이름을 밝혀두기로 했다.

그런데 과연 솔직하게 밝혀도 되는 걸까? 그녀의 정체를 숨겨야 할지 말지 고민이 되어 나는 빅토리카를 쳐다봤다. 그런데 내 눈빛을 네 입으로 소개하라는 뜻으로 착각했는지 빅토리카가 앞으로 슥 나오더니 가슴을 활짝 폈다.

"크큭큭, 내 이름을 듣고서 공포와 절망에 벌벌 떨도록 해요. 내 이름은 빅토리카! 최강이자 최고(最古)의 흡혈귀, 블러드레인 가문의 당주다아아!"

내 걱정을 무시하고서 아무것도 모르는 일반시민에게 정체를 모조리 밝히는 얼간이 흡혈귀.

사실 빅토리카는 말을 하면 알아듣는 이지적 생물이지만, 널리 알려진 전설 속 흡혈귀는 사람의 피를 빨아먹고 파멸을 안기는 사악한 마물로 인식되고 있다. 이른바 해악적인 포지션이다.

어쩌면 파르거 씨가 그런 존재를 용납하지 못하는 사람일지도 모르는데…….

"흐, 흡혈귀……?! 더군다나 전설의 블러드레인 가문……?!"

역시, 라고 해야 할까? 파르거 씨가 놀란 얼굴로 반응했다.

만에 하나라도 그가 우리를 위험하다고 여긴다면 이 얼간이 흡혈귀에게 일광욕 형벌을 내려 위험인물이 아님을 증명하도록 하자.

엘프와 있었을 때 그런 방식으로 헤쳐나갔으니 이번에도…….

그래서 나는 으스대고 있는 빅토리카의 뒤로 슥 돌아갔다.

"그래, 그래. 아가씨는 흡혈귀 전설에 흥미가 있구나. 그래도 가공인물이나 일족의 이름을 자기 이름인 마냥 드높이 외치는 건

바람직하지 않다고 생각해. 하물며 당주라니 역할극에 너무 몰두한 게 아닐까?"

"누가 가공인물인가요! 내가 바로 진짜 최고의――어엇……."

"아하하하, 얘도 참~. 초면인 사람을 곤란하게 하면 어떡하니. 죄송합니다. 이 아이가 흡혈귀 전설을 아주 좋아해서~ 이따금 과몰입하거든요. 가볍게 흘려 넘겨주시면 좋겠어요."

"아아, 과연, 과연. 그렇지. 그 마음은 잘 알아. 나도 로망을 쫓다가 망상에 흠뻑 빠진 적이 있었지~. 아니, 미안, 미안해. 그렇지, 흡혈귀는 분명 실존해."

파르거 씨가 시원하게 웃으며 먼 과거를 그리워하는 듯한 모습을 보였다.

진심으로 받아들이지 않아서 다행이긴 하지만, 나는 아무 생각 없이 그의 말에 편승하고 말았다. 그 결과 빅토리카는 지독한 망상벽이 있는 아이로 취급받고 말았다.

(응, 뭐, 빅토리카한테는 미안하지만, 이대로 머리가 조금 아픈 아이로 취급받도록 내버려 두자.)

"그, 그나저나 파르거 님은 왜 여기에?"

"하핫, 님 자를 붙이니 몸 둘 바를 모르겠는걸. '씨' 정도가 적당해. 물론 학자로서 조사를 하러 왔지. 크으~, 이런 데 유적이 있을 줄은 몰랐어. 인근에 그런 전승 같은 것도 전혀 없었는데 말이야."

(그건 짝퉁 유적이라서 그런 게 아닐까…….)

화제를 바꾸고자 마기루카가 질문하자 파르거 씨가 흥분한 얼굴로 대답했다. 나는 속으로 딴죽을 걸었다.

"근데 너희들 같은 아가씨들이 왜 이런 곳에?"

"왜냐뇨? 우린 온천……."

"아아아아~앗! 실은 우리도 이 '수수께끼의 고대 유적'의 비밀을 찾기 위해서 왔답니다."

파르거 씨가 질문하자 나는 아무런 망설임 없이 온천을 보러 왔다고 말하려고 했다. 그런데 이번에는 해방된 빅토리카가 내 입을 막고서 묘한 소리를 했다.

"좀, 무슨 말을 하는 거야, 빅토리카."

"홍보예요, 홍보. 저 자칭 고고학자로 하여금 이 고대 유적의 존재를 널리 알리게 하기 위해서 아버님이 만든 것이 아닌 진짜 유적이라고 여기게끔 하는 거예요. 큭큭큭, 내 입으로 말하긴 했지만 참 재치 있는 명안이에요."

"즉흥적으로 그런 소리를……."

"당신이 홍보하라고 했잖아요. 대안이 있다면 지금 당장 말해봐요. 있나요? 있~나요?"

"윽……, 없습니다."

"그럼 잠자코 있어요."

"으그그그그그그……. 마기루카~, 빅토리카가 괴롭혀~."

"자, 자자자, 잠깐, 메어리 님. 갑자기 끌어안지 말아요."

파르거 씨에게 등을 돌린 채 숙덕거리고 있던 나는 빅토리카에게 패배하고서 옆에서 지켜보고 있던 마기루카에게 위로해달라며 끌어안았다.

“흐음……. 너희들 같은 아가씨들이 이 유적에……. 헉, 혹시 아까 말했던 것과 관계가……, 더욱이 신수로 보이는 존재를 대동할 정도로…….”

파르거 씨가 중얼거리면서 우리를 봤다. 그리고 뒤에서 태평하게 털 손질을 하는 스노우를 보면서 혼자서 무언가를 고찰하고 있었다.

(음~, 더 이상 일이 성가시게 꼬이는 건 피하고 싶으니 얼른 온천이나 확인하자.)

“으음, 이 유적, 여기 말고 다른 곳에 뭐가 있나요?”

“음~, 그게 말이지. 여기서부터 앞으로 나아갈 수가 없어. 통로는 있지만 모두 도중에 막혀 있지.”

온천이 존재하는지 넌지시 물어봤더니 예상 밖의 대답이 돌아왔다.

“이게 무슨 소리야, 빅토리카.”

“무슨 소리냐고 물어본들 제작은 아버님이 했고, 전 딱 한 번밖에 와보지 않아서 잘 몰라요.”

또다시 파르거 씨에게서 등을 돌린 채 숙덕거리기 시작한 나와 빅토리카.

“근데 말이야. 그 막다른 지점에 있는 벽이 수상쩍어. 살펴봤더니 왠지 문이 아닌가 싶더라고. 뭔가 문을 열 힌트가 없을까 조사해보는 중이었어.”

파르거 씨가 흥분한 얼굴로 설명하면서 걸어 나가자 우리는 자연스럽게 그 뒤를 따랐다. 보험용으로 스노우에게는 무슨 일이 벌어질 수도 있으니 여기 남아달라고 했다.

그런데 저 글러 먹은 표범이 노골적으로 귀찮아하면서 온천을 찾으면 알려달라며 낮잠을 자는 게 아닌가.

이윽고 커다란 벽에 이르렀다. 나는 정교하게 만들어진 커다란 벽을 촌뜨기처럼 올려다봤다. 분명 관점에 따라서는 문처럼 보이는 것 같기도 하다. 그런데 손잡이도 없고, 밀리거나 당겨지지도 않을 것 같았다.

"……메어리 님, 넘어지다가 엉겁결에 벽을 파괴하면 안 돼요."

"……마기루카, 그거 하라는 신호야?"

"그럴 리가 없잖아요."

"그~렇겠지."

파르거 씨의 뒤에서 이번에는 마기루키와 속닥거리기 시작한 나. 비밀 이야기가 참 잦네, 하고 생각하면서 마기루카에게 진의를 확인해봤더니 기가 막힌다는 눈빛이 돌아왔다. 나는 너무 넘겨짚었다며 스스로 반성했다.

"어라? 이건~."

우리가 숙덕거리고 있으니 빅토리카가 문에서 무언가를 발견했는지 물끄러미 쳐다보고 있었다.

"호오, 그걸 가장 먼저 찾아내다니 역시 사연이 있어서 이 유적에 온 사람들답네."

빅토리카의 행동에 파르거 씨가 싱긋 웃었다. 완전히 배제된 나와 마기루카는 동시에 고개를 갸웃거렸다.

"난 그게 이 유적을 만든 고대 문명의 문자가 아닐까, 하고 생각해. 본 적도 없는 기호라서 어디까지나 추측이긴 하지만."

파르거 씨가 안경을 고쳐 쓰고서 학자처럼 멋있게 말했다. 그러나 나는 어색한 콜라주 느낌을 떨쳐내지 못해 마음이 떨떠름했다. 분명 벽에는 내가 모르는 문양이 새겨져 있었다. 문자라고 하니 문자처럼 보이는 것 같기도 하다. 그런데 대체 무슨 문자일까? 나도 전혀 짐작이 가지 않았다.

"앗, 과연. 바로 그거예요. 그래, 그래, 이건 지금은 사라져버린 수수께끼의 고대 문자예요."

빅토리카가 손뼉을 짝 치며 대답했다. 노골적으로 지금 막 편승하기로 마음을 먹은 듯한 반응이었다.

(괜찮으려나? 그렇게 즉흥적으로 대답해도.)

"응? 단언하는 걸 보니 혹시 너희들은 이걸 읽을 줄 아니?"

(어이쿠, 설마 이 대목에서 불똥이 튀다니.)

"아뇨, 우린 관계없습니다. 혹 있다면 빅토리카뿐이에요."

그래서 곧바로 웃으면서 발을 빼버린 박정한 나. 실제로 읽을 줄 모르니 거짓말은 하지 않았다. 마기루카도 내 의견에 동의하는지 고개를 끄덕였다. 홀로 남겨진 빅토리카에게 모두의 시선이 쏠렸다.

"엉? 아~, 음~……. 큭큭큭, 그걸 알아차리다니 제법이군요.

어쩔 수 없네요, 특별히 내가 예지(叡智)의 기억력으로 독해해주도록 하겠어요."

"오호라, 그런 능력이."

"……풀려라, 예지의 기억력."

등을 뒤로 젖히고서 오른손은 천장에, 왼손은 안대에 댄 채로 한쪽 다리를 든 기묘한 포즈로 취하며 빅토리카가 그대로 곁눈으로 벽을 쳐다봤다.

어째서 불과 몇 초 만에 온몸을 부들부들 떨며 당장에라도 쓰러질 것 같은 포즈를 취했는지 한 시간 정도 캐묻고 싶은 심정이다.

(아파, 보고 있기에 너무 아프다고, 빅토리카. 하다못해 마법을 구사해줬으면 좋았을 것을. 애당초 파르거 씨가 아픈 아이로 여기고 있건만, 저래서야 아픈 아이라는 인증을 완전히 받은 거나 마찬가지네.)

"오옷, 이건……. 혹시 선조 대대로 전해져 내려오는 의식 같은 건가……. 흠흠."

역시나 이상하게 여기겠거니 싶었는데 저 고고학자는 내려꽂히는 폭투 같은 해석을 내리며 생각에 잠겨 있었다. 왠지 저 사람에게서 얼간이 냄새가 풀풀 풍기는 것 같은데 기분 탓일까?

"큭큭큭, 해석하긴 했지만, 고도로 발달한 언어라서 이쪽 언어로 어떻게 전해야 좋을지 두 사람과 논의하고 오겠어요."

당장에라도 쓰러질 것 같은 포즈를 풀고서 빅토리카가 우리에게 허둥지둥 다가왔다.

(으~음, 즉, 이 뒤에 어떻게 해야 좋을지 모르겠으니 둘 다 도와주세요, 하고 해석하면 되려나.)

"나도 미력이나마 거들어줄까?"

"큭큭큭, 우리의 고귀한 신역(神域)에 외부인이 관여해서는 안 돼요. 엿듣지 말고 얌전히 거기서 기다려요."

빅토리카의 말을 듣고서 파르거 씨가 당연하다는 듯이 도우려고 했으나 그녀가 황급히 거부했다. 그런데 고귀한 신역이 대체 뭐냐고 딴죽을 걸고 싶어 할 것 같다.

(은근슬쩍 우리라고 말하다니. 우릴 이번 일에 휘말리게 하지 않았으면 좋겠는데.)

빅토리카는 약간 불만을 품은 나와 마기루카의 손을 쥐고서 그에게서 멀어졌다.

"그~러니까 즉흥적으로 행동하지 말라고 했잖아. 그거 문자도 뭣도 아니잖아? 그냥 솔직히 사과하는 게 어때?"

"무례하네요. 그건 어엿한 문자랍니다. 우리 블러드레인 가문에만 전해지는 어둠의 암흑문자예요."

"……어둠에다가 암흑이라니, 너……."

우리는 또다시 동그랗게 모여 속닥거리기 시작했다.

"그런 문자가 있는 줄은 몰랐습니다. 혹시 흡혈귀 일족한테만 대대로 전해지는 특수한 비밀 문자인 건가요?"

내가 그 네이밍 센스에 어이없어하고 있으니 지적 호기심을 이기지 못했는지 마기루카가 들뜬 마음으로 질문했다.

"아뇨, 그런 거창한 게 아니랍니다. 아버님께서 뜬금없이 사흘 밤낮 자지 않고 고안하고서 자랑한 '내가 고안해낸 최고로 쿨하고 멋진 오리지널 문자'예요. 읽을 수 있는 건 아버님과 그 멋에 공감한 나뿐이죠. 크크크."

"부녀가 모두 중2병이니?"

"중이병?"

"……아무것도 아냐. 계속해."

빅토리카의 황당한 대답에 무심코 딴죽을 걸었지만, 황급히 얼버무렸다.

"으음, 읽을 줄 안다면 그대로 파르거 씨한테 전하면 되는 거 아닌가요?"

"싫어요. 기껏 분위기가 끓어오르고 있는데 그 내용을 해석하면……."

고도로 발달한 언어라고 운에 뗐으면서 결국에는 그냥 창작 문자였다는 결말이었다. 그런데 무슨 영문인지 빅토리카는 그 사실을 전하는 걸 내켜 하지 않는 눈치였다.

"참고로 뭐라고 쓰여 있었어?"

"꿈의 고대 유적에 온 것을 환영합니다. 입장을 희망하는 분은 입구 옆 접수처까지 와서 말씀해주세요……예요."

"음~, 미안. 네 아버님은 대체 고대 유적을 뭐라고 생각하는 거야?"

유적과 테마파크를 혼동하고 있다고밖에 보이지 않는 그 문장이 수많은 수수께끼로 가득한 유적이라는 느낌을 망치고 있었다. 이래서야 정말로 유적형 어트랙션 시설이다.

"그래요. 기껏 만든 고대 유적인데 어느 유적에나 있을 법한 정형문으로 손님을 맞이하다니 가당치도 않아요."

"음~, 미안. 너 역시 대체 고대 유적을 뭐라고 생각하는 거야?"

빅토리카와 의사소통이 잘 안 되어서 나는 눈을 감고서 고개를 숙인 채로 손가락으로 미간을 살짝 눌렀다.

"그럼 당신이 생각하는 유적에서는 방금 내가 말한 내용을 어떻게 전하는지 알려주겠어요?"

"어? 으음……."

빅토리카가 묻자 나는 머뭇거렸다. 곰곰이 생각해보니 나는 유적이라는 것을 잘 모른다. 영화나 애니메이션 등을 보고서 안 정보밖에 없다. 어쩌면 유적 입구에 빅토리카가 말했던 문장을 적어놓는 게 보통이고, 내 생각이야말로 비상식일지도 모른다.

"마, 마기루카는 어떻게 생각해?"

의지할 수 있는 메이드가 부재중이라 자연스레 기댈 수 있는 친구에게 물어봤다.

"글쎄요. 수수께끼로 가득한 고대 유적이라는 느낌을 주고 싶다면 직접적인 표현보다는 우회적인 표현을 써보는 게 어떨까요?"

""과연.""

"그럼 수수께끼의 냄새가 아주 풀풀 풍기는 내용으로 전하도록 하죠. 큭큭큭."

마기루카의 조언에 납득한 빅토리카가 득의양양한 얼굴로 파르거 씨 곁으로 돌아갔다.

“그 문자를 해독했답니다. 잘 듣도록 해요.”

빅토리카가 손을 팟, 하고 흔들더니 그대로 얼굴로 가져가 무슨 의미인지 모를 포즈를 취했다.

(쟤는 무슨 말을 할 때 포즈를 취하지 않으면 죽는 병에라도 걸린 건가?)

“어, 으음~……. 저, 저기 있는 게 입구인데~…… 그게~, 뭐~, 주변에 그 문을 열 수 있는 무언가가 있을지도 모른다?”

(그게 무슨 수수께끼의 냄새가 풍기는 문장이냐고오오! 더욱이 왜 의문형?)

잔뜩 기대하게 해놓고서 아무런 감흥도 느껴지지 않는 발언에 나는 무심코 딴죽을 걸 뻔했지만 꾹 참고 속으로만 했다.

“과연, 그건 수수께끼구나.”

내 마음과는 정반대로 파르거 씨가 복잡한 표정을 지으며 대답했다.

무심코 ‘그럴 리가 없잖아아아아아’ 하고 딴죽을 걸 뻔했지만, 이 역시 자제하는 데 성공했다.

혹시, 아니, 실례지만 혹시나 그는 나와 다른 사고회로를 가진 게 아닐까? 그렇게 생각하니 자꾸만 내가 비상식인가 싶었다. 자고로 수수께끼라면 더 어려운 단어로 간접적으로 내용을 전해야 하는 거 아닌가?

"헉, 과연 그런 거였구나."

내가 마음속으로 갈등과 싸우고 있으니 파르거 씨가 무언가를 깨닫고서 주변 벽을 조사하기 시작했다.

"이거야! 저 문양이 문자라면 수수께끼는 풀려. 저기 그려진 기호 중 일부가 여기 있는 것과 일치하고 있군. 이건 우연인가? 아니면 여기에 뭔가가 있을지도 몰라."

(그건 아마도 '접수처'라는 문자가 적혀 있는 게 아닐까 싶은데요…….)

흥분하며 말하는 파르거 씨는 결국 수수께끼를 풀어가는 고고학자였구나, 하는 느낌이 들었다. 그런데 머리 아래부터가 너무 마초스러워서 학자라기보다는 모험가다.

문장의 진짜 의미를 아는 몸으로서 결말이 뻔히 보였다. 수수께끼가 풀려가는 광경을 보니 흥분하기보다는 냉정해졌다.

"음~, 어딘가에 뭔가 장치 같은 게 없으려나? 음, 여기에 돌이, 밀 수 있을 것 같은데……."

벽을 이리저리 만져대는 파르거 씨를 조금 멀리서 지켜보고 있으니 그가 뚝 멈추고서 벽 일부를 신중하게 눌렀다.

바로 그때 덜컥, 하고 무언가가 빠지는 소리가 났다. 파르거 씨 앞에 있는 벽이 문 크기만큼 빠지더니 이쪽으로 쓰러졌다.

"파르거 씨, 위험……."

"흠!"

꽤 무거운 암벽이 파르거 씨 쪽으로 쓰러졌다. 나는 행동보다

말이 앞서고 말았다. 그러나 걱정하는 나를 아랑곳하지 않고 파르거 씨는 보통 사람이 도저히 지탱할 수 없을 것 같은 암벽을 무난하게 지지하여 옆으로 던졌다.

"뭐야? 걱정은 필요 없어. 이런 건 유적에서는 일상다반사라서 몇 번쯤 겪다보니 지탱할 수 있게 되더라고."

파르거 씨가 시원하게 웃으며 엄지를 척 세우자 나는 뭐라 말해야 좋을지 몰라 하하핫, 하고 헛웃음을 지었다.

그러나 그 웃음도 금세 사라졌다.

파르거 씨의 등 뒤에 있는 뻥 뚫린 벽에서 스켈레톤이 나타났기 때문이다.

"파르거 씨, 뒤……."

"흐읍!"

내가 미처 말을 끝내기도 전에 파르거 씨가 무언가를 하려고 나온 스켈레톤에게 발차기를 선사했다.

"뭐야? 걱정은 필요 없어. 이런 건 유적에서는 일상다반사라서 몇 번쯤 겪다보니 대처할 수 있게 되더라고."

날아가버린 스켈레톤과의 거리를 단숨에 좁힌 뒤 파르거 씨가 웃으면서 우리를 안심시키고는 스켈레톤을 마구 때렸다.

그 공격 하나하나가 묵직하고 파괴력이 있었는지 스켈레톤의 표면에 점점 금이 가고 부서져갔다.

(내 머릿속에 있는 고고학자 이미지도 산산이 부서져가는 기분이야.)

"……저기……, 접수처에서 대기하고 있었는데 종이 울려서 '손님이네, 안내를 해볼까' 하고 밖으로 나왔더니 발차기를 맞고서 박살이 난…… 것처럼 보이는 건 저뿐인가요?"

그 광경을 보고 있던 내 옆에서 마찬가지로 조용히 지켜보고 있던 마기루카가 불쑥 물었다.

"……이 세상에 있는 유적 몬스터들은 매일 그런 오해와 싸우고 있는지도 모르겠네……."

마기루카가 이상한 소리를 하니 나 역시 자꾸 그렇게만 보여서 구슬픈 대답밖에 나오지 않았다.

"자, 이런 패턴에서는 이 언데드가 열쇠를 쥐고 있는데……. 음, 이건가?"

우리가 숙연하게 대화를 나누는 사이에 파르거 씨가 산산이 부서진 스켈레톤에게서 무언가를 꺼냈다. 손바닥만한 석판에 그 문자가 새겨져 있다. 아마도 그 의미는 '열쇠'겠지.

"……저기……, 두들겨 패서 쓰러뜨린 종업원한테서 열쇠를 강탈……."

"더 이상 말하지 마. 마음이 싱숭생숭하니까."

마기루카가 또 이상한 소리를 할 뻔해서 나는 황급히 말을 잘랐다. 그러지 않으면 앞으로 유적 탐험담에 감정이입을 하기가 어려워질 것 같아서…….

"좋아. 이걸 사용할 수 있을 만한 곳이 없나?"

내가 멍하니 있는 사이에 파르거 씨가 이야기를 점점 진행했다.

아마도 그는 첫걸음을 떼기가 어려웠을 뿐 쭉 나아가니 약속된 패턴이 이어지는 것 같다고 느끼고 있겠지. 스켈레톤이 출현했던 부근을 망설임 없이 살펴보며 무언가 없는지 찾고 있었다.

"있다. 이 홈이랑 아까 주운 물건이 딱 일치할 것 같군. 이걸 끼우면……."

파르거 씨가 혼잣말하며 작업을 벌이는 모습을 멀리서 보고 있으니 또다시 쿵, 하고 둔탁한 소리가 울렸다. 이번에는 출입구가 뚫려 있는 벽이 아래로, 아래로 내려갔다.

원래 이 대목에서는 '해냈어, 열렸다' 하고 기뻐해야만 할 테지만, 무슨 영문인지 솔직히 기뻐할 수가 없었다. 나는 그저 메마른 웃음밖에 나오지 않았다.

아마도 원래는 입구에 가서 종업원을 부르면 그 종업원이 열쇠로 문을 열어주고, 그 문을 지나가기만 하면 되는 걸 텐데…….

그렇게 생각하니 수수께끼로 가득한 유적을 탐험하는 느낌이 온데간데없이 사라져버렸다.

어쩌면 이 세계의 유적은 막상 뚜껑을 열어보면 죄다 이런 느낌인 거 아냐? 하는 생각이 들었다. 그러나 나는 두근거리는 감정을 소중히 지키고 싶어서 생각을 그만뒀다.

(여긴 유적이 아냐. 여긴 온천 시설, 온천 시설이야. 내가 상상하는 유적과는 달라. 응응, 좋아, 이제 괜찮아. 이제 뭐가 오든 무섭지 않아.)

나는 자신을 타이르면서 입구로 들어갔다.

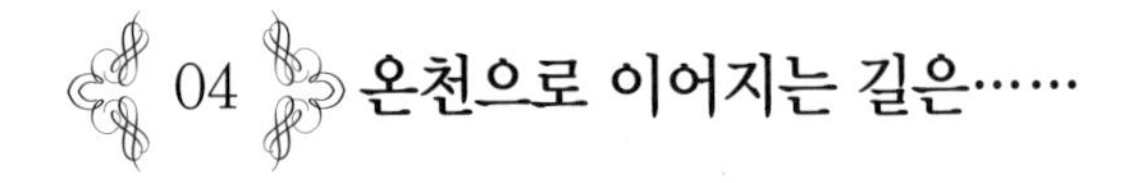

04 온천으로 이어지는 길은……

입구를 지나자 또 천장이 높은 큰 방이 나왔다. 그리고 그 중앙에는 불가사의한 거대상이 자리하고 있었다.

예술 쪽은 문외한이라서 뭐라고 평가해야 좋을지 잘 모르겠다. 솔직히 내 눈에는 어린애가 그린 독창적인 그림을 고스란히 상(像)으로 빚어낸 것 같은 느낌이었다.

저것이 어떤 생물처럼 생겼다는 것만은 왠지 알 것 같았다.

뭐, 그 역시 비뚤비뚤한 팔과 다리처럼 생긴 게 달려서 그렇게 해석하려고 했을 뿐이지만…….

"우와~, 이건 또 뭐라고 해야 좋으려나. 상당히 독창적인……."

"빅토리카 님, 이건 뭘 표현한 건가요? 혹시 흡혈귀의 역사와 어떤 관계가 있는 건가요?"

내가 약간 거부감을 느끼고 있으니 옆에서 또다시 지적 호기심이 자극받았는지 마기루카가 눈빛을 반짝이면서도 우리의 귀에만 들리도록 목소리를 낮춰 빅토리카에게 물었다.

"그……, 그렇게 거창한 물건이~, 아니랍니다."

늘 이런 상황에서 자랑스럽게 대답했던 빅토리카가 무슨 영문인지 말을 더듬거리며 시선을 돌렸다.

"뭐야, 뭐야, 수상하네, 빅토리카. 이건 뭐야? 응, 응, 알려줘."

빅토리카가 희한한 반응을 보이자 나 역시 지적 호기심이 자극

받았는지 눈빛을 반짝이며, 아니, 굳이 말하자면 씨익 웃으며, 라고 말하는 편이 맞으려나? 어쨌든 그녀를 추궁했다.

"…………예요."

"어? 뭐라고?"

빅토리카가 기어 들어가는 목소리로 말하자 나는 어느 난청 주인공처럼 물었다.

"저건, 어렸을 적 내가 그린 아버님이에요. 설마 그렇게 옛날에 그린 그림이 이런 데 구현되어 있을 줄이야……. 지금 아버님의 방에 표구되어 걸려 있는 것도 부끄러운데……."

"""…………."""

양쪽 손가락을 비비면서 창피해하는 빅토리카에게 우리는 할 말을 찾지 못한 채 입을 다물었다.

(그야 창피할 만도 하지. 나도 어렸을 때 그린 그림 같은 게 지금 공개되면 까무러칠 자신이 있어.)

내 경우에는 태어났을 때부터 정신 연령이 높았기에 그런 흑역사는 성립될 수 없을, 것이다……, 아마도.

뭐, 아직도 기억하고서 조각상까지 세운 것으로 보아 그 당시에 엄청 기뻤나 보다. 더불어서 이런 곳에 자기 조각상을 세우는 사람의 마음을 모르는 바는 아니지만, 왜 하필 그 그림을 택하여 여기에 조각상으로 세웠는지 대단히 의문이다.

"과연……."

내가 이 화제를 이만 끝내려고 했을 때 파르거 씨가 조각상에 접근하여 물끄러미 쳐다보고서 무언가 납득한 눈치였다.

"……이런 패턴에서 이건 이 유적에 있었던 문명의 무언가를 상징하고 있는 게 약속이지. 종교적인 건가? 그나저나 이런 '기이한 물체'는 본 적이 없어. '사신(邪神)'이나 '사위스러운 존재'를 숭배했을지도 모르겠어. 음~, 뭘 표현한 건지 대단히 흥미진진해."

(그건 빅토리카의 아버님입니다. 이제 그만 파헤쳐요. 그녀의 라이프는 이미 제로예요.)

파르거 씨가 땅바닥에 폭투를 꽂자 빅토리카는 정신적인 대미지를 입고서 까무러쳤다.

"메어리 님, 그 조각상 주변에 물 같은 게 담겨 있지 않나요? 게다가 김까지."

까무러치고 있는 빅토리카를 뜨뜻미지근한 눈으로 지켜보고 있으니 마기루카가 말했다. 그 말을 듣고 나는 설마 싶어서 조각상 주변을 확인해봤다.

조각상 주변에 분명 물이 채워져 있었다. 그 물에 다가가니 온기가 느껴지고 김이 오르고 있었다.

"이거 혹시 온천?"

"기다려주세요, 메어리 님. 제가 확인하겠습다."

내가 무의식적으로 확인하려고 손을 뻗자 마기루카가 제지했다.

"어? 왜?"

"만약에 저 물이 화상을 입고도 남을 만한 열탕이라면 어쩔 건가요?"

내가 의문을 가지자 마기루카가 즉답했다.

위험한 일은 내가 하는 편이 낫겠지만, 마기루카가 지적하고자 하는 건 그 반대다.

내 경우에는 명백히 위험한데도 위험하지 않을 우려가 있다. 그걸 파르거 씨가 본다면 또 불필요한 칭호가 나에게 부여될지도 모른다.

“역시 마기루카. 세심한 부분까지 신경을 쓰네. 아주 든든해요.”

“튜테한테서 메어리 님은 무심하게 일상적인 행동을 할 때 덤벙거리는 경향이 있으니 주의해달라고 들었거든요.”

“과연, 역시 튜테네. 나중에 그 발언에 관해 긴히 대화를 나눌 필요가 있을 것 같은데 그거 어떻게 생각해? 마기루카.”

“어, 어쨌든 확인하죠.”

내가 도끼눈을 뜬 채 납득 못하겠다는 아우라를 전개하고 있으니 마기루카가 시선을 돌린 채 도망치듯 종종걸음으로 뜨거운 물에 다가갔다.

“……물 온도가 딱 적당하네요. 이게 온천이라는 건가요?”

“으~음, 스노우가 발견한 온천에 비해서는 넓긴 하지만, 사람이 들어갈 만한 깊이는 아니네.”

마기루카가 점검을 마쳐서 나도 손을 집어넣으며 깊이를 확인해봤다. 그러나 수심이 우리 무릎 아래 높이에 불과했다.

“응? 무릎 아래……, 무릎, 발……, 앗, 족욕탕!”

나는 연상 게임을 하듯 한 가지 답을 도출해냈다.

"족욕탕?"

내가 당연하다는 듯이 말하자 마기루카가 고개를 갸웃거렸다.

"발을 욕탕에 담가 피로를 푸는 느낌이라고 해야 할까. 마기루카도 여기까지 오느라 발이 피곤해졌을 거 아냐? 마침 잘 됐나?"

나도 자세한 것은 모르지만 전생 때 봤던 영상을 떠올리며 설명해봤다.

일단 주변을 확인한 뒤 앉아서 발을 물에 담그기에 알맞은 곳을 발견하고는 나는 맨발을 드러냈다.

"후이~……. 뭐, 이런 느낌? 마기루카도 어때? 기분 좋아."

"……그럼 실례."

내가 족탕에 발을 담그는 모습을 물끄러미 보고 있던 마기루카가 허둥대며 맨발을 드러낸 뒤 내 옆에 쭈뼛쭈뼛 앉았다.

"앗, 좋네요. 이게 족욕탕인가요? 후우~, 피곤한 발이 풀리는 것 같아요."

"그렇지~."

"……하지만 주변이 좀 그래서 마음이 편치 않네요."

"그건…… 확실히 온천다운 풍경은 아니네."

마기루카가 쓴웃음을 흘리고 있으니 나는 눈앞에 떡하니 있는 기기묘묘한 조각상을 쳐다보며 말했다.

"잠깐, 당신들, 그런 데서 뭘 한가로이 앉아 있는 건가요? 여긴 고대 유적이라고요. 더욱, 이렇게~, 긴장감을……."

"빅토리카도 어때? 기분 좋다고."

우리가 여유를 즐기고 있는 게 불만인지 빅토리카가 우등생처럼 말했다. 나는 발로 따끈한 물을 첨벙첨벙 휘저으며 그녀에게 권해봤다.

"…………뭐, 뭐어, 그렇게까지 간절하다면야 한 번쯤 들어가 줄 수도 있겠죠."

"아니, 딱히 간절하지는……."

"아~, 그랬군요, 그랬어. 메어리도 참. 그렇게나 나랑 함께하고 싶었나요. 아이 참~, 어쩔 수가 없네요."

빅토리카가 빙빙 돌려 말하기 시작하자 나는 거절하려고 했다. 그런데 말을 채 마치기 전에 그녀가 다가와서는 적선한다는 식으로 말했다.

"빅토리카 군, 미안하지만 여기에도 문자가 있는 것 같아. 해독해주지 않겠니?"

빅토리카가 들뜬 얼굴로 맨발을 드러내려고 하자 떨어진 곳에서 파르거 씨가 불렀다.

그는 우리가 족탕을 즐기고 있는 동안에 주변을 조사했던 모양이다. 지금은 우리는 안중에도 없다는 듯이 통로 쪽을 보고 있다.

"자자, 열심히 유적을 홍보해야지. 다녀오세~요♪"

"…………."

나는 신발을 채 벗지 못하고 굳어버린 빅토리카에게 빙긋 웃으면서 잘 다녀오라며 손을 흔들어줬다.

내 태도에 부아가 치밀었는지 빅토리카가 끄으으으응, 하고 원

통한 얼굴로 파르거 씨 곁으로 갔다.

"이거 말인데 어때?"

"……으음, 요 앞에 있는 무언가에 관해 적혀 있군요."

(어라? 풀려라 예지의 뭐시기랑 이상한 포즈는 어디로 가버렸어? 진짜, 괜찮으려나? 저렇게 설정이 어설퍼서야.)

족욕탕에 들어가고 싶었는데 이름이 불려서 조금 삐친 빅토리카가 아까 전 설정을 날려버리고서 후다닥 번역하기 시작했다.

"오호라, 뭐라고 적혀 있지?"

"안쪽에 있는 보물함에서 한 가지 아이템을 장비한 뒤 다른 길로 가는 것을 권한대요."

(야야, 수수께끼로 가득한 유적이라는 설정조차 내던진 거야? 이래서야 어트랙션 안내판 같은 느낌이 풀풀 풍기잖아.)

"과연……. 이건 함정이거나 혹은 어떤 의도가 있거나……. 수수께끼로군."

내 딴죽이 무색하게도 파르거 씨의 머릿속에서는 아직도 그 설정이 살아 있는 모양이다. 진짜 고대 유적이라고 여기고 있는 파르거 씨에게 이 온천 어트랙션이 딸린 짝퉁 유적은 할 일과 수수께끼로 가득한 장소일 뿐이겠지.

"하지만 보물함이라는 소리를 들었으니 가만히 있을 수는 없겠네요. 괜스레 열어보고 싶어지는 법이잖아요."

"알아. 그게 유적의 로망이죠!"

내가 말하자 멀리서 듣고 있던 파르거 씨가 엄지를 척 세우며 동의했다. 이 반응을 좋아해야 할지 슬퍼해야 할지 잘 모르겠다. 어쨌든 보물함을 발견하면 일단 열어보고 싶고, 어떤 장치 레버를 발견하면 일단 당겨보고 싶은 게 인지상정이다. 아니, 나만 그런 걸지도 모르겠지만…….

어쨌든 마음이 동한 나는 족욕탕에서 나와 맨발로 빅토리카와 파르거 씨가 있는 곳으로 찰팍찰팍 걸어갔다.

그리고 그 너머에 있는 방을 들여다보니 파르거 씨가 그 안에 있던 스켈레톤 종업원에게 다짜고짜 달려들어 부수고 있었다.

(그 스켈레톤은 뭐였을까~. 그저 보물함을 닦고 있었던 것처럼 보였는데……. 명복을 빕니다.)

나는 홀로 마음속으로 합장했다.

"후우~, 보물함을 지키는 몬스터는 정석 중 정석. 과연 뭘 지키고 있었을까?"

(지키고 있었던 게 아니라 모두가 기분 좋게 사용할 수 있도록 청소하고 있었던 것 같은데요?)

"어이쿠, 이걸 열면 함정이 발동하는 케이스인 것 같네. 유적에서는 그게 정석이지. 내가 열어줄 테니 기다려라."

(그건 아마도 도난 방지책이고, 종업원한테 말하면 안전하게 열어줄 것 같은데, 나 혼자만의 생각인가?)

나와 파르거 씨는 유적에 관한 사고방식에 차이가 있다. 그래서 내가 알고 있던 상식이 점점 이상해져 갔다. 그리고 파르거 씨는 장치를 신중히 살펴서 해체해나가는 것이 아니라 흠, 하는 기합 소리와 함께 보물함을 억지로 열어버렸다. 뒤이어 안에서 무언가가 튀어나오긴 했지만, 손으로 잡아서 찌그러뜨렸다.

(하하핫, 고고학자란 대체 뭘까…….)

유적에 관한 인식은 물론이거니와 내 머릿속에 있는 고고학자 상(像)까지도 이상해져 갔다.

"이건…… 옷, 인가?"

혼자서 보물함 속을 뒤지던 파르거 씨가 의아해하며 물건 하나를 꺼냈다.

"아, 그거 수영복……."

레리렉스 왕국에 갔을 때 나 때문에 탄생했을지도 모를 여성용 수영복과 꼭 닮아서 나는 금세 알아봤다.

그런데 최신 패션이 유적 보물함에 있는 것 자체가 이상하다.

더욱이 자세히 보니 치수별로 갖춰져 있었는데 대부분이 여성용이었다. 남성용도 약간 있기는 하지만 낡고 너덜너덜한 도롱이 같은 느낌이었다. 그때 문득 유적의 보물함 속에 그대로 입을 수 있는 수영복이 있다는 건 빈번하게 교환하거나 수선하고 있다는 의미임을 깨달았다. 나는 감탄하면서도 이제는 어느새 저들의 기준으로 판단하고 있는 자신을 보며 슬퍼졌다.

(틀렸어. 이제 말기인지도…….)

"고대 유적에 수영복이라니……. 뭘 의도하는 거지? 헉, 혹시 이건 유적에서 흔하게 접할 수 있는, 최심부에 도달하기 위한 시련 같은 건가?"

(아마도 옷이 젖지 않도록, 혹은 온천에 들어가기 편하도록 유적 측에서 배려해준 게 아닐까?)

"근데 정말로 시련 같은 느낌이었어? 이상한 저주 같은 건 없겠지?"

상상만으로 멋대로 판단해서는 안 될 것 같아 나는 빅토리카에게 넌지시 확인해봤다.

"없어요…………. 수영복을 입어도 좋고, 아무것도 안 입어도 좋고, 특히 여성은 후자 쪽이 더 바람직하다고 적혀~……."

"잠깐, 네 아버님은 뭐 하는 분이야? 그거 엉큼한 속셈이……."

"아~ 음, 그 점에 관해서는 아버님을 옹호할 생각이 없어요."

"그러면 저기에 있는 최신 수영복은……."

"아마도 '그것만'은 철저히 관리하라고 지시했던 흔적이 아니겠어요? 하아~, 이래서 남자들이란……."

"응? 아무것도 안 입어도 되는 건가? 좋아, 그럼 이 시련, 정면에서 맞부딪쳐 극복해보이겠어!"

"""엥?"""

"흠!"

우리가 나눈 대화 일부를 들은 파르거 씨가 무슨 생각인지 그 자리에서 입고 있는 옷을 모조리 훌러덩 벗어버리고서 우뚝 섰다.

"우꺄아아아아아앗!"

"소녀들 앞에서 무슨 짓이에요! 이 변태애애애애!"

완전히 별안간에 터진 일이라 그 광경을 목격하고 말았다. 나는 비명과 함께 밖으로 달아났고, 그와 대조적으로 이곳에 남은 빅토리카는 노성을 지르며 파르거 씨에게 날아차기를 먹이려고 달려들었다.

05 와~아, 온천이다?

"그건………… 재난이라고 해야 할지, 뭐라고 해야 할지……."

수영복을 물색하느라 아까 그 사태에 휘말리지 않았던 마기루카가 곤혹스러운 얼굴로 동정했다.

사건의 발단을 제공한 파르거 씨는 빅토리카에게 발차기를 맞고서 날아간 뒤에 알몸을 주의해달라는 당부에 '난 개의치 않는데' 하고 말했다가 또 발차기를 얻어맞고 날아갔다. 우리가 그러면 안 된다고 타이르자 비로소 이해해줬다. 지금은 도롱이 차림으로 방 밖에서 기다리고 있다.

"그나저나 고대 유적에 도전하려면 수영복으로 갈아입으라는 건 이상하지 않아?"

"참신해서 좋잖아요. 우리 블러드레인 가문은 다른 곳과는 차별화되어 있답니다. 다른 곳과는."

수영복으로 갈아입은 빅토리카가 내 앞에서 가슴을 활짝 편 채 으스댔다.

"하지만 꼭 우리까지 수영복으로 갈아입을 필요는 없잖아요?"

"……어젯밤에 여길 관리하던 종업원을 생각하면 말이야……. 입어줘야겠다는 생각이 안 들어?"

아직도 마뜩잖아하는 마기루카가 질문하자 나는 갈아입은 수영복의 착용감을 확인하면서 지금은 저세상으로 간 종업원이 있던 곳을 쳐다봤다.

마기루카도 느껴지는 바가 있는지 아무 말도 하지 않고 수영복으로 갈아입기 시작했다. 그런데 이곳에는 희한하게 비키니 수영복이 많다, 아니, 그거밖에 없는 것 같은데, 기분 탓일까?

"오래 기다렸습니~다. 뭘 하고 있나요? 파르거 씨?"

세 사람 모두 각자 마음에 든 수영복으로 갈아입고서 족욕탕이 있는 방에서 기다리고 있던 파르거 씨에게 말을 걸어봤다. 그는 기기묘묘한 조각상에 도마뱀붙이처럼 달라붙어서는 이리저리 기어 다니고 있었다.

돌이켜보니 처음에 만났을 때도 천장 부근에서 저런 상태로 달라붙어 있었던 건가?

(저건 이미 고고학자의 몸놀림이 아니네. 이게 평범한 고고학자라면 난 너무 충격을 받은 나머지 울고 말 거야.)

"으~음, 이 조각상을 조사하고 있는데 내가 아는 그 어떤 문명에도 속하지 않는군. 대단히 흥미진진해서 구석구석까지 낱낱이 살펴보는 중이야."

(뭐, 아이가 그린 낙서이니까. 그 낙서처럼 생긴 조각상이 고대에 있었다면……, 어떤 문명일지 조금 흥미가 생길지도 모르겠네.)

"뭐, 그건 이따가 차분히 조사하기로 하고, 지금은 앞으로 나아가는 게 좋겠군."

조각상에서 사뿐히 뛰어내려 우리 앞에 착지한 파르거 씨가 의기양양하게 통로 안으로 걸어갔다.

그리고 탈의실을 지나 다음 방에 발을 내디딘 우리를 기다리고 있었던 것은…….

"굉~장해! 대욕탕이다아! 혹시 이거 전부 온천?!"

눈 앞에 펼쳐진 커다란 욕탕에 나는 환호성을 질렀다.

여기까지 오는 동안에 번번이 골탕을 먹은 듯한 기분이었기에 그 감동이 더욱 컸다.

굳이 따지자면 혼욕을 노리고자 노골적으로 욕탕을 하나밖에 설치하지 않은 점은 받아들이기 어렵긴 하지만…….

"흐음……, 이건 온천……. 즉……."

역시 파르거 씨도 고대 유적과 온천이라는 조합에 위화감을 느꼈는지 물을 확인하며 생각에 잠겼다.

"과연, 그런가? 이 일대에 온천이 풍부해서 아마도 이곳에 문명을 이룩한 고대인들은 이 온천을 신, 혹은 숭배의 대상으로 삼았을지도 모르겠군. 그렇다면 그 조각상은 온천의 신? 으~음, 그 기괴한 형태가 온천과 어떤 연관이 있는 걸까?"

이제야 진실을 깨달은 줄 알았건만 더 큰 폭투를 던지고 만 고고학자님.

"뭐, 전문가는 내버려 두고 우린 온천에 들어가보자."

"수영복 차림으로 욕탕에 들어가려니 왠지 기분이 이상하네요."

"그럼 벗을래?"

"자, 들어갈까요? 메어리 님."

마기루카에게 온천에 들어가자고 권했더니 심정만은 이해가

가는 소리를 했다. 그래서 나름 배려하려는 마음으로 그녀의 수영복에 손을 댔더니 도망치듯 벗어나 온천으로 향했다.

"너희들, 여기에도 함정이 있을지 모르니 조심해야 한다."

온천에 들어가는 우리에게 주의를 시키면서 파르거 씨가 부근을 조사하기 시작했다.

수상하거나 위험한 물체가 없는지 대강 둘러보고서 나는 무방비하게 들어간 뒤 욕탕에 몸을 서서히 담갔다.

"와~아, 이게 온천인가~, 넓~다아."

"메어리 님, 그런 차림으로 이동하는 건 경망스러워요."

어깨까지 몸을 담근 뒤 수면에 드러누워 중앙까지 둥실둥실 이동했다. 구석에서 얌전히 몸을 담그고 있던 마기루카가 나무라자 나는 상체를 일으켜 그쪽을 봤다.

"모처럼 온천에 왔는데 구석에 있는 건 아깝잖아. 더 중앙으로 와. 응?"

중앙에 도착하니 주변보다 원뿔꼴로 조금 솟아 있었다. 앉으면서 반신욕을 즐길 수 있도록 해놓은 듯했다. 이거 서비스 괜찮네, 하고 생각하면서 나는 망설이지 않고 그곳에 앉았다.

엉덩이가 그곳에 닿은 순간, 그 부분이 나를 실은 채로 약간 가라앉았다. 이내 그 일과 연계된 것처럼 방 내부에 고고고고, 하는 땅 울림이 울리더니 암벽이 입구를 세차게 막아버렸다.

"어?"

별안간이라 무슨 일이 벌어졌는지 판단이 되지 않았다. 나는 닫힌 문을 바라보며 멍하니 있었다.

"젠장, 이건 함정이야! 어떤 이유로 함정이 발동된 모양이야!"

사태를 가장 먼저 알아차린 파르거 씨가 왠지 들뜬 듯한 얼굴로 주변을 경계했다. 그의 말을 듣고서 나는 앉은 채로 굳어버렸다. 온천의 열기와는 아무 관계없이 땀을 흘리고 말았다.

(아차, 혹시 이거 게임 같은 데서 흔히 등장하는 무게를 감지하는 바닥 트랩 같은 건가?)

"메어리 님?"

"빠악?!"

긴급사태가 터졌는데도 혼자 굳어 있는 나를 보고 위화감을 느꼈는지 마기루카가 의아해하는 얼굴로 말을 걸었다.

"아, 아아아, 아냐, 일부러 그런 게 아냐. 누가 욕탕 속에 무게를 감지하는 스위치를 설치해놨다고 생각하겠어. 부력이 있는데도 무게를 감지하다니, 앗, 아니, 내가 무겁다거나 그런 뜻은 아니니까!"

"진정하세요, 메어리 님. 말이 너무 빨라서 뭘 호소하고 싶은 건지 모르겠어요. 심호흡, 심호흡해요."

초조한 나머지 머릿속에 떠오른 말을 그대로 쏟아내버려서 자신도 무슨 말을 하고 싶은 건지 모르겠다.

마기루카가 타이르자 나는 심호흡을 했다.

마음이 조금 진정이 되었구나 싶었을 때 덜컹, 하는 커다란 소리가 방 안에 울렸다.

“천장을 봐. 쇠말뚝이 튀어나왔어. 이거, 가둬버린 뒤에 천장이 점점 아래로 내려오는 함정이군. 이대로 있다가는 저 뾰족뾰족한 천장에 짓눌려 꼬치가 되고 말 거야.”

파르거 씨가 무슨 일이 벌어졌는지 세심하게 설명해줬다. 역시나 두근거리는 감정을 감추지 못하고 있다. 영화 등에서 자주 나오는 장면을 설마 내가 체험하게 될 줄은 몰랐다. 나는 점점 패닉에 빠져들었다.

“어, 어어어, 어쩌지, 마기루카아아아아!”

“지, 진정하세요, 메어리 니우와악!”

“미안, 미안해애애, 나 때문이야아아아아!”

“잠깐, 안 돼, 수영복이…….”

어느 영화에서 봤던 최악의 결말을 상상하다가 혼란에 빠진 나는 마기루카를 끌어안고서 온천 속으로 힘껏 뛰어들었다. 나는 뜨거운 물 속에서 참회하면서 마기루카와 함께 허우적거렸다.

“앗, 과연, 그랬던 거였군요.”

내가 한바탕 시끌벅적 소란을 피우고 있으니 느긋하게 온천에 몸을 담그고 있던 빅토리카가 손뼉을 짝 치고서 무언가 납득한 듯한 표정을 지었다.

“너, 뭘 그렇게 욕탕에 느긋하게 앉아 있는 거야.”

나는 패닉에 빠졌는데 저 혼자 냉정한 사람을 보면 괜히 심통을 부려보고 싶은 게 인지상정이다.

“아뇨, 여기 들어오기 전에 ‘꼬치 천장 온천, 점점 닥쳐오는, 스릴 넘치는 삐죽삐죽한 천장 함정을 즐기면서 온천을 느긋하게 만끽해주세요'라고 적혀 있는 글을 봤는데, 아까 전부터 무슨 뜻인지 생각하고 있었거든요."

"만끽할 수 있겠냐아아아, 이딴 거어어어얼!"

긴급사태이니 숙녀답지 않은 발언은 너그러이 넘어가주길 바란다.

"너희들, 이런 부류의 함정은 반드시 해제할 방법이 있을 터, 그걸 찾아줘! 난 이 천장이 떨어지는 걸 조금이라도 늦춰보도록 할게!"

우리가 온천 중앙에서 소란을 떨고 있으니 떨어진 곳에서 파르거 씨가 큰 목소리로 말했다.

늦춘다고 하기에 학자답게 뭔가 지혜를 써서 대처할 줄 알았는데 적당한 높이의 대 위로 뛰어오르더니 두 손으로 천장의 뾰족한 부분을 쥐고서 근육을 흠! 하고 부풀리며 그것을 밀어 올리려고 했다. 그런 물리적 강행 수단으로 낙하를 늦추려고 시도하는 고고학자의 모습에 다행인지 불행인지 내 패닉 수치가 스윽~ 하고 떨어졌다.

"있잖아, 저 닫힌 문을 마법으로 부수면 되는 거 아냐?"

"그건 안 돼!"

"안 돼요!"

냉정해진 내가 소박한 제안을 하자 파르거 씨와 빅토리카가 일제히 말렸다.

"왜, 왜?"

"이 유적은 산속에 있고, 또 오래돼서 구조가 약해져 있을지도 몰라. 마법의 충격 때문에 이 일대가 무너져내려 산 채로 묻힐 가능성이 있다. 게다가 무엇보다 내가 단독으로 찾아낸 수수께끼의 고대 유적이라고. 추후에 차분하게 꼼꼼히 연구 및 조사하기 위해서라도 문 하나까지 고스란히 보전해두고 싶어!"

"과연, 옳은 의견이긴 하네요. 근데 후반부 쪽에 힘이 실려 있는 건 기분 탓일까요? 빅토리카, 넌 어때?"

"그런 건 아무래도 상관없어요. 그보다도 이곳의 유지비를 대체 누가 지불하고 있다고 생각하나요. 부쉈다가는 수리비가 발생해서 올바스한테 혼쭐이 날 거예요."

"잠깐만. 그게 사람 목숨보다도 우선이라는 거니?"

파르거 씨의 말에 다소 납득하면서도 옆에서 절실하게 항의하는 빅토리카에게는 이의를 제기하고 싶은 기분이었다. 에밀리아도 그렇고, 빅토리카도 그렇고, 나랑 인연이 있는 레리렉스 왕국 사람들은 이따금 돈 앞에서 깐깐해지곤 한다.

"어, 어쨌든 이 함정을 해제하도록 할게요, 여러분."

항의하는 내 시선을 피하듯 빅토리카가 멀어지자 나는 마기루카 쪽을 쳐다봤다. 그녀는 흘러내린 수영복을 고쳐 입으며 나와 거리를 둔 채 경계하고 있었다.

나는 천장이 무서워서 온천 속에 몸을 푹 담근 뒤 기어서 마기루카 곁으로 다가갔다.

"미안해, 마기루카. 이제 몸을 부여잡으며 난리를 피우지 않을 테니 용서해줘."

"그, 그래요? 메, 메어리 님, 앞으로는 돌발적인 사태가 벌어지더라도 조금만 더 냉정하게 대처해주세요."

"선처하겠습니다."

마기루카가 타이르자 나는 그것만은 고칠 수 있을지 없을지 자신이 없어서 모호하게 대답했다.

"그나저나, 빅토리카 님. 방금 해제하겠다고 말씀하셨는데 그 방법이 어딘가에 적혀 있었나요?"

"예. 적혀 있긴 한데 그 방법은 안 될 것 같네요."

나를 따라서 마기루카도 욕탕 속에서 몸을 웅크리며 빅토리카에게 물었다. 그러자 빅토리카도 덩달아서 나처럼 욕탕 속에서 엎드려 이쪽으로 다가왔다.

"어, 어째서?"

이미 해결 방법을 알고 있으면서도 떨떠름한 표정을 짓고 있는 빅토리카를 보며 나는 무심코 따졌다.

"왜냐면 해제하려면 문밖에 있는 레버를 당겨주세요, 라고 적혀 있었으니까요."

"왜애애애애애 그렇게 골탕을 먹이는 거야! 공략을 더 쉽게 해줘어, 해줘어, 해줘어어어어어!"

"잠깐, 안 돼, 뇌가 흔들려……!"

떼쟁이 모드에 돌입한 나는 빅토리카의 어깨를 붙잡고서 뒤흔

들었다.

〈이~봐, 메어리~, 여기 좀 열어봐. 온천 찾았잖아요~, 나도 들어가고 싶어어~.〉

또다시 패닉에 빠져들려는 내 머릿속에서 태평한 목소리가 울렸다. 나는 엄청난 기세로 문 쪽으로 고개를 홱 돌렸다. 그 모습을 보고서 두 사람이 고개를 갸웃했다.

"스노우~!"

그러고 보니 입구에 놔두고 온 글러 먹은 표범, 아니, 신수님이 새삼스럽게 떠올랐다. 나는 온천 밖으로 나와 문으로 달려갔다.

천장 쪽은 파르거 씨의 분투에도 불구하고 점점 내려오고 있었다. 아직 높이가 있는데도 그 압박감이 대단해서 나는 자연스레 자세가 엉거주춤해졌다.

"스노우~, 이걸 열어!"

〈뭐어~? 그쪽에서 열어야죠. 장난치지 말고 열어줘어~.〉

내가 문 너머에 있는 스노우에게 말하자 맞은편에서 문을 벅벅 긁는 소리가 들려왔다.

"아냐아아아아! 우린 함정에 빠져 갇혀버렸단 말이야!"

〈아~, 예, 예. 그래도 전~혀 문제없잖아요. 당신이 그 정도로 죽을 리가 없으니까~.〉

"난 괜찮긴 하지만 '나 때문'에 모두가 위험해질 거야!"

〈과연, 과연. 또~ 저질렀나요? 아가씨, 잘 들으세요. 평상시부터 주의를 기울……….〉

"튜테의 말투를 흉내 내며 설교할 때가 아냐! 그만하고, 여길 열어! 근처에 레버 같은 게 있을 거야."

〈음~, 레버, 레버라……. 아, 이 벽에 난 홈에 매달려 있는, 고리 달린 쇠사슬 말인가?〉

"아마도 그거! 그걸 아래로 당겨."

어떻게든 해결책을 찾아낸 듯하다. 이로써 나 때문에 벌어진 이 사태를 최소한의 피해로 우야무야 수습할 수 있겠다고 가슴을 쓸어내렸다.

그러나 전혀 변화가 보이지 않았다. 현재도 천장이 아래로 쭉쭉 내려오고 있다.

"스노우?"

〈……메어리. 앞발이 홈에 들어가지 않아서 사슬을 당길 수가 없어.〉

"근성으로 끼워 넣어 봐!"

스노우가 말하자 나는 억지를 부렸다. 바로 그때 문 맞은편에서 깡, 하는 충격음 같은 게 들려왔다.

〈앗, 망가졌다.〉

"야아아아아아앗!"

맞은편에서 무슨 일이 벌어졌는지 설명하지 않더라도 대강 상상이 되었다. 나는 주변의 눈을 의식하지 않고 절규하고 말았다.

〈하는 수 없지. 좋아, 부수자.〉

"자, 자자자, 잠깐만. 무슨 소릴 하는 거지? 스노우 씨?"

〈이얍!〉

스노우의 기합 소리와 함께 눈앞의 문이 쿠~웅, 하고 흔들렸다. 그녀가 문을 향해 몸통박치기를 했음을 뻔히 알 수 있었다. 물론 문과 함께 주변 벽에 금이 쩍 갔다.

"잠깐, 바보, 안 돼!"

〈이얍!〉

내가 위험을 감지하고서 옆으로 몸을 날리자 쾅, 하는 굉음과 함께 아까 있던 지점으로 박살난 문이 날아들었다. 그리고 하얀 털이 복슬복슬한 거구도 덩달아 날아왔다.

〈자, 열었습니다~.〉

"이 바보오오오오! 무슨 짓을 벌인 거야."

씩씩하게 등장한 스노우가 내 앞에서 자신만만하게 말했다. 나는 그런 그녀에게 맹렬하게 항의했다. 뒤에서 파르거 씨와 빅토리카의 절규가 들렸지만 못 들은 척했다.

그리고 파르거 씨가 예측한 대로 부서진 문 주변에 난 균열이 점점 넓어지더니 무너져내렸다. 순식간에 우리가 지나왔던 통로가 완전히 붕괴하여 이용할 수 없게 되었다. 다시 말해 우리는 함정을 세울 수단은커녕 탈출 경로마저 잃고 말았다.

"좋아, 기왕 이렇게 됐으니 모조리 파괴하자."

〈당신도 사돈 남 말 하지 말아욧!〉

머릿속에 문득 스친 결론을 그대로 입에 담자 스노우가 딴죽을 걸고 말았다. 바로 그때 커다란 진동이 방 전체를 엄습하더니 천장 함정이 멈췄다.
"……머, 멈췄나?"
천장을 막고 있던 파르거 씨가 이변을 가장 먼저 알아차리고서 대에서 내려왔다.
"이건 그건가? 붕괴 영향으로 우연히도 장치가 정지해버린 패턴일지도 모르겠군."
파르거 씨가 혼자 납득하며 말하자 나는 진상을 알고 싶어서 빅토리카에게 다가갔다.
"그래서 진짜 어떻게 된 거야?"
"우연은 아니에요. 이런 사고가 벌어지면 재빨리 정지시켜서 안전부터 확보하는 게 트랩 관리의 상식이라고요."
"그런 상식은 알고 싶지 않았어."
자랑스럽게 말하는 빅토리카를 바라보면서 왠지 그럴 것 같다고 생각했기에 그다지 놀라지 않았다. 그러나 나는 정령 그래도 되는 건지 고민하기 시작했다.
"앗, 그리고 수리가 필요해지면 계원이 유도하러……."
빅토리카가 보충 설명을 하려고 하자 벽 한 군데가 옆으로 열리더니 스켈레톤이 나타났다. 물론 그 스켈레톤이 맞이할 결말은 파르거 씨의 손에 박살 나는 것뿐임은 두말할 것도 없다.
"후~, 위험했다, 위험했어. 이중트랩이었다니 꽤 용의주도하네. 그래도 괜찮아. 새로운 길을 발견했어. 아아, 여기로 나가도록 할까."

"……그래야겠네요."

나와는 전혀 다른 방향으로 해석을 쭉 풀어나가는 파르거 씨를 따라서 우린 막 무너질 것 같은 온천을 뒤로했다.

(신님, 되도록 다른 온천이 또 있고, 그 온천에는 이상한 어트랙션이 달려 있지 않기를.)

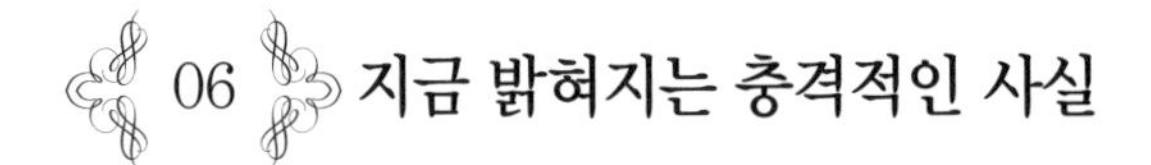

06 지금 밝혀지는 충격적인 사실

그 뒤로 바라지도 않았는데도 어느 어드벤처 영화처럼 우리 앞에 잇달아 모험이 펼쳐졌다.

예를 들어 보물함이 있는 어느 방에 도착했을 때 무심코 내가 그걸 열어버려서 그만 구멍 함정에 빠진 적이 있었다. 그 바람에 욕조에 장미 꽃잎을 띄워놓은 것처럼 온갖 생물들의 해골이 대량으로 둥둥 떠 있는 온천을 만끽하게 되었고…….

또 통로를 걷다가 내가 무심코 바닥에 깔린 트랩용 실에 걸리는 바람에 대량의 뜨거운 물에 휩쓸리면서 또 온천을 만끽했고…….

주변에 커다란 칼날이 진자처럼 왔다 갔다 하는 온천이 있었는데, 그 칼날을 피하려다가 온천에 풍덩 빠지는 스릴을 만끽하기도 했고…… 등등.

(어? 나라면 괜찮지 않냐고? 난 괜찮아도 입고 있는 옷은 괜찮지 않잖아. 물에 휩쓸리거나 스쳐서 찢어졌을 때는 간담이 서늘했다고. 어떤 의미에서 그게 가장 큰 함정이었어.)

그리고 당연하다는 듯이 그런 온천들을 가장 많이 즐긴 사람이 나였다는 사실에 또 눈물이 나올 것 같다.

“여긴…… 지금까지 지나쳤던 곳들과는 조금 다른 것 같군.”

내가 비탄에 잠겨 있으니 앞장을 서던 파르거 씨가 발걸음을 멈추고서 눈앞의 벽을 바라보며 말했다.

그의 말대로 그곳에는 지금까지와는 다른 중후하고 튼튼한 쌍여닫이문이 있었다.

“처음에 맞닥뜨렸던 문 이후로 문은 처음이네. 그렇다면 어딘가에 종업원…….”

“음, 종업원이 뭐 어쨌다고?”

“아, 아~무 것도 아니에요. 신경 쓰지 말아요.”

파르거 씨의 발언에 내 입에서 무심코 진실이 새어 나오려고 하자 빅토리카가 입을 막아버렸다.

“빅토리카 님. 여기에는 뭐라고 적혀 있나요?”

“그게……. 여기만 아무 간판도 없어요.”

마기루카가 묻자 빅토리카가 뜻밖의 대답을 했다. 나는 마기루카의 손에서 풀려나면서 수상쩍다는 표정을 지었다.

“갑자기 설정이 불친절해졌네. 서비스가 나쁜 거 아냐?”

“훗훗훗, 뭘 모르는군요, 메어리. 여긴 분명 최심부일 거예요. 그렇기에 지금 저 문은 여기까지 오는 동안에 쌓은 지혜와 용기로 극복해보라고 말하고 있는 거예요!”

내가 푸념하자 빅토리카가 주먹을 불끈 쥐고서 역설했다.

“바로 그거야, 빅토리카 군!”

그녀의 역설을 들었는지 파르거 씨도 주먹을 쥐고서 찬동했다.

“과연, 그 말도 일리가 있군. 그렇다면 지금까지의 패턴으로 보건대~…….”

“저기, 메어리 님. 이 문, 그냥 열리는데요?”

""""엥?""""

흥분한 두 사람에게 물든 나도 왠지 그런 것 같아서 생각해보기 시작했다. 그런데 마기루카가 불쑥 지적해서 스노우에게 쌍여닫이문을 가볍게 밀어보라고 부탁했다. 그러자 문이 즈즈즈, 하고 땅에 끌리듯 조금 열리는 게 아닌가. 우리 세 사람은 그 광경을 음~, 하고 입을 꾹 다물며 조용히 바라보고 말았다.

"……어, 뭐, 그냥 열리는 문이니 안내문 같은 건 필요가 없겠네. 여기까지 오는 동안에 쌓인 그 지혜와 용기 때문에 문이 닫혀 있으면 괜히 무슨 장치가 있는 게 아니냐는 선입견이 생기고 만 거야."

"어머머, 얘 좀 봐, 메어리도 참. 혼자 흥분해서 그 무슨 창피니?"

"뭐, 흔히 있는 일이니 너무 마음에 담아두지 마. 메어리 군!"

"잠깐, 두 사람. 왜 자기들은 관계가 없다는 듯한 분위기를 자아내고 있는 거야. 당신들도 이쪽 사람이잖아!"

부끄러움을 나눠야만 하는 동료에게 바로 배신당하자 나는 무심코 목소리가 험악해졌다.

"자, 자아, 먼저 갑니다, 어서 갑시다!"

"그래야겠군."

두 사람이 시선을 회피하며 도망치듯 문으로 향하자 나는 원망하는 눈으로 그 둘을 쳐다봤다. 혼자 토라져봤자 소용없기에 나 역시 마음을 다잡고서 열린 문을 지났다.

문을 지나자 지금까지 본 것 중에서 가장 크고 넓은 방이 나왔다. 안쪽에는 커다란 대좌와 계단이 있다. 마치 그 대좌를 지키려는 것처럼 벽에 난 홈에 거대한 갑옷상(像)이 쭉 늘어서 있었다.

그 양상은 정말로 비보가 숨겨져 있는 대좌가 자리하고 있는 최종지점에 도착한 듯한 분위기였다. 아니, 사실 대좌에는 그 기기묘묘한 조각상과 함께 직경 3m쯤 되는 거대한 구체가 놓여 있었다.

가까이 다가가 살펴보고 나서 안 것인데 그것은 이미 기동하고 있었다. 기하학적인 무늬 같은 것이 희미하게 빛나고 있었다.

"저건…… 뭘까?"

"……강대한 마력이 느껴지네요. 꽤 고위 매직 아이템이겠죠."

"저것이야말로 이 유적의 비보야. 내 고고학의 영혼이 그렇게 외치고 있어!"

내 질문에 빅토리카가 대답하자 파르거 씨가 흥분하여 외쳤다.

아까 그 배신 사건을 겪었던지라 나는 두 사람의 의견에 반신반의했다. 자리하고 있는 구체를 차분히 관찰했다.

빛을 내고서 있어서 멀리서 봤을 때는 몰랐는데, 그 구체의 외곽이 반투명해서 내부가 들여다보였다. 안에는 액체가 담겨 있고 기포가 보글보글 올라오고 있었다.

자세히 보니 그 구체에서 뻗어 나온 관이 유적 바닥 아래로 이어져 있었다.

"……저기, 마기루카. 내 착각일지도 모르겠는데 말이야. 저 구체……."

"……아마도 저와 메어리 님 모두 같은 생각을 하고 있을 거예요."

쓴웃음을 지으며 옆에 있는 마기루카에게 살며시 확인하려고 했더니 그녀도 똑같은 표정으로 대답했다.

“저 아이템, 물을~.”

“끓이는 아이템일 테죠.”

“아, 아니, 아니, 아니, 잠깐만. 그건 너무 섣부른 추측일지도 몰라. 온천물을 담아두고 있는지도 몰라.”

“그, 그래요. 온천물을 보관하고 있는 거겠죠. 이렇게나 규모가 큰 유적인걸요.”

“““…………..”””

내가 머릿속에 있는 생각을 확인하려고 했더니 역시나 마기루카도 같은 결론에 이른 모양이다. 그러나 그런 결말은 인정하고 싶지 않아서 내가 다른 가능성을 물고 늘어지자 무슨 영문인지 마기루카도 동조해줬다. 그러나 더는 말을 잇지 못했다.

(손님한테 보일 수 없는 장소라서 간판이 없었던 걸지도. 그럼 관계자 외 출입금지 팻말을 걸어두거나 문을 단단히 잠가두라고요.)

내가 분개하고 있으니 흥분한 파르거 씨가 주변을 조사하기 시작했다. 빅토리카는 그 아이템을 물끄러미 보다가 굳어버렸다.

(앗, 알아차렸다.)

“이야~, 문을 잠가두는 걸 잊어버렸다. 깜빡, 깜빡.”

갑자기 낯선 남성의 목소리가 방에 울려서 우리는 소리가 들린 쪽을 경계했다.

우리가 들어왔던 문에 한 중년 남성이 있었다.

풍모가 날렵하면서도 근육질이었다. 목소리도 꽤 중후해서 멋진 중년남이라고 부를 만했다. 그런데 작업복 같은 복장에 수건을 머리에 동여맨 겉모습에 순간 '?' 하고 의아해했다.

"응? 어라, 손님이냐? 아~, 안 돼~, 멋대로 들어오면~."

또한 그 말투가 내 머릿속 멋진 중년남 이미지와 괴리되어 있었다. 파르거 씨를 한 번 겪었던 터라 혹시 이게 그 갭 모에인가, 하고 착각했을 정도였다.

"메어리 님, 저분의 눈동자, 그리고 어금니. 뱀파이어예요."

찝찝해하고 있는 나와 달리 마기루카는 냉정하게 판단하고서 나에게 나직이 알려줬다. 분명 그 남성의 눈동자는 뱀파이어 특유의 흑목적동(黑目赤瞳)이었다. 입을 보니 예리한 어금니가 엿보였다. 더불어서 뱀파이어는 모두 아름답게 생겼다는 게 통설이니 눈앞의 아저씨도 아름답게 생긴 게 맞는다고 납득하도록 하자.

"다, 당신은?"

"응? 나 말이냐? 난 여길 관리하는 자다."

"관리……, 설마 무덤지기……, 아니, 그런 사람치고는 인족으로 보이질 않아. 헉, 그 특징, 설마 그 전설의 뱀파이어?!"

"응? 뱀파이어다만, 그게 뭐 어쨌나?"

"이, 이럴 수가! 그, 그런가? 이 유적은 뱀파이어의……, 그래서 사람들 사이에서는 전승되지 않았던 건가."

뭔가 맞물리는 것 같기도, 어긋나는 것 같기도 한 대화를 벌이는 파르거 씨와 관리인. 슬슬 진실을 말하는 편이 좋지 않을까 싶어서 나는 빅토리카를 봤다.

"잠깐, 거기 당시이이이인! 이건 뭔가요오오오오오!"

진실을 말할 줄 알았더니 빅토리카는 거대한 구체를 가리키며 성을 냈다.

"아~, 봐버렸나. 문을 잠그는 걸 깜빡한 게 화근이었군. 뭐, 별 수 없지……."

"여러분, 조심해요!"

관리인이 에휴에휴, 하고 한숨을 내쉬며 근처 벽에 손을 뻗은 순간, 옆에 있던 마기루카가 느닷없이 외쳤다. 나는 반사적으로 그녀를 지키려고 팔을 잡아당기고서 뒤로 힘껏 뛰었다.

그러자 내가 아까 전까지 있던 바닥이 덜컹, 하는 소리와 함께 열렸다. 그 범위가 넓어서 평범한 사람의 점프력으로는 회피할 수 없다. 그래서 파르거 씨가 어두운 바닥으로 떨어지는 모습이 보였다.

마기루카의 목소리에 반응했는지 스노우도 뒤로 크게 뛰어서 화를 면했다. 빅토리카는 떨어질 뻔했지만 타고난 비행 능력으로 바로 추락을 막았다.

"이건…… 구멍 함정."

"저분이 이따금 곁눈으로 벽 쪽을 확인하길래 혹시 무슨 짓을 벌이지 않을지 경계해서……."

"역시 마기루카, 잘 봤네. 덕분에 살았어."

"아뇨, 저야말로. 알아차리기만 했을 뿐 결국 메어리 님의 도움을 받고 말았어요. 미안해요."

"으으응, 나도 늘 마기루카한테 여러모로 의지하고 있는걸. 그러니까 이런 일이 벌어지면 날 더 의지해줬으면 좋겠어. 난 마기루카를 전력으로 지켜낼 거야. 어쨌든, 무적이니까."

마기루카가 미안해하며 말하자 나는 그녀를 꼭 끌어안으며 에헤헤, 하고 웃어 보였다. 조금 쑥스럽긴 했지만, 본심이라서 마기루카에게 확실히 전하고 싶었다.

끌어안고 있던 마기루카를 놓아주자 열렸던 바닥이 마치 아무 일도 없었다는 듯이 닫혔다. 관리인은 벽에 달린 스위치 같은 것에 손을 뻗은 채로 놀란 얼굴로 우리를 보고 있다.

"놀랍네. 분란을 일으키기 전에 유적에서 돌려보내려고 했건만 설마 피할 줄이야. 역시 여기까지 온 자들답구먼."

(돌려보냈다는 소리는 떨어진 파르거 씨가 그대로 밖으로 흘러가버렸다는 뜻인가? 뭐, 그 사람이라면 무슨 일이 벌어지든 무사할 것 같긴 하지만.)

관리인의 말을 듣고서 근육질 고고학자님의 파워풀한 행동이 떠올라 나는 혼자 메마른 웃음을 흘렸다.

"이, 이이이, 이건 대체 무슨 속셈이지?"

아직도 경계하고 있는지 약간 두둥실 떠오른 채로 팔짱을 끼고 있는 빅토리카의 관자놀이가 꿈틀꿈틀 경련했다.

"크으~, 그 물 끓이는 기기가 발각될 뻔한지라."

그리고 어처구니없다고 해야 할까, 예상대로라고 해야 할까, 듣고 싶지 않았던 진실을 술술 커밍아웃하는 관리인.

"무, 무, 무무물 끓이는 기계라고오오오오! 여기 있는 게 전부 온천이 아니라는 뜻?!"

"어라? 눈치챈 거 아니었나? 음~ 뭐, 처음 개장했을 때는 온천이었지만, 규모를 멋대로 확장했더니 이렇듯 물이 부족해졌다고 해야 하나 뭐라고 해야 하나."

빅토리카가 지적하자 관리인이 담담하게 솔직히 말해나갔다.

"멋대로?"

"아아, 트랩과 온천과 수영복 누나의 콜라보레이션을 오랫동안 망상하며 좋은 생각이 떠오를 때마다 닥치는 대로 증축에 증축을 거듭해버렸지. 이래서야 온천물이 부족해지는 게 당연하지. 그래서 매직 아이템으로 부족분을 속여 봤더니 어머나 신기하게도 유지비까지도 속여지더라고, 이게 말이야. 크으~, 현 당주님이 무관심해서 다행이야. 이로써 내년 운영비도 낙승낙승, 핫핫핫."

(아~, 그걸 현 당주님 앞에서 자백하고 말았나요…….)

관리인이 폭로하자 나는 마음속으로 합장했다.

"훗, 후히, 후히히히, 후후후후후훗…… 아아하하하하하핫!"

당연하다고 해야 할까. 관리인의 웃음에 호응하듯 빅토리카가 갑자기 크게 웃기 시작했다. 빅토리카가 뚜껑이 열리면 이렇게 된다는 걸 잘 알고 있다.

"배짱 한번 좋구나! 그 귀를 잘 후벼 파고서 똑똑히 들어라아아!

내가 누구인 줄 아느냐! 나야말로 블러드레인가의 당주, 최고이자 최강의 흡혈귀인 빅토리카 블러드레인, 바로 그 본인이다아아앗! 건방지구나아아앗!"

힘차게……가 아니라 살며시 정성스럽게 안대를 벗고는 다이나믹하게 몸을 놀리며 자기소개를 하는 빅토리카.

어금니를 드러낸 채 감춰졌던 붉은 눈동자를 반짝이고 있는 모습은 꽤 박력이 넘쳤다.

무심코 어느 사극처럼 '감히 몰라 뵀습니다~' 하고 넙죽 엎드리고 싶다는 생각이 든 건 나 혼자뿐일까?

"블러드레인가의…… 당주님?"

역시나 관리인도 이 사실에는 놀랐는지 굳어버렸다.

애당초 빅토리카 본인도 이곳에 오는 게 처음이므로 존재를 알고 있더라도 한눈에 그녀를 당주라고 알아보기란 어렵겠지. 불쌍하게 됐다는 말밖에 나오지 않는다.

"핫핫핫, 또또~, 거짓말을 하면 못쓴다. 당주님이 너 같은 땅딸보일 리가 없잖나!"

"누우우우가, 땅딸보라는 거예요오오오오!"

관리인이 예상치 못한 반응을 보이자 빅토리카가 울부짖었다. 나도 당혹스러웠다.

"잘 들어라. 당주님은 말이야. 너 같은 꼬마가 아니라 더 요염하고 성인 여성의 매력이 가득한, 이렇게 말이야~, 쭉쭉빵빵이라고 하더라!"

관리인이 무언가를 보고 불쾌하게 손을 놀리며 역설했다. 기껏 잘생긴 아저씨라고 인정해줬는데 스스로 망쳐버렸다.

아무래도 한 번도 만난 적이 없어서 정보와 망상만으로 당주의 이미지를 구축한 모양이다.

"무례하네요오오! 난 요염하고 이렇게~, 쭉쭉빵빵하잖아요!"

이거 실례. 망상은커녕 본인이 오해를 자초한 모양입니다.

"쭉…………, 훗."

"윽!"

빅토리카가 항의하자 관리인이 그녀를 머리부터 발끝까지 쓱 훑어본 뒤 코웃음을 쳤다. 그러자 그녀의 관자놀이에 혈관이 불거지는 게 보였다.

"쭉쭉빵빵이라고 하면 저기~……. 앗, 아니네."

"윽!"

관리인이 하필이면 나를 보고서 그렇게 말하자 내 입가가 부르르 떨렸다.

"앗, 그래, 그래. 저기 아가씨 정도라면 미래가 있을 것 같으니 인정해줘도……."

"파이어 볼!"

마지막으로 마기루카를 보며 그렇게 말하자 빅토리카가 분노의 화염구를 던져버렸다. 뭐, 이번만은 빅토리카를 말리고 싶은 생각이 조금도 없다. 오히려 마음이 후련하다고 말해두겠다. 이유가 뭐냐고 묻는다면 묵비권을 행사하겠습니다.

"위험하잖아! 이봐, 여긴 화기 엄금이라고. 불이 붙었다가는 큰 일이 난단 말이다!"

빅토리카의 화염구를 보기 좋게 피한 관리인이 우리를 주의 시켰다.

"그건 내 알 바 아니에요오오오오!"

"아니, 아니, 그건 조심해야지. 위험하잖아."

빅토리카의 말에 내가 무심코 딴죽을 걸었다. 그러나 그녀는 개의치 않고 공격을 계속했다.

"젠장, 모처럼 이용객이 왔구나 싶어 기대했는데 이런 악동이 올 줄이야 이 무슨 재난이야. 유적 일부도 파괴된 모양이고, 이대로 있다가는 여러 시설이 부서지고 말겠지. 에에에에잇, 이렇게 된 이상 그걸 쓸 수밖에!"

관리인이 빅토리카의 공격을 피하며 푸념을 늘어놓다가 돌연 어느 쪽으로 달려가더니 벽 쪽에 놓여 있는 상자를 열었다.

"수호자 여러분, 바로 지금이 활약할 때입니다아아아!"

관리인이 외치면서 상자 속에 있던 종을 땡땡 두드리며 울렸다. 그러자 방 여기저기에서 금속이 철컹, 하고 마찰하는 소리가 울렸다. 역시나 빅토리카도 공격을 멈추고서 주변을 둘러봤다.

"메어리 님, 벽에 있던 갑옷상이!"

마기루카가 가리킨 쪽을 보니 에워싸듯 자리하고 있던 거대한 갑옷들이 목숨을 받은 것처럼 움직이기 시작하고 있었다.

〈저거 리빙 아머야~! 위험한 거 아냐?〉

“리빙 아머. 사령이 깃든 갑옷이네. 과연, 과연.”

〈잠까아아안, 당신, 뭘 달관하고 있는 거야.〉

“하하핫, 이 방에 들어와 저걸 봤을 때 어차피 마지막에는 움직이겠거니, 하고 반쯤 포기하고 있었지! 어떠냐, 못 당하겠지!”

나는 스노우에게 이상한 과시질을 했다. 그만큼 지금 나는 자포자기한 상태였다.

(신님. 이제 온천에 들어가고 싶다느니, 하는 억지는 부리지 않을 테니 더 이상 소동이 커지지 않도록 해주세요. 제발이요.)

온천물에 몸을 느긋하게 담그고 있는 내 모습을 마치 덧없는 꿈처럼 상상하면서 나는 하늘을 우러러봤다.

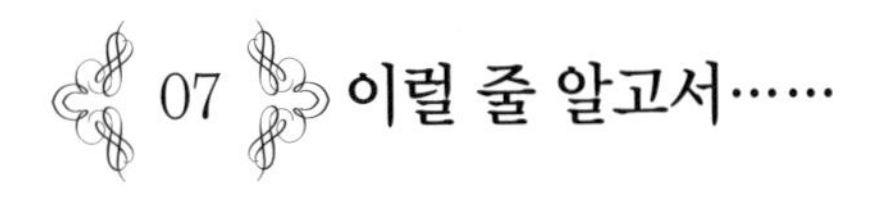

07 이럴 줄 알고서……

“그런 걸로 내게 덤비다니 배짱 한번 두둑하군요! 엉망진창으로 박살내주겠어요오오오오!”

이미 대화라는 선택지는 사라졌는지 빅토리카가 대담하게 웃으며 갑옷들 앞을 가로막았다.

“권속, 소환!”

빅토리카의 부름에 호응하여 커다란 마법진이 출현하더니 그 안에서 중량감과 박력이 엄청난 거대 해골 용이 그 모습을 즈즈즈, 하고 드러냈다.

“서, 설마 본 드래곤! 이, 이럴 수가……. 내가 아는 한 저걸 소환할 수 있는 건 오직 한 분……, 지, 진짜 저 악동이 다, 당주님?”

빅토리카 앞에 나타난 거대한 본 드래곤을 보고서 관리인이 놀랐다. 그리고 그 광경을 보고서 도출해낸 결론에 경악하고 있었다. 그 모습을 보고 아주 만족스러운지 빅토리카가 후후훗, 하고 으스대며 우뚝 서 있었다.

“사……, 사기야아아아!”

“누가 사기냐아아아아!”

관리인이 손가락으로 가리키며 말하자 빅토리카가 격앙했다. 뭐, 그녀에게는 이 세상에 자신의 이미지를 사기 쳤다는 의혹이 있으므로 옹호할 생각은 없지만…….

"에에에잇, 본 드래곤이여. 해치워버려라!"
"고아아아아아아아앗!"

쾅!

빅토리카가 명령하자 본 드래곤이 고개를 쳐들고서 포효했다. 그러나 그 머리가 천장에 뻗어 있는 커다란 배관과 세차게 충돌했다. 뼈라고는 해도 용은 용. 나와 충돌했을 때는 저쪽이 분쇄되고 말았지만, 이번에는 배관이 파괴되었다.
"앗……."
뿔이 박혔는지 본 드래곤이 고개를 움직일 때마다 배관이 찌그러졌다. 그리고 터질 일이 터지고 말았다.
"큭큭큭, 내 심연의 힘 앞에 전율하며 엎드리는 게 좋을 꺄뱌바바바바바바바."
멋있는 포즈를 취한 빅토리카의 머리 위에서 대량의 뜨거운 물이 폭포수처럼 쏟아졌다.
본 드래곤이 배관을 구부려서 파괴하고 만 것이다.
일을 저지른 본 드래곤이 '우와, 망했다'라는 기색을 보이며 스스슥, 하고 물러나기 시작했다. 그런 와중에 파괴된 배관에서 흘러나온 대량의 온수가 폭포처럼 쏟아지고 있는데도 빅토리카는 포즈를 흐트러뜨리지 않고 꿋꿋이 버티고 있었다.
빅토리카는 이상한 승부욕이 있는 아이이긴 하지만, 입고 있는 옷은 그렇지 않겠지.

“빅토리카, 수영복이 큰 사고를 치기 전에 어서 밖으로 나와~.”

“푸하아아아아아앗! 이, 이 자시이이익. 내게 이 무슨 파렴치한 공격을! 죽음으로 갚게 하겠어요.”

“네가 멋대로 자폭했을 뿐이잖아아아아!”

내 지적에 정신을 차리고서 황급히 폭포탕에서 나온 빅토리카가 새빨개진 얼굴로 이를 갈며 분통을 터뜨렸다. 관리인이 곧바로 그녀에게 딴죽을 걸었다.

“닥쳐요, 이 변태! 가라, 본 드래곤, 이번에 또 실수했다가는 간식 없는 줄 알아!”

빅토리카가 어린애 같은 말투로 권속에게 명령했다.

그 말을 듣고서 애당초 본 드래곤에게 간식이 필요한가? 하는 의문을 느꼈지만, 본 드래곤이 황급히 앞으로 나가 갑옷과 교전을 벌이려는 모습을 보니 필요한가 보다.

(으~음, 언데드 세계는 수수께끼투성이네.)

본 드래곤의 포효에 굴하지 않고 갑옷이 커다란 대검을 휘둘렀다.

세게 휘둘러진 꽤 묵직한 대검이 본 드래곤의 다리를 후려쳤다.

그러나 깡, 하는 둔탁한 소리와 함께 대검이 튕겨 나갔다. 본 드래곤이 답례라도 하듯 몸을 비틀어 꼬리 공격을 날렸다.

그 순간 다른 갑옷이 방패를 들고서 끼어들어 공격을 막아냈다. 나는 그 박력에 압도되어 무심코 침을 삼키며 지켜봤다.

“메어리 님, 신성 마법을!”

내가 멍하니 있으니 마기루카가 멈춰선 갑옷을 가리키며 조언해줬다.

"아, 응. 턴 언데드!"

나는 거의 조건반사로 지목된 갑옷에 신성 마법을 퍼부었다. 갑옷이 빛에 휩싸여서 이제 정화되겠거니 싶었는데 조금 비틀거리기만 하고 말았다.

"엇? 안 먹히네?"

"크핫핫, 이럴 줄 알고서 갑옷에 신성 마법 내성을 부여해놨지. 이럴 줄 알고서 말이야아아아!"

내가 놀라고 있으니 멀리서 관리인이 대단히 의기양양해하며 지껄였다.

"그래도 전혀 안 통한 건 아닙니다. 메어리 님, 더 계급이 높은 신성 마법은요? 빅토리카 님의 성 서고에서 대기 시간을 이용해서 몰래 무언가를 읽었었죠? 뭐냐고 물어봤더니 '이럴 줄 알고'라는 대사를 한 번쯤 말해보고 싶으니 비밀로 해달라고 했는데, 혹시……."

"아~……, 그건 말이야~…… 얼음 마법입니다……."

꼭 그 대사를 말해보고 말겠다는 일념 하나로 신나게 서고를 뒤져서 익힌 마법은 결실을 보지 못하고 불발에 그쳤다. 너무 창피하다. 더욱이 상대가 성공을 거뒀다는 사실 때문에 두 배는 더 창피했다.

"……미안해, 마기루카~. 내가 한심한 짓만 일삼아서……. 앞으로는 뭘 익혀야 좋을지 의논하도록 할게…….”

“앗, 예, 알겠습니다. 알겠으니 그렇게 침울해하지 말아요. 무심결에 부탁한 나도 잘못이에요.”

내가 기대에 부응하지 못해 창피해하며 위축되어 있으니 마기루카가 머리를 쓰다듬으며 위로해줬다.

“거기, 전투 중에 꽁냥대지 마세요! 저도 말이에요. 전투 중에 불타오르는 마음으로 이렇게~, 예쁜 언니랑 저~런 짓이나 요~런 짓을, 이히, 이히히히히히히.”

우리를 보고서 빅토리카가 격앙했다. 그러나 도중에 망상에 잠기더니 기분 나쁘게 웃기 시작했다. 그녀의 망상 속 언니는 대체 누구일까……. 아니, 생각하지 말자.

“누, 누가 꽁냥댔다는 거야. 그쪽이야말로 전투 중에 기분 나쁘게 웃지 말아요!”

“기, 기분 나쁘게……?! 제게 이 무슨 무례한 언사죠! 제 꾀에 자기가 넘어가는 아가씨가아아아!”

“아아아앗, 그렇게 말했겠다? 감히 말했겠다? 좋아, 전쟁이다. 밖으로 따라 나와아아아아아!”

“밖이라니 어~디 말인가요~? 출구도 모르는 주제에~. 나갈 수 있으면 한 번 나가보시든가. 푸푸푸~.”

창피한 마음을 얼버무리고자 빅토리카에게 덤벼들었더니 어머나 신기해라, 본 드래곤에게 전투를 죄다 떠맡긴 우리가 말다툼을 벌이며 열불을 내는 전개가 펼쳐지고 말았다.

“둘 다, 위험해요! 어스 월.”

마기루카의 목소리에 나는 본 드래곤을 따돌리고서 이쪽으로 달려오는 갑옷 쪽으로 시선을 돌렸다. 그 갑옷이 토벽에 가로막혀 순간적으로 궤도를 수정한 바람에 대처할 시간을 벌었다.

“방해하지 마!”

“방해되네요!”

우리는 호흡을 맞춰 발차기를 날렸다. 그 공격을 맞은 갑옷이 보기 좋게 날아가버렸다. 안도하는 것도 잠시, 갑옷이 날아가는 방향을 보니 그곳에 커다란 구체 하나가 자리하고 있었다.

““앗…….””

우리는 무슨 사태가 벌어질지 동시에 알아차렸다. 엄청난 소리를 내며 갑옷과 구체가 격돌했다.

갑옷이 우당탕탕 소리를 내며 구체에서 떨어졌다. 나는 조마조마한 마음으로 어떻게 될지 지켜봤다.

“““………….”””

……드륵……고고고고고고고고고고고고고고!

수초쯤 정적이 흐른 뒤 그 정적을 깨듯이 구체가 잘게 진동하기 시작했다.

(야단났네, 야단났네, 야단났어. 저거 위태롭게 떨고 있잖아.)

고속으로 진동하는 구체를 식은땀을 흘리며 지켜보는 나와 빅토리카. 어느새 갑옷들과 본 드래곤도 전투를 중지하고서 구체를 응시하고 있었다.

고고고, 곳…….

"머, 멈췄다?"
"멈췄나 보네요."
내가 중얼거리자 빅토리카가 침을 꿀꺽 삼키며 대답했다.

파아아아아아아아앗!

구체가 진동을 멈췄구나 싶었던 그때, 본 드래곤 때문에 파괴되어 물이 질질 새던 배관에서 온수가 몇 배나 더 세차게 뿜어져 나왔다. 실내에 고여 있던 물의 수량이 단번에 늘어나서 수심이 발목 부근까지 올라왔다.
"무, 무슨 일이 벌어진, 아뜨, 뜨거워어어!"
이번에 놀란 것도 잠시, 빅토리카가 외치며 한쪽 다리를 들어 올렸다.
주변이 수증기로 자욱해지고, 무더위가 느껴지기 시작하자 둔감한 나도 물 온도가 올라갔음을 알아차렸다.
방 여기저기에서 수증기와 뜨거운 물이 푸슈, 하고 뿜어져 나오는 것도 최악의 상황이 벌어졌음을 보여주고 있었다.

“너희들, 대체 무슨 짓을 저질렀는지 아냐! 마력이 폭주하여 아이템 본체가 열 폭주를 일으켰단 말이다! 더욱이 배수량까지도 미쳐버린 폭주 상태! 이대로 있다가는 유적이 수몰, 아니, 최악의 경우에는 열 폭주를 견뎌내지 못하고 폭발할 거다!”

“그걸 알고 있다면 어서 세워요!”

“내가 저 녀석의 상세한 사용법을 알고 있을 리가 없잖아!”

“사용법도 모르면서 사용하면 어떡해요!”

“너희들 때문에 벌어진 일이잖아! 책임지고 어떻게든 수습해!”

“당신이 무단으로 사용한 거잖아요. 책임을 질 사람은 바로 당신이얏!”

이런 긴박한 상황 속에서도 관리인과 당주가 서로 책임을 떠넘기기 시작했다.

그러는 사이에 수위가 점점 올라갔다. 구체가 열기를 발하며 마치 태양처럼 일렁거리기 시작했다.

“에에잇, 이대로는 죽도 밥도 안 되겠다. 이렇게 된 이상…….”

관리인이 먼저 무익한 말다툼에서 이탈하였다. 그는 무언가를 하고자 구체 쪽으로 달려갔다.

아아, 이러니저러니 해도 긴급 대책이 있었구나. 나는 가슴을 쓸어내리며 지켜봤다. 그런데 관리인이 발걸음을 뚝 멈추더니 방향을 홱 틀었다.

그 방향에는 텅 빈 출입구가 있었다. 그가 그쪽으로 부리나케 달려갔다.

"도망치는 거다~앗!"

그는 문을 지나 물을 첨벙첨벙 튀기며 저편으로 사라져갔다.

"……이, 이봐요오오오오, 도망치면 어떡해요오오오오오오!"

긴장을 풀고 있었던 우리는 그의 행동을 멍하니 지켜만 보고 말았다. 빅토리카가 무슨 일이 벌어졌는지 비로소 이해하고는 절규했다.

"빅토리카, 우리도 달아나자."

"저걸 멈추지 않으면 안 된다고요! 저렇게나 거대한 아이템이 마력 폭주하면 폭발이 장난이 아니라고요!"

"규, 규모가 얼마나 될까?"

"적어도 유적 일대는 가볍게 날려버릴걸요. 당신들은 도망치도록 해요. 여긴 당주인 제가 어떻게든 하겠어요."

빅토리카가 당주답게 멋있는 말을 했다. 이 사태에 일부 책임이 있기에 나 역시 협력하고 싶은 마음이 가득했다. 책임, 그것은 엄청 무~서운 단어…….

"조, 조조조조조조, 좋았어. 내가 얼른 가서 쾅, 하고 파괴하고 온다."

압박감에 마음만 초조해진 나는 관리인처럼 말하고는 주먹을 불끈 쥐고서 구체를 쳐다봤다. 상황이 이런데도 마음이 없는 사령의 갑옷들은 임무를 완수하고자 본 드래곤과 공방을 벌이고 있었다.

"당신, 말투가 이상해졌어요."

“메어리 님, 섣불리 충격을 주면 폭발만 앞당길 뿐이에요. 냉정해지세요.”

내가 수상쩍게 굴자 빅토리카가 어이없다는 눈으로 쳐다봤다. 마기루카는 불끈 쥔 내 주먹에 손을 대고서 풀어줬다.

“빅토리카 님, 조금 난폭한 방법이긴 한데, 저 구체가 열 폭주하고 있는 거라면 냉각시키는 건 어떨까요?”

“과연, 식히자는 말이군요……. 하지만 엄청난 열을 내고 있는지라 평범한 마법을 썼다가는 쉽사리 녹아버리고 말 거예요. 게다가 저 갑옷도 방해가 되는군요.”

내가 심호흡을 하며 정신 안정을 꾀하고 있는 사이에 두 사람이 이야기를 진행했다. 문득 내가 걱정됐는지 마기루카가 이쪽을 힐끔힐끔 쳐다봤다.

“……어험, 저기……, 빅토리카 님은 고계급 얼음 마법을 쓸 수 있나요?”

“큭, 안타깝지만 그 화력 바보 공주님과 똑같은 취급을 받고 싶지 않아서 그쪽 계열은 습득하지 않았어요.”

마기루카가 질문하자 빅토리카가 엄지손톱을 질근질근 깨물면서 은근히 어느 공주님을 폄훼했다.

그 공주님이 어느 마족의 공주님임을 금세 떠올린 자신에게 헛웃음을 짓고 있자니 마기루카가 또다시 이쪽을 힐끔힐끔 쳐다보았다.

(아직도 걱정해주는 건가? 이제 괜찮다고 말해두는 편이 좋겠네.)

"마기루카, 난 이제 진정됐으니 괜찮은데?"

"그, 그건 다행이네요. 근데…… 메어리 님, 달리 또 할 말은?"

마기루카가 예상치 못한 대답을 하자 나는 '응?' 하고 고개를 갸웃거렸다.

(뭐지? 이번 사태의 원인을 제공했으니 미안하다고 사과해야 하려나? 마기루카가 그런 걸 바랄 것 같지는 않지만.)

그렇다기보다는 굳이 말하자면 무언가를 기대하는 눈초리로 쳐다보고 있는 마기루카를 보면서 나는 왠지 모르게 초조해지기 시작했다.

(어, 어쩌지? 마기루카가 뭘 기대하는 거지? 진정하자. 지금까지의 대화를 돌이켜보며 생각해보는 거야.)

나는 근래에 나눴던 대화를 상기해보다가 금세 그 답을 도출해내고는 짝, 하고 손뼉을 쳤다.

(과연, 역시 마기루카! 네가 넘겨준 바통, 내가 확실히 넘겨받았어!)

"훗훗훗, 괜찮아, 빅토리카."

"무, 무슨 소리예요? 뜬금없이? 열기에 취해 머리가 이상해지기라도 했나요?"

내가 갑자기 대담하게 웃어 보이자 빅토리카가 질색하며 물었다.

(음, 응, 뭐~, 방금 그 무례한 발언은 너그러이 넘어가주도록 할게.)

"어험……. 훗훗훗, 이~럴 줄 알고서 내가 고계급 마법을……."

"푸, 씹었군요."

중요한 대목에서 마음이 다급한 나머지 그만 혀를 씹어버리는 추태를 보이고 만 나, 메어리 레가리아……. 합장.

(아아아아아아아, 기껏 마기루카가 밥상을 다 차려놔줬는데에에에에!)

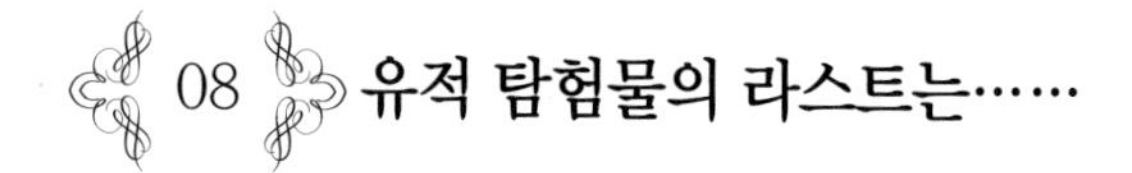

08 유적 탐험물의 라스트는……

"어, 어쨌든 이럴 줄 알고서 습득한 메어리 님의 마법을 기대하도록 하죠."

내가 속으로 까무러치고 있으니 마기루카가 거들어주었다.

"뭐, 뭐라……. 이런 사태를 예측했단 말인가요……? 역시 제 호적수."

"훗훗훗, 이렇게 될 줄 알고 있었지."

빅토리카가 좋은 반응을 보여줘서 나는 살짝 우쭐해져 정신을 차리고서 으스댔다.

(응, 뭐, 우연의 산물이긴 하지만. 그래도 한 번쯤은 말해보고 싶은 대사잖아? 음음.)

"그 혜안, 역시나 엘리자베스 님이 흥미를 느낄 만하군요. 헉, 설마 이번 건도 백은의 성녀로서 신의 계시를……!"

"안 받았어, 안 받았다고! 그리고 앞으로 백은의 성녀라고 하지 마!"

자신의 노력이 평가받는 건 기쁜 일인데도 무슨 영문인지 솔직히 기뻐하지 못하는 나였다.

"뭐, 그 얘기는 그쯤 해두기로 하죠. 어쨌든 지금은 저 폭주를 막아내야만 해요."

다소 뼈가 느껴지는 말이라 납득하기가 어려웠지만, 그보다 지금 눈앞에 해야 할 일이 있어서 넘어가기로 했다.

"돌아와요, 본 드래곤."

빅토리카가 말하자 본 드래곤의 발치에 마법진이 펼쳐지더니 늪에 빠져드는 것처럼 즈즈즈브, 하고 가라앉았다.

"어라? 왜 집어넣었어?"

"당신이 이제부터 구사할 마법에 휘말리지 않게 하려고요. 저렇게나 덩치가 크니 표적과의 거리를 잴 때 방해가 될까 봐 무심코……, 미안하게 됐네요."

"과연."

빅토리카의 의견에 납득하면서도 왠지 나를 얼간이 취급하는 것 같은 기분이 들었다. 생각이 지나친가?

뭐, 어쨌든 표적을 잃은 갑옷들이 이쪽을 새로이 목표물로 삼았기에 깊이 생각하지 않기로 했다.

"스노우, 마기루카를 등에 태우고서 지켜줘."

〈예예~에.〉

나는 뒤에서 사태를 지켜보고 있던 스노우에게 어서 마기루카에게 다가가 등에 태우라고 채근했다.

공중에 떠 있는 스노우의 등 위에 벌벌 떨며 타고 있는 마기루카와 눈을 마주쳤다. 그리고 스노우를 쳐다본 뒤에 마지막으로 갑옷들을 향해 공격 태세를 취하고 있는 빅토리카를 보고서 나는 웃으며 말했다.

"다들, 저 갑옷들을 부탁할게. 저 구체는 내가 어떻게든 하겠어!"

힘차게 떨치고 나서긴 했지만, 무릎 높이로 밀려드는 뜨거운 물과 입고 있는 수영복 때문에 그다지 고양감이 느껴지지 않는 건 나쁜일까?

"제가 맡겠어요! 다이아몬드 더스트!"

빅토리카가 의연하게 앞으로 나서서 설마 했는데 얼음 마법을 쐈다. 그런데 예상한 대로 열기에 순식간에 녹아버려서 이 일대가 수증기로 자욱해졌다.

"정말, 빅토리카 님! 뭘 하는 거예요! 수증기 때문에 앞이 보이질 않아요. 윈드!"

"크으~, 혹시 이 마법으로 해결할 수 있지 않을까 싶었는데, 역시 안 되는군요."

빅토리카가 저지른 연막을 마기루카가 바람 마법으로 거둬냈다.

그 광경을 보면서 나는 딴죽을 걸고 싶다는 마음을 꾹 억누르고서 해야 할 일에만 집중했다.

되도록 마법으로 저 갑옷들도 함께 처리하고 싶다. 동료들이라면 이런 욕심을 이해해주리라 믿고 있다.

갑옷들도 내가 위험인물임을 감지해냈는지, 혹은 단순히 움직이지 않는 것부터 배제하자고 판단했는지 모르겠지만, 일제히 나에게로 몰려들었다. 모두 합하여 넷이다.

〈자, 한 마리, 돌아가십니~다!〉

스노우가 마기루카를 태운 채로 측면에서 달려들어 접근해오는 갑옷 중 하나를 앞발로 후려쳤다.

“에어 블릿!”

뒤이어 등에 타고 있던 마기루카가 다른 갑옷을 향해 공기탄을 쐈다. 갑옷이 반사적으로 방패를 내밀어 탄을 막아내고자 발을 멈췄다.

〈자, 두 마리째, 돌아가십니~다!〉

미리 협의한 것도 아닌데도 스노우가 몸을 홱 돌려 정지한 갑옷을 고양이 펀치로 후려쳤다. 꽤 훌륭한 연계 플레이였다. 살짝 질투심이 샘솟자 나는 ‘안 되지, 안 돼’ 하고 고개를 흔들다가 빅토리카 쪽으로 시선을 돌려버렸다.

“끄으으으으으, 어째서 제가 육체노동을~…….”

남은 두 갑옷이 휘두른 대검을 각각 한 손만으로 잡아낸 채로 점점 짓눌리고 있는 빅토리카. 아무리 신체 능력이 인간보다 뛰어나다고는 해도 한계가 있는 법이다. 더불어서 그녀는 전사 유형이라기보다 굳이 말하자면 마법사 유형이다. 그리고 성에 틀어박혀서 잠만 자는 아이다.

“운동 부족 아냐?”

“누우우우구 얘길 하는 건가요. 무례해요오오오오!”

무심코 입에서 새어 나온 말을 예민하게 포착해낸 빅토리카가 격앙하면서 대검을 밀어 올리다가 그대로 홱 넘겨버렸다.

설마 자기들보다 몸집이 작은 상대에게 밀릴 줄은 예상치 못했는지 갑옷들의 자세가 무너졌다.

“에어 블릿.”

"소닉 블레이드."

마기루카가 무방비해진 갑옷 하나에 공기탄을 쐈다. 나머지 하나는 빅토리카가 참격 마법으로 후려 버렸다.

갑옷들이 밀려나 모조리 한 군데로 모여들었다. 그들의 뒤에는 열기를 더욱 늘려나가고 있는 구체가 하나 있었다.

"지금이에요!"

"메어리 님!"

두 사람이 나에게 외치고서 내 뒤로 달려왔다. 나는 갑옷들과 구체를 향해 오른손을 뻗은 뒤 눈을 스윽 감았다.

"지금 여기에 정적을 내리노라."

내 외침에 호응하듯 나를 중심으로 마법진이 전개되었다. 그리고 구체를 중심으로 얼음 바람이 점점 불어대기 시작했다.

"이 눈을 보아라. 매혹되어 더욱 떨며 얼어붙어라."

감았던 눈을 서서히 뜨자 상대의 머리 위로 얼음 바람이 휘몰아 솟구치더니 얼음으로 된 거대한 눈이 내 눈에 맞춰서 서서히 열렸다.

"난 그대의 시작에 축복의 눈물을, 그대의 끝에 애도의 눈물을."

출현한 얼음의 눈에서 얼음덩어리가 마치 눈물처럼 떨어졌다. 지면에 떨어진 얼음이 터지더니 파문(波紋)처럼 퍼져나갔다. 뒤이어 다른 눈동자에서도 마찬가지로 얼음 눈물이 떨어져 얼음의 두께가 점점 두꺼워졌다.

열기를 내뿜고 있는 구체에서 푸슈, 하고 수증기가 피어올랐

다. 갑옷들에는 서리가 껴서 움직임이 둔해졌다. 뒤이어 나는 한 손으로 내 눈을 가렸다.

"그대의 선행에 찬미의 눈물을, 그대의 악행에 원망의 눈물을 흘리노라."

얼음의 눈 뒤쪽에 새로이 출현한 얼음의 눈이 얼음 눈물을 또 흘렸다. 그 눈물이 떨어질 때마다 퍼져나가는 얼음 파문의 높이와 넓이가 늘어갔다. 갑옷들이 삐걱거리는 소리를 내더니 결국에는 꼼짝도 못 하게 되었다. 구체에도 서리가 끼기 시작했다.

"자, 그대는 깨끗해졌노라. 몸과 마음을 전부 맡기고서 영원히 잠들어라."

그리고 나는 눈을 가렸던 손을 서서히 상대방을 향해 뻗고서 그들을 응시했다.

"티어즈 오브 아이스 프롬 이터널 포 아이즈."

내민 오른손을 꽉 움켜쥐며 내가 힘차게 말하자 4개의 얼음 눈동자가 서서히 닫히면서 아래로 떨어졌다.

그 눈들이 갑옷들과 구체를 싸안고서 얼어붙은 커다란 얼음 원뿔과 접촉한 순간, 파킹, 하는 소리가 울렸다. 마치 모든 소리가 빼앗긴 것처럼 정적이 이곳을 지배했다.

"끝났어……."

나는 쥐었던 손을 천천히 내려놓으며 뒤를 돌아 친구들을 봤다.

"여, 역시 메어리 님……이라고 말하고 싶긴 한데……."

내 뒤를 보면서 마기루카가 조심스럽게 말했다.

"……좀 지나친 거 아닌가요?"

뒤이어 빅토리카가 말하자 나는 '어?' 하고 의아해하면서 다시 뒤를 돌아봤다.

그러자 그곳에는 얼음 세계가 펼쳐져 있었다.

더욱이 그 세계가 현재진행형으로 확장되고 있었다. 흐르는 온수가 식어 결국에는 얼음이 되어 넓어져 갔다.

다시 말해 무슨 일이 벌어졌느냐면 침수된 방이 점점 얼어붙더니 냉기가 배관 등을 타고서 유적 전체로 퍼져나가기 시작했다는 소리다.

"어, 어머머~?"

벽에서 얼음 결정 덩어리가 우두두 튀어나왔다. 발밑도 얼어붙기 시작하자 나는 황급히 뒤로 물러났다. 이 방이 고고고, 하는 소리를 내며 삐걱거리고 갈라지고 붕괴하기 시작했다. 지금까지 열 폭주 때문에 대미지가 축적되어 있었는데 내 마법이 붕괴의 방아쇠로 작용한 모양이다.

〈도망쳐요오오~!〉

스노우가 어디선가 들은 것 같은 대사를 내뱉으며 마기루카를 태운 채로 황급히 출입구 쪽으로 달려갔다. 나도 덩달아 뛰기 시작했다.

"진짜, 당신은 적당히, 라는 말도 모르나요! 이래서 화력 바보는!"

"아~, 미안해! 하지만 마법의 위력을 조절할 수 있다면 계급 따윈 필요 없잖아! 불만이 있으면 마법한테 하라고."

달리던 내 옆으로 날아들어 나란히 뛰기 시작한 빅토리카가 항의했다. 나도 부조리한 논리를 앞세우며 책임을 전가해봤다.

문 부근의 벽이 붕괴하기 직전에 간신히 통과했다. 안도하며 멈춰서는 건 뒤로 미룬 채 계속해서 방으로부터 멀어져갔다.

마지막에 방이 붕괴하는 광경을 슬쩍 봤는데 그 얼음 세계와 아이템을 파괴할 만한 위력은 못 되는 듯했다. 그러니 그대로 생매장 확정이겠지.

콸콸 쏟아지던 물도 대부분 얼어붙어 기세를 잃어버려서 수몰은 면한 듯했다.

(이, 일단 어떻게든 수습됐다고 치고 넘어갈까. 이제는 여기서 탈출하는 일만 남았네.)

모든 것이 해결되었다면 이렇게 당황해할 필요는 없을 텐데도 마음속이 초조함과 근심으로 가득했다. 그건 스노우도 마찬가지인지 멈추지 않고 아직도 종종걸음으로 앞장서서 걷고 있었다. 나도 스노우의 뒤를 따라갔다.

"스노우, 너, 앞장을 서고 있는데 어디로 가고 있는지 알고는 있어?"

〈훗훗훗, 날 뭐로 보는 거야? 신수인 내게 걸리면 이 정도 안내쯤이야 별거 아니라고~. 왜냐면 신수이니까~, 메어리는 더 나를 숭배하도록 해.〉

후후후, 하고 의기양양하게 고개를 쳐들고서 우아하게 걷는 스노우를 보면서 나는 솔직히 '역시 신수'라며 감탄했다.

"메어리 님, 달아난 관리인이 허겁지겁 짐을 챙겼나 봐요. 여기저기에 물건들이 굴러다니고 있으니 그걸 따라가고 있는 거예요."

"오호, 그랬구나~."

〈…………〉

스노우와의 대화와 내 목소리만 듣고서 마기루카가 내 의문에 답을 해줬다. 그 대답을 듣고서 나는 스노우의 옆으로 다가가 물끄러미 쳐다봐줬다. 그러자 그녀가 고개를 홱 돌려버렸다.

"관리인! 그 남자, 부정한 짓을 저지른 것도 모자라서 날 우롱하기까지 하다니 죄가 무거워요. 기필코 찾아내서……."

엄지손톱을 잘근잘근 깨물며 아쉬워하는 투로 말하던 빅토리카가 문득 열려 있는 방 안을 보고서 멈춰 섰다.

""앗.""

빅토리카와 어디선가 들은 적이 있는 남자의 목소리가 동시에 들렸다. 나도 멈춰 서서 그녀의 뒤에서 방 안을 들여다봤다.

방 안에는 그 관리인이 있었는데 땅바닥과 함께 얼어붙은 륙색을 떼어내려고 애쓰고 있었다.

아마도 이곳에서 쉬고 있었든지, 아니면 무언가를 찾기 위해서 일단 내려놨던 륙색이 내 마법 때문에 땅바닥과 함께 얼어붙어버린 거겠지.

"다, 당주님, 기체후일향만강 하셨는지……."

"천버어어어어어어얼!"

"으어어어어어어어억!"

관리인이 싹싹하게 웃으며 무마하려고 하자 빅토리카의 무릎 차기가 가차 없이 작열하였다. 그는 짐을 남겨두고서 벽으로 날아가버렸다.

"……잠깐만요. 여기까지 얼음이 침식했다는 건……."

빅토리카와 관리인의 모습을 스노우의 등 위에서 지켜보고 있던 마기루카가 불현듯 무언가를 알아차린 얼굴로 불온한 발언을 했다. 그와 동시에 관리인이 비틀거리며 일어서자 그 뒤의 벽에 균열이 쩍쩍 일더니 얼음이 드문드문 엿보이기 시작했다.

〈도망쳐요오오~!〉

스노우의 외침과 함께 우리는 또다시 전력으로 뛰어야만 하는 신세가 되었다.

그 뒤에 나와 빅토리카의 말다툼이 또 벌어졌다는 건 굳이 말할 필요가 없겠지.

"아아~, 지친다……. 결국 우린 뭘 하러 왔던 걸까?"

나는 무거운 발걸음으로 고대 유적의 첫 번째 문을 지났다. 이곳은 수해(水害)도, 빙해도 입지 않은 안전지대인 듯했다.

오랜만에 바깥 풍경을 보니 이미 해가 저물고 밤이 드리워져 있었다. 나는 감개무량하게 그 광경을 바라봤다.

"땀으로 흠뻑 젖었어요. 욕조에 들어가고 싶군요."

"아~, 그 난리를 겪고도 그 말이 또 나와?"

이제 지쳐버려서 빅토리카에게 패기 없이 딴죽을 거는 나.

참고로 강제로 여기까지 안내해준 관리인은 빅토리카에게 따귀 왕복 10번 형을 받고서 빰이 부은 채로 뻗어 있다. 그 정도로 용서를 해주다니 마족 사회는 상당히 온정이 있구나, 싶었는데 이건 그저 빅토리카의 분풀이에 불과했다. 정식 처벌은 올바스에게 맡긴다고 한다.

"여러분, 그런 모습으로 성에 돌아갈 건가요? 옷을 갈아입고서 돌아가죠."

스노우의 등에서 영차, 하고 내리고서 마기루카가 말하자 나와 빅토리카는 서로의 모습을 바라보며 '그도 그러네' 하고 고개를 끄덕였다. 그런데 땀으로 끈적끈적한 상태로 옷을 갈아입고 싶지 않았다.

"하지만, 이런 상태로 옷을 어떻게 갈아입어~, 마기루카~. 욕조에 들어가고 싶어~, 샤워하고 싶어어~."

"내게 말해본들 온천 부분은 거의 붕괴해서 위험하고, 설령 들어갈 수 있는 곳이 있다고 해도 온수가 다 식어버렸을 거예요. 참도록 해요."

내가 풀이 죽어 투덜거리자 마기루카가 난처한 얼굴로 타일렀다. 우리는 그대로 탈의실로 돌아가기로 했다.

차라리 풀장에 들어가는 방법도 있긴 하지만, 지친 몸에는 역시나 풀장이 아니라 온천이 최고다. 그렇게 생각하니 온천 욕구가 부글부글 끓어올라 떼쟁이로 돌변할 것만 같았다.

"온천이라……. 이런 아름다운 밤에는 달을 바라보면서 욕탕을 즐기는 것도 괜찮은데요~."

내 옆에 주저앉아 있는 빅토리카가 감동에 젖어 밤하늘을 올려다보며 말했다. 나도 덩달아 밤하늘을 올려다보고 말았다.

바로 그때 달을 등지고서 무언가가 벼랑 아래쪽에서 높이 뛰어올랐다.

"어, 뭐야?"

나는 황급히 일어서서 그것을 응시했다.

"겨우 돌아왔네. 음, 거기 있는 건 메어리 일행인가? 너희들도 무사했구나."

그곳에는 근육질 남성, 자칭 고고학자 파르거 씨가 있었다. 역시 그만한 역경은 별거 아니었나 보다. 아니, 방금 맨손으로 대단한 높이의 벼랑에서 등장하지 않았나?

"앗, 파르거 씨도 무사했나……요?"

달을 등지고 있어서 역광이 비치는지라 파르거 씨의 모습이 보일 듯 말 듯 했다. 나는 그가 맞는지 확인하려다가 굳어버렸다.

파르거 씨가 최종방어선을 상실했음을 알아차린 순간, 내 비명이 밤하늘에 되울렸다.

"우우우, 마기루카~, 변태가, 노출광 변태가 있었어~."

나는 울먹이며 마기루카를 끌어안았다. 그녀가 머리를 쓰다듬으면서 위로해줬다.

빅토리카는 아까부터 어금니를 한껏 드러낸 채 파르거 씨를 향해 다가올 테면 다가와 보라며 위협하고 있었다.

참고로 지금 파르거 씨는 탈의실로 돌아가 가볍게 몸단장을 하고 있다. 우리는 아직도 수영복 차림이다. 현재 의기소침해져서 옷을 갈아입을 기력이 없었다.

"하하핫, 실례, 실례. 바닥에서 떨어져 그대로 계곡 바닥까지 휩쓸려버렸지 뭐야. 겨우 기어올랐더니 너희들과 딱 맞닥뜨린 거야. 내 옷차림을 신경 쓸 겨를이 없어서 말이지."

"……그 부분은 주의해주세요."

유일하게 피해를 받지 않은 마기루카가 한숨 섞인 목소리로 파르거 씨를 주의 시키고 또다시 내 머리를 쓰다듬었다.

"그나저나 그 제단의 방은 어떻게 됐지?"

"제단? 아아, 거기 말인가요? 그곳은 붕괴해버렸어요. 위험하니 접근하지 않는 편이 나아요."

파르거 씨가 화제를 바꾸자 마기루카가 간략하게 대답했다.

"부, 붕괴? 대체 무슨 일이 있었던 거지?"

"거기 있는 메어리가 마법을 쓴 바람에 몽땅 얼어버렸답니다. 이렇게 될 줄 알고서 익힌 마법으로 말이죠~."

"그, 그건 어쩔 수 없었잖아. 마법을 쓰지 않았다면 더 위험했을 거라고."

파르거 씨가 놀라워하며 질문하자 빅토리카가 비아냥거리며 쓸데없는 소리를 늘어놔서 나는 곧바로 변명했다.

"과연, 메어리 군이 마법으로……. 다시 말해 그곳에 있었던 흡혈귀의 야망은 저지되었다는 건가. 그 유적에 무엇이 숨겨져 있었는지, 아니, 봉인되어 있었다고 해야 하나……. 그걸 미리 알고 있었다……?"

우리의 대화를 듣고서 혼잣말을 하며 생각에 잠긴 파르거 씨. 흡혈귀의 야망이란 혹시 지금 다른 곳에 기절해 있는, 빰이 부어오른 채 경련하고 있는 관리인을 가리키는 걸까?

왠지 그의 머릿속에서 물 끓이는 아이템 사건이 수수께끼와 음모에 휩싸인 스펙터클한 사건으로 확장되어 가는 듯하여 걱정됐다.

"아, 그게 말이죠, 파르거 씨. 거기서 벌어졌던 일은……."

"아, 괜찮아요, 알아요, 알고 있으니 여러분이 말을 더 보탤 필요는 없어요. 아~, 처음에 깨달았어야 했는데, 빅토리카 군이 자신을 흡혈귀라고 말했을 때부터. 으음~, 실패, 실패."

내가 진실을 말하려고 했더니 파르거 씨가 제지했다. 그는 혼자서 납득하고는 역시나 엉뚱한 방향으로 이야기를 진행했다.

"아니, 저기, 그러니까……."

"뭐, 빅토리카 군도 그렇긴 하지만……. 그러고 보니 메어리 군. 네게 한 가지 물어보고 싶은 게 있는데 말이야."

"네에? 뭐, 뭐죠?"

파르거 씨의 망상을 재빨리 수정하려 했으나 그보다 먼저 그가 질문을 해왔다. 나는 깜짝 놀라 몸을 움츠렸다.

"너, 가~끔씩 아무도 없는 데서 혼잣말을 하던데 말이야. 혹시 이 유적과 무슨 관계가……, 아니면 단순히 피곤해서……."

"유적과는 관계없고, 난 노이로제에 시달리지도 않아요! 그저 스노우랑 대화를 나누고 있었을 뿐이에요!"

아주 새삼스러운 지적을 받고서 나는 황급히 부정했다. 최근에 아무도 지적하지 않아서 깜빡하고 있었다. 그 장면을 처음 본 사람은 역시나 나를 머리가 이상한 소녀로 오해를 하는구나, 하고 재인식했다.

"스노우?"

"저기 있는 신수예요."

나는 어리둥절한 얼굴로 고개를 갸웃거리고 있는 스노우를 가리키며 파르거 씨에게 알려줬다. 그러고 보니 빅토리카 때문에 스노우를 소개하는 걸 깜빡했음을 새삼스레 알아차린 박정한 나.

"시, 신수라고……! 영락없이 누군가의 애완동물이나 사역마인 줄……. 그러고 보니 최근에 풍문으로 신수를 부리는 백은 머리 소녀의 이야기가……."

왜 이야기가 그쪽으로 빠지는 거냐고 물어보고 싶을 정도로 최악의 사태가 벌어지려고 하고 있었다. 내가 무의식적으로 스노우를 소개하지 않았던 이유는 저 사람이 그런 결론을 내릴까 봐 싫었기 때문인지도 모른다.

"배, 백은의 성녀라든가, 그런 거 아니에요!"

그리고 나는 당황한 나머지 스스로 지뢰를 밟고 말았다.

"……뱀파이어의 유적, 신수, 성녀……. 아~, 그래, 그래, 응, 그러네, 그런 거였나. 과연, 과연……."

내 이야기를 듣고서 파르거 씨가 퍼즐 조각이 다 맞춰졌다는 듯이 후련한 표정을 지었다. 그 표정을 보고서 나는 더더욱 초조해졌다. 머릿속이 새하얘져서 무슨 말을 해야 좋을지 모르겠다.

"아니, 저기, 그러니까!"

"괜찮습니다, 다 알고 있으니까요. 아무 말씀 안 하셔도 귀하를 방해하거나 감히 조사할 생각은 없습니다. 명성을 바라지 않고 남몰래 위기에서 구해낸다. 그것이 성녀……, 어이쿠, 안 되지, 안 돼."

(전혀 안 괜찮아, 안 괜찮다고. 왜 갑자기 존댓말을 쓰는 거야. 이상하잖아!)

내가 조마조마하고 있으니 더는 이 이야기를 하지 않겠다는 듯이 파르거 씨가 부드럽게 웃으며 인사하고는 그대로 밖으로 걸어 나갔다.

안타깝게도 나는 조마조마한 마음으로 그 모습을 가만히 바라볼 수밖에 없었다. 왜냐면 지금껏 겪어온 그의 언동으로 미루어 보아 그 착각을 바꾸는 게 얼마나 어려운 일인지…….

바라건대 이번 사건을 평생 함구해주면 감사하겠습니다.

"……메어리 님, 옷을 갈아입을까요?"

"……우우우, 적어도 온천에 몸을 담갔다면 조금이나마 보상을 받은 기분이 들었을 텐데~."

마기루카가 내 어깨에 손을 툭 올리고서 부드럽게 말하자 나는 주먹을 쥐며 울분을 토했다.

"응? 온천 말입니까? 그거라면 제가 떨어진 지점에 온천이 하나 있었어요."

내 목소리가 들렸는지 파르거 씨가 발을 멈추고서 아주 근사한 사실을 알려줬다.

"그, 그건 천연 온천이었나요? 이상한 함정 같은 건 없겠죠? 넓이는 얼마나 되나요? 사람이 들어갈 수 있겠죠! 그리고 앞으로 존댓말은 쓰지 마세요."

"어, 으음~, 그럭저럭 넓었고, 사람이 몸을 담글 만한 깊이였던 것 같은데. 바위로 주변을 보강해놓긴 했지만, 그 이외에는 사람이 손을 대지 않은 것 같았어. 간소한 느낌이었지."

내 기세에 눌려 파르거 씨가 존댓말을 거두고서 약간 기죽은 듯이 대답해줬다.

"좋아, 가자. 바로 가자. 벼랑에서 뛰어내리는 한이 있어도 난 기필코 간다아아!"

나는 마지막 희망에 매달리듯 유적에서 달려 나갔다.

09 온천은 좋네요

나는 흥분을 주체하지 못하고 어두운 벼랑 아래로 뛰어내릴 뻔했지만 마기루카에게 붙잡히고 말았다.

마음을 가라앉히고서 부유 마법으로 서서히 내려갔다. 지금 우리는 폭포 근처에 있다. 달이 비추는 그곳은 조용하고 경관이 꽤 뛰어났다. 그곳에는 파르거 씨가 말했던, 그리고 내가 알고 있는, 바위에 둘러싸인 간소한 노천욕탕이 있었다. 나는 방심하지 않고 주변을 철저히 살펴보며 이상한 장치가 없는지 점검했다.

"없어, 없다고. 이상한 오브제도, 스위치도, 보물함도, 배관도, 아무것도 없어. 마기루카!"

"그, 그렇게나 눈물을 흘리며 역설할 만한 일인가요?"

"간소한 온천이야, 천연 온천이라고! 우린 지금 비보를 손에 넣은 거야. 만세에에에!"

내가 왜 이토록 신바람을 내고 있는지 이해하지 못한 채 쓴웃음을 짓고 있는 마기루카를 놔두고서 나는 혼자 감개무량해서 만세를 불렀다.

"자, 들어가자, 당장 들어가자!"

"자, 잠깐만요. 메어리 님, 옷을 벗을 건가요? 이런 데서?"

"파르거 씨는 벼랑 위 유적 쪽에 있고, 얼핏 둘러보니 주변에 아무도 없는 것 같아. 게다가 밤이니 멀리서는 우리 모습이 잘 보이지 않을 테니 괜찮잖아?"

내가 입고 있는 수영복에 손가락을 대자 마기루카가 황급히 제지했다. 그래서 나는 일단 손을 멈추고서 주위를 둘러보며 생각을 밝혔다.

"그리 걱정이 된다면 제 권속한테 엿보는 자가 있는지 감시하도록 세워둘까요?"

""그건 사양하겠습니다.""

빅토리카가 걱정이 많은 마기루카를 안심시키고자 제안하자 나와 마기루카가 입을 모아 거절했다. 성가신 사태가 벌어지거나, 혹은 마지막 희망이 파괴될까 봐 우려해서였다. 우리가 거절했는데도 마음이 별로 상하지 않았는지 빅토리카가 그대로 온천에 들어갈 준비를 하기 시작했다.

"자자, 마기루카도 긴장을 풀고서 온천에 들어가자, 들어가."

"……그러도록 하죠."

그리하여 우리는 드디어 '평범'한 온천에 들어갈 수 있게 되었다.

(아아, 평범……. 이 얼마나 멋진 단어란 말이냐.)

"제가 1등이에요!"

내가 감회에 젖어 수영복을 벗고 있으니 빅토리카가 갑자기 경쟁의식을 불태우며 온천으로 달려갔다.

"아, 치사해, 내가 먼저야."

'흣, 무슨 애야?' 하고 생각하면서도 결국 나는 대항 의식을 불태우고 말았다.

"둘 다, 이제 애가 아니니까 온천에 달려가서 뛰어들면 안 돼요."

마기루카가 말하자 나와 빅토리카가 달리던 자세로 굳어버렸다. 마기루카는 그런 우리를 지나 물을 몸에 끼얹고서 천천히 온천에 들어갔다. 그 우아한 모습에 나와 빅토리카는 서로 마주 보고는 유치한 짓을 벌였다며 반성했다. 그러고는 헛기침을 하고서 흥분을 가라앉혔다.

"아~~아, 다시 살아난 기분이야~."

정해진 약속이라고 해야 하나, 온천에 들어가면 누군가가 꼭 말해야 한다고 생각하는 말을 내뱉으면서 나는 온천에 몸을 담갔다.

"메어리, 당신, 언데드였나요~?"

"빅토리카, 이럴 때는 '늙은이 같아요' 하고 되받아쳐야지. 자, 다시~."

"몰라요, 그런 거."

어깨까지 온천물에 담그면서 풀어진 얼굴로 빅토리카에게 느긋하게 말하자 그녀도 비슷한 상태로 대답했다.

이곳까지 오는 동안에 피곤한 일들을 워낙 많이 겪었던지라 상상했던 온천에 드디어 들어왔다는 기쁨과 개운함에 몸과 마음이 모두 녹아버릴 것만 같았다.

문득 마기루카를 보니 아직도 주변이 신경 쓰이는지 이따금 주변을 둘러봤다.

"마~기루카, 모처럼 온천에 왔으니 릴랙스, 릴랙스, 부글부글부글……."

그대로 얼굴까지 온천물에 담글 정도로 긴장이 풀어진 나는 마기루카에게 말했다.

"……그, 그래야죠. 둘 다 긴장을 풀면 무슨 짓을 벌일지 몰라서 경계하고 있었는데 지나친 기우였나 보네요, 미안해요."

"맞아, 맞아, 기우야, 기우. 응?"

마기루카의 긴장이 풀려서 다행이라고 생각하다가 왠지 흘려버릴 수가 없는 단어를 듣고서 나는 몽롱해진 머리를 일깨웠다.

"마기루카, 그게 무슨 뜻일까?"

나는 어깨까지 담근 채로 마치 먹잇감을 노리는 상어처럼 스으, 하고 조용히 마기루카에게 접근했다.

"예?"

"맞아요, 마기루카 씨. 메어리라면 모를까, 저까지 포함하다니."

"어, 아~, 저기~."

정신을 차려보니 빅토리카도 나처럼 그녀에게 다가가고 있었다. 우리는 둘이서 마기루카를 포위했다. 그 박력에 마기루카가 굳은 얼굴로 슬금슬금 물러났다.

"우후후후훗, 이건 벌이에요~."

빅토리카가 일어서더니 두 팔을 벌리고서 손가락을 이상하게 놀렸다.

빅토리카의 시선을 보니 마기루카의 풍만한 그것을 노리고 있음이 분명했다. 그걸 깨달았는지 마기루카도 손으로 슥 가렸다.

"하아, 하아, 예전부터 느꼈는데 마기루카 씨는 피부가 아주 예뻐고 부드러울 것 같고, 온천물에 담그고 있으니 싱그러워 보인다고 해야 할까, 불그스름한 살결이 맛있을 것 같다고 해야 할까, 깨물어보고 싶다고 해야 할까, 아아~, 그 살결을 깨어 무는 것도 재미가 있을 것 같군요, ~~우후후후후후후~~."

마기루카가 하아하아, 하고 숨을 거칠게 몰아쉬면서 말을 빠르게 쏟아내며 마기루카에게 조금씩 다가갔다.

"그만두지 못해! 이 초변태 흡혈귀! 그 살을 만져도 되는 사람은 나뿐이야!"

나는 이상한 스위치가 켜진 빅토리카에게 뒤에서 초크슬리퍼를 걸어 제압한 뒤에 마기루카가 부조리하게 여길 독점욕을 불쑥 무심코 드러내고 말았다.

그 바람에 흥분이 단숨에 식어버렸는지 빅토리카가 냉정해져 탭을 했다. 나는 그녀를 풀어줬다.

"헉, 헉, 하마터면 기절할 뻔했군요. 진짜, 무슨 짓이에요. 저와 마기루카 씨의 즐거운 타임을 방해하지 마세요!"

"뭐가 즐거운 타임이야! 마기루카한테 손가락 하나 못 대!"

"훗훗훗, 역시 당신과 난 섞일 수 없는 운명이군요. 마기루카 씨의 가슴을 걸고서 승부예요!"

"바라던 바야!"

"둘 다, 적당히 좀 해주세요! 싸움은 안 된다고 제가 말했죠?! 그리고 제 의사를 무시하고서 멋대로 제 몸을 걸고서 내기를 하지 마세요!"

우리가 온천 안에서 칠칠치 못하게 전투태세를 취하자 그 옆에서 강렬한 압박감을 뿜어내며 마기루카가 웃는 얼굴로 말했다.

(눈이 웃고 있지 않아서 무서워, 예.)

""죄송합니다.""

나와 빅토리카가 반사적으로 사과했다. 그런 우리를 보고서 마기루카는 한숨을 내쉬며 압박감을 누그러뜨렸다.

"하아……. 나 참, 두 사람은 사이가 좋은 건지 나쁜 건지……."

"앗, 그렇다면 둘이서 사이좋게."

마기루카가 어이없어하자 나이스 아이디어라는 듯이 빅토리카가 웃는 얼굴로 두 손을 놀리며 제안했다.

"과연."

"뭐가 과연이라는 거예요!"

내가 손뼉을 짝 치자 곧바로 마기루카가 큰소리로 딴죽을 걸었다.

"정말, 몰라요!"

마기루카가 얼굴을 붉힌 채 토라졌는지 고개를 홱 돌려버렸다. 그러고는 우리에게서 스스슥, 하고 멀어졌다.

"미안, 마기루카~. 농담이야~."

"그, 그렇게나 만지고 싶으면 서로의 것이나 만지도록 해요."

"아니, 아니, 마기루카 씨. 그런 건 말이야, 있는 사람 걸 만지는 게 좋잖아. 뭐가 아쉬워서 빅토리카 걸? 그렇지~?"

"~~우후후후후후훗~~, 전 작아도 전혀 상관없답니다. 게다가 온천 때문인지 메어리 님도 싱그러워, 맛있을 것 같아……. 주릅."

마기루카가 너무 부끄러운 나머지 별생각 없이 말을 툭 내뱉었다. 나는 쓴웃음을 지으며 빅토리카에게 동의를 구하고자 쳐다봤다. 그런데 그녀가 아까 마기루카에게 그랬던 것처럼 나를 쳐다보며 손가락을 놀리기 시작하는 것이 아닌가.

"가, 가까이 오지 마, 이 초변태 흡혈귀! 그리고 작다느니 그런 얘기도 하지 마아아아아!"

그리하여 한동안 나와 빅토리카는 온천 안에서 빙글빙글 술래잡기하는 신세가 되었다.

(어라~, 온천에서 느긋하게 쉬려고 했는데 왜 이렇게 됐지?)

"아~, 마기루카 때문에 호되게 당했네."

"그건 자업자득 아닌가요?"

나는 빅토리카와의 술래잡기에서 해방되고서 마기루카의 옆에서 밤하늘을 올려다봤다. 그러자 그녀가 한숨과 함께 아픈 부분을 찔렀다. 왜 빅토리카가 놔줬느냐면 대답은 간단하다. 그녀가 열기에 취해 드러누웠기 때문이다.

지금 나 역시 마기루카와 함께 온천을 에워싸고 있는 바위 중 하나에 앉아 열을 식히고 있었다.

정적이 이 일대의 공간을 지배하자 나는 지금껏 겪었던 요란했던 일들이 떠올라서 미안해졌다.

"미안해, 마기루카. 널 쉬게 하려고 온천에 온 건데. 이렇게 소동을 피워서."

"딱히 마음에 담아두고 있지 않아요. 어렸을 적부터 허구한 날 메어리 님이랑 온갖 사건에 휘말려온지라 익숙해졌어요."

"……그거 기뻐해야 할지, 슬퍼해야 할지……."

밤하늘을 보면서 서로 웃었다.

"그나저나 나보다 메어리 님은 앞으로 어쩔 건가요?"

마기루카가 화제를 바꾸고자 나에게 질문했다. 나는 무슨 의미인지 이해되지 않아 고개를 갸웃거렸다.

"어? 어쩔 거냐니? 아니, 뭐, 온천을 조금 더 즐기고서 옷을 갈아입은 뒤에 빅토리카의 성에서 하룻밤 더 묵고서 다음에는 튜테도 데리고 올까, 하고."

"그것도 그렇지만, 리포트 말이에요, 리포트."

"리포트?"

마기루카가 쓴웃음을 지으며 말하자 나는 그 단어가 잘 와 닿지 않아서 되물었다.

"애당초 메어리 님의 리포트 테마를 찾으려다가 여기까지 온 거잖아요? 잊으셨나요?"

"…………."

조용한 온천 안에서 나는 눈을 감고서 머릿속을 정리해봤다.

"아아아아아아아앗, 그랬었지이이이이이이!"

모든 것이 해결되어 끝난 것 같은 기분으로 온천을 느긋하게 즐겼던 나는 근본적으로 아무것도 해결된 것이 없음을 깨닫고서 절규했다.

"참고로 그 마경 말인데요. 사라진 그 둘이 마경이 있는 곳으로 되돌아왔을 가능성도 없어졌어요. 할아버님의 말에 따르면 그 시간에 거울 주변에서 그 둘을 보지 못했다고 했고, 그 뒤에 그 둘을 봤다는 목격담도 없었습니다. 역시 영향력 범위에서 벗어났기 때문에 사라졌다는 결론이 현재로서는 유력하네요. 다만……."

"다만……."

마기루카가 의미심장한 얼굴로 이야기하자 나는 무심코 마른 침을 삼키고서 말을 기다렸다.

"메어리 님의 능력을 복사했으니 그 힘으로 예상치 못 할 일을 벌일 가능성이 있어요. 어쩌면 보름날 밤에 학원을 배회하는 은발 소녀를 봤다는 소문이 퍼질지도 모르겠네요."

"하, 하하……. 말도 안 돼, 설마, 설마, 학원 7대 불가사의도 아니고 말이야. 아니, 아니, 없다니까……, 아마도."

마기루카가 무시무시한 추론을 내놓자 나는 식은땀을 흘리며 부정했다. 그러나 내 힘이 워낙 기상천외한지라 절대로 불가능하냐고 묻는다면 솔직히 아니라고 대답할 자신이 없다.

"그래서 어쩔 건가요? 마경에 관해 본격적으로 조사하여 리포트를 작성해볼 건가요?"

"……그만둘게. 별난 테마를 잡았다가는 또 이상한 사건에 휘말릴 것 같으니 이제는 조금 평범한 게 좋아……."

다리를 가볍게 놀려 온천물을 첨벙첨벙 튀기면서 나는 어깨를 축 늘어뜨리고는 말했다.

“그런가요? 하지만 이로써 출발지점으로 되돌아오고 말았네요.”

나를 따라 마기루카도 온천물을 첨벙첨벙 튀기면서 대단히 고민스러운 현실을 들이댔다.

그래서 내가 다음에 취할 행동은…….

“저기~, 마기루카. 리포트 테마 찾는 거…… 또, 도와줄래?”

글러 먹은 나는 곧바로 타인에게 의지하는 기술을 발동했다.

“물론이에요. 찾을 때까지 함께하겠어요.”

내가 양쪽 손가락을 맞부딪치면서 조심스럽게 부탁하고서 마기루카를 쳐다보자 그녀가 상냥하게 웃으며 든든하게 대답해줬다.

번외편 만약의 이야기

빅토리카의 성에서 돌아온 뒤 오랜만에 학원에서 다 함께 차를 마실 수 있는 시간이 생겼다. 나는 이야깃거리로 사피나와 친구들에게 거울과 온천 이야기를 들려줬다.

"와아~! 온천이요? 좋네요, 저도 가보고 싶어요!"

"그럼 다음에는 시간이 맞으면 다 함께 가자."

이야기를 마치자 사피나가 온천에 흥미를 보였다. 나는 곧바로 다음 온천 여행 약속을 잡으려고 했다.

"온천도 좋지만, 나로서는 역시 거울 이야기가 흥미 있는데~. 또 다른 나랑 싸워보고 싶어."

"자하, 당신은 메어리 님의 얘기를 못 들은 건가요? 그건 우리의 복제본이긴 하지만, 그 성격이 터무니없이 창피하다고요. 하아~, 생각만 해도 얼굴이 화끈거리네요."

자하가 개인적으로 그다지 언급하고 싶지 않은 화제를 들먹이자 마기루카에게 꾸중을 들었다.

"그래도 능력은 똑같잖아? 그럼 성격 정도는 눈감아 줄 수도 있지."

"뭘 모르네, 자하 씨. 그 엄청난 정신 공격을 두 눈으로 목도하고 나면 능력 따윈 눈에도 안 들어온다고."

"……진짜? 그렇게나 지독해?"

내가 말하자 자하가 침을 꿀꺽 삼켰고, 마기루카는 고개를 연신 끄덕였다.

"한 번 상상해봐요. 오들오들 떠는 작은 동물처럼 여성스러운 본인의 모습을."

"""""…………."""""

내가 말하자 이곳이 조용해졌다. 모두가 상상하고 있음을 알 수 있었다.

"……말마따나, 소름이 끼치네."

상상했는지 자하가 질색하는 얼굴로 중얼거렸다. 나는 그런 그를 골려주고 싶어졌다.

"좋아, 그럼 거울 앞에 가볼까요? 왠지 그런 자하 씨를 보고 싶어졌어."

"야, 이봐, 그만둬요, 미안합니다."

"뭐야, 아까는 의욕이 넘쳤으면서."

"생각이 바뀌었다고. 나, 나 같은 녀석보다 왕자님은 어떨까?"

내가 추궁하자 난처했는지 자하가 왕자님에게로 말을 돌렸다.

"음~, 글쎄. 내가 싫어하는 내 모습이라……. 앗, 그래도 객관적으로 내가 어떤 사람인지 분석할 수도 있고, 좋은 성격과 나쁜 성격이 각각 주변에 어떤 영향을 끼치는지 시뮬레이션할 수 있을지도 모르겠군……."

"레, 레이포스 님……, 사고방식이 너무 당차시네요."

왕자님은 반쯤 농담한 걸 수도 있지만, 자신을 분석하거나 실험하는 데 이용하겠다는 그 발상 자체에 나는 감탄했다.
"사, 사피나라면 어떨 거 같아? 응, 응~."
"저, 저 말인가요?"
분위기를 조금 누그러뜨리고 싶어서 나는 때마침 눈을 마주친 사피나에게 물어봤다.
"제가 부끄럽게 생각하는 제 모습……."
금세 떠올리지 못하고 음~, 하고 고개를 갸웃거리며 사색에 잠긴 사피나가 귀여웠다. 저렇게 귀여운 사피나의 성격이 어떤 식으로 일그러질지 스스로 생각해봤다. 그러나 상상할 수 없다고 해야 할까, 상상하고 싶지 않았다.
"앗, 긍정적으로 밝고 강하고 든든한 저 자신이 너무 눈부셔서 부끄러울지도 모르겠네요."
사피나가 데헤헷, 하고 조금 겸연쩍어하며 들려준 그 상상이 또 귀여워서 나는 아무 말 없이 그녀를 끌어안았다.
"응, 귀여워, 귀여워. 사피나라면 분명 그렇게 될 수 있어. 으으응, 되어 있을 거야."
"잠깐, 메, 메어리 님, 하와와."
내가 사피나의 머리를 쓰다듬으며 말하자 그녀가 당황하면서도 나를 뿌리치지 못한 채 아까보다도 더 부끄러워했다. 그녀가 너무 귀여워서 마구 쓰다듬어주고 싶은 사람은 분명 나 혼자만은 아닐 것이다.
"좋아, 사피나의 귀엽고 새로운 일면을 보고 싶으니 거울이 있는 곳에 잠깐 다녀올까?"

"메어리 양, 더 이상 소동을 벌이는 건 자중해줬으면 좋겠군."
"예, 죄송합니다."
왕자님이 평소답지 않게 주의를 시키자 마음속에 있던 호기심이 스으~, 하고 쪼그라들어 냉정해졌다. 그만큼 내가 진심으로 일을 벌일 것 같은 기세였겠지. 응, 자중해야만…….
"그러고 보니 우리를 제외하고 가능성이 있었던 사람은 튜테였네요. 튜테도 함께 거울에 비쳤다면 과연 어떻게 됐을까요?"
마기루카가 문득 떠올랐는지 내 뒤에 대기하고 있던 메이드를 보며 물었다. 분명 그곳에 튜테가 있긴 했지만, 우연히도 거울을 보지 않아서 화를 피했다. 불공평하다고 하면 불공평한 것 같아서 나도 그녀의 말을 기다렸다.
"……개인적으로는 능력이 똑같다면 아가씨를 두 배로 서포트할 수 있어서 기쁠 것 같습니다. 성격도 제가 창피해하는 수준이라면 용납할 수 있지만, 아가씨께 마이너스가 된다면 간과할 수 없겠네요."
"내게 마이너스?"
"예를 들어 아가씨를 질색한다든지, 아가씨께 흥미가 없다든지……. 아, 어라, 아가씨? 아가씨이이이이!"
튜테의 이야기를 들으면서 나는 그런 그녀를 살짝 상상해봤다. 너무나도 폭력적인 대미지에 정신이 버티질 못하고 그대로 소파 위에 벌러덩 쓰러져버렸다.
(대미지가아아아, 대미지가 너무 쎄에에에에! 튜테가 복사되지

않아 다행이야. 만약에 그런 일이 벌어졌다면 내 정신이 붕괴했을 거야아아아아!)

저자 후기

여러분, 엄청 오랜만에 뵙습니다. 챠츠후사입니다.

인생을 살다 보면 참 여러 일이 있지요. 언젠가 닥칠 일이 막상 찾아오니 안절부절못하는 저는 두부 멘탈입니다.

뭐, 여러 일이 있었지만, 「아무래도 제 몸은 완전무적인 것 같아요」 5권도 무사히 여러분께 보내드릴 수 있어서 기쁘기 그지없습니다.

구매해주신 분들께 감사 인사를 올립니다. 구매할지 검토하시는 분들께는 메어리와 마기루카의 코스프레(?)와 온천 장면 등도 있으니 부디 잘 부탁드린다는 말씀을 올립니다. 이렇게 홍보도 한 번 해봅니다, 우헤헤헷.

자자, 그럼 본 5권에 관한 이야기라도 잠깐…….

애당초 가짜 메어리가 어떤 경위로 탄생하게 되었느냐면요. 담당자님과 전화 통화를 하면서 문득 '메어리가 전력으로 싸울 수 있는 상대는 누구죠?'라는 질문이 나왔고, 제가 '메어리와 제대로 싸울 수 있는 건…… 역시, 메어리?'라고 대답하면서 시작되었습니다.

잠깐 상상해봤습니다만, 솔직히 서로가 서로에게 무슨 짓을 하든 무력화될 테니 주변만 엄청난 피해를 남길 뿐 제대로 된 전투는 벌어질 것 같지 않다는 생각이 들더군요.

그럼 '메어리한테 대미지를 입힐 수 있는 건 뭐지?'라는 의문이 들었고 '정신적인 대미지밖에 없다'는 결론에 이르렀습니다. 그러나 메어리는 외부에서 거는 정신 공격 마법 등에는 영향을 받지 않으므로 본인이 본인의 정신에 타격을 줄 수밖에 없습니다.

그래서 탄생하게 된 것이 '가짜 메어리'였던 것입니다.

응, 뭐, 그런데 어째서 그렇게 전개가 되었느냐는 딴죽은 걸지 말아주시길…….

메어리가 소극적으로 남들을 사건에 휘말리게 하는 주인공이니 가짜 메어리는 적극적으로 사건에 휘말리게 하는 주인공으로 해볼까, 하고 집필해봤습니다. 그런데 꽤 재밌는 캐릭터이지 않았나 생각합니다. 뭐, 피차 멘탈이 약하고 어리숙한 건 기본설정이긴 하지만요.

이 흐름을 타고서 '그럼 온천 이야기는 어떤 계기로 탄생했나요?'라는 물음이 살짝 스치기라도 한 당신에게.

대답은 간단합니다. 제 욕망에 몸을 맡긴 채 집필했을 뿐입니다, 예…….

이 대목에서 그냥 평범하게 온천에 들어가면 되는 것을 어째서 전개가 그렇게 되었느냐는 딴죽은 걸지 말아주시길…….

그래도 빅토리카와 말다툼을 벌이는 메어리의 그 모습은 평소에는 보기 드문 일면이라서 집필하면서 즐거웠고, 마기루카와 꽁냥거리게 하는 것도 즐거웠습니다.

뭐, 이런저런 사연을 거쳐 이렇듯 5권을 보내드릴 수 있었습니다. 재밌게 느끼신 분들이 조금이라도 계신다면 기쁘겠습니다.

그럼 마지막으로, 이렇게 오랜 시간이 걸렸는데도 쭉 기다려주셨을 뿐만 아니라 신속하게 출간까지 진행해주신 마이크로매거진과 담당 편집자 I님의 수완에 감사하다는 말밖에 나오지 않습니다.

또한 마법 소녀 의상을 그려달라는 터무니없는 주문에 최고로 귀여운 의상을 디자인해주신, 또한 살색이 많은 장면을 그려주신 후미 선생님께는 '감사합니다. 정말로 감사합니다' 하고 벽에 붙인 그림을 향해 절을 올리고 있습니다. (매번 그렇지만 히죽거리면서 감상하고 있는 건 비밀)

그리고 이 책이 출간될 수 있도록 애써주신 모든 분. 응원해주시고 구매해주신 독자 여러분께 깊이 감사드립니다.

그럼 다음 권에서 다시 뵐 수 있기를 바라면서 이만 실례하도록 하겠습니다.

아무래도 제몸은
완전무적인것 같아요

아무래도 제 몸은 완전무적인 것 같아요 5

2021년 4월 15일 1판 1쇄 발행

저　　자 챠츠후사
일러스트 후미
옮 긴 이 박춘상
발 행 인 유재옥
본 부 장 조병권
편 집 1팀 이준환 정현희
편 집 2팀 김민지 정영길 조찬희
편 집 3팀 김혜주 곽혜민 오준영
라이츠담당 김슬비 한주원
디 지 털 박상섭 이성호 최서윤
디 자 인 디자인플러스
인쇄제작처 코리아피엔피
발 행 처 ㈜소미미디어
등　　록 제2015-000008호
주　　소 서울시 마포구 토정로 222, 403호 소미미디어 (신수동, 한국출판콘텐츠센터)**판**
판　　매 ㈜소미미디어
마 케 팅 박소연 이주희 한민지
대표전화 (02)567-3388, Fax (02)322-7665

ISBN 979-11-6611-626-1 04830
ISBN 979-11-6389-523-7 (세트)